U0141795

2011 不求人文化

2009 懶鬼子英日語

I'm 我識出版集團
I'm Publishing Group
www.17buy.com.tw

2005 意識文化

2005 易富文化

2003 我識地球村

2001 我識出版社

2011 不求人文化

2009 懶鬼子英日語

I'm Publishing Group
www.17buy.com.tw

2005 意識文化

2005 易富文化

2003 我識地球村

2001 我識出版社

全面突破多益
TOEIC
必考文法

快速掌握文法，馬上抓住重點
★★★★★
2018
全新制
Grammar
2018 TOEIC

990分

860分

760分

使用説明 | User's Guide

全面突破
多益 TOEIC
必考文法

完全適用於任何程度的全新制多益考生！

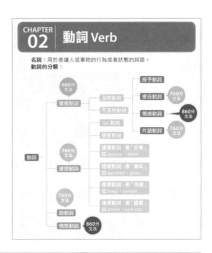

步驟1

文法樹狀圖，幫助理解抽象文法架構

每章文法概念的開頭都有樹狀圖，幫助考生理解抽象的文法分類架構，閱讀內文時，得以隨時往前查閱自己讀到文法的哪一部分；樹狀圖旁邊重點標註對應的 660 分／760 分／860 分多益文法分數，讓考生可以節省時間，專攻目標分數的必考文法。

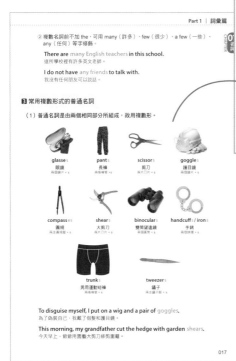

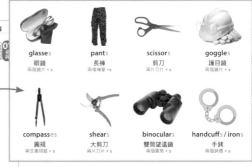

步驟2

全彩圖解呈現抽象的文法概念

詳盡的文法解説、表格整理，還有充足的例句對照，釐清容易混淆的文法觀念。全彩圖解呈現抽象的文法概念，讓初中階考生一看就懂；圖像輔助文字解説，考生同時接收圖像與文字的資訊，深植腦海忘不了。

步驟 3

★ 全面突破660分必考文法 ★　660　　760　　860

獨創「必考文法分數突破量尺」，只讀你要考的

本書獨創 660 分／760 分／860 分的「必考文法分數突破量尺」，精心補充在內文裡，量尺可以説是重點中的重點，考生可以精準地選讀必考文法，不怕時間不夠用，只要依照分數量尺的分數依序攻讀，任何程度的考生都能高效達標。

集合名詞作主詞時，要注意主詞動詞一致。

① **Three-fifths of the people around the building are men.**
大樓周圍的人中，有五分之三是男人。
★ people 總是表示複數，作主詞時，動詞用複數形式。

Three-fifths of the people ＋ are
（集合名詞 people）　　　（複數 be 動詞）

② **So to speak, mankind are the most greatest creatures.**
可以這麼説，人類是最偉大的生物。
★ mankind 表示「人類」，當其主詞補語是複數時，可表示複數意義。

步驟 4

「金色證書必考文法祕笈」，專為頂尖程度考生設計

英文強者具有一定的文法基礎，想要在短時間內確認能否掌握所有多益必考文法的話，可以專攻本書專為英文頂尖高手特別設計的豪華「金色證書必考文法祕笈」。想要考取金色證書，或者目標是 990 分的考生，這些文法必須掌握！

步驟 5

多益必考文法模擬測驗，可立即檢測實力

「金色證書必考文法祕笈」不只整理重點文法，還有完全擬真的多益必考文法模擬測驗，且模擬測驗皆附上詳細完整的中譯與解析，讓你讀完之後馬上驗收，有錯立刻訂正，將所有必考文法烙印在腦海裡。

| 多益模擬小測驗 |

1. I went to the supermarket and chose a pretty gift _____ you.
(A) to　　(B) for　　(C) in　　(D) by

2. I want to ask the manager _____ my salary.
(A) regard　(B) regards　(C) regarded　(D) regarding

3. The good man took the old man _____ the arm to cross the road.
(A) in　　(B) on　　(C) by　　(D) at

| 中譯與解答 |

1. 我去超市，你選了一個很漂亮的禮物。
(A) 給　　(B) 為了　　(C) 在……裡　　(D) 透過
答 (B)
解 choose something for somebody 幫某人選東西，加上接系某詞用 for。

2. 我想問一下經理　我的工資。
(A) 把……看作　(B) 問候　(C) 把……當作　(D) 關於
答 (D)
解 regarding 在語尾意為介係詞，表示「關於」，意思與慣詞 about 接近，my salary 構成介係詞短語，故三者答案選 (D) regarding。

3. 這位好心人拉著老人的手臂過馬路。
(A) 在……裡　(B) 在……上　(C) 透過；藉由　(D) 在

990分

特別感謝讀者熱情支持全面突破系列書，再次為讀者推出多益文法書！多益改制後，繼《全面突破2018全新制多益TOEIC 660分》，跟出版社討論，決定推出一本全新制多益的文法書《全面突破全新制多益TOEIC 必考文法》，讓這個系列更加完整，也回饋讀者對全面突破系列的厚愛，希望能幫助讀者，在考多益的路上更加輕鬆！

多益考試成為現代人進入職場、學校畢業、升學或者升遷的必要考試門檻，許多人擔憂文法基礎不足，即使單字已經「背多分」，仍然在英文文法的領域中不夠自信。對此，《全面突破全新制多益TOEIC 必考文法》特別針對文法較弱的讀者，提供全面且直接的幫助；在每個章節開頭，就每個文法主題畫出樹狀圖，以圖像方式幫助讀者快速掌握文法架構；還搭配各種例句相互對照，闡明文法概念中較易混淆的部分。

除此之外，有鑑於某部分考生對於文法的掌握度較低，擔心文法書的抽象文法詞彙以及文字敘述難以把握，也利用圖解文法的方式，更進一步輔助考生理解抽象文法並且幫助記憶，即使沒有相關基礎，也能依照圖片說明，將必考文法牢記在腦海中。

文法到底要怎麼練習才能達到成效呢？關鍵在於多讀例句，將含有文法的句子所要傳達的語意融會貫通，經過多次練習之後，讓短期記憶成為長期記憶，在看到題目時即可迅速順利地發揮。只要翻閱《全面突破全新制多益TOEIC 必考文法》，你將發現文法也是能透過練習與之親近的，因此不用再害怕，考過的文法也不用怕忘記，文法反而會成為你終身受用的語言工具。

《全面突破全新制多益TOEIC 必考文法》層級分明，從目錄就可以窺知一二，不僅內容嚴謹、條理分明、一目了然，更能讓你不再害怕文法；在學習語言的路上，有了《全面突破全新制多益TOEIC 必考文法》，你在考場上的征戰將無往不利。預祝讀者考試順利，讓文法成為你考試答題的利器，從此再也不用擔心！

Dean Liao

目錄 | Contents

使用說明 …………………………………………………………………………… 002

作者序 ……………………………………………………………………………… 004

Part 1 | 詞彙篇 Word Types　009

Chapter 1 名詞 Noun ……………………………………………… **010**

一、可數名詞 …………………………………………………… 010

二、不可數名詞 ………………………………………………… 024

三、複合名詞 …………………………………………………… 036

Chapter 2 動詞 Verb ……………………………………………… **042**

一、實義動詞 …………………………………………………… 042

二、連綴動詞 …………………………………………………… 058

三、助動詞 ……………………………………………………… 070

四、情態動詞 …………………………………………………… 075

Chapter 3 主詞和動詞一致 Subject-Verb Agreement ………… **080**

一、語法一致原則 ……………………………………………… 080

二、意義一致原則 ……………………………………………… 086

三、就近原則 …………………………………………………… 088

Chapter 4 形容詞 Adjective ……………………………………… **090**

一、限定形容詞 ………………………………………………… 090

二、敘述形容詞 ………………………………………………… 104

fast　　　　delicious　　　　small　　　　healthy
快的　　　　美味的　　　　　小的　　　　　健康的

Chapter 5 副詞 Adverb …………………………………………… **108**

一、時間副詞 …………………………………………………… 108

二、地方副詞 …………………………………………………… 111

三、程度副詞 …………………………………………………… 113

四、頻率副詞 …………………………………………………… 116

五、情態副詞 …………………………………………………… 117

六、連接副詞 …………………………………………………… 118

目錄 | Contents

Chapter 6 冠詞 Article ································ **120**

一、不定冠詞   120

二、定冠詞   124

Chapter 7 介系詞 Preposition ································ **130**

一、簡單介系詞   130

二、複合介系詞   131

三、雙重介系詞   132

四、分詞介系詞   132

五、片語介系詞   133

by **train**
搭火車

through **email**
透過電子郵件

Chapter 8 代名詞 Pronoun ································ **136**

一、人稱代名詞   138

二、所有格代名詞   141

三、反身代名詞   144

四、指示代名詞   146

五、疑問代名詞   151

六、相互代名詞   154

七、不定代名詞   155

Chapter 9 關係代名詞 Relative Pronoun ································ **164**

一、主格關係代名詞   164

二、所有格關係代名詞   167

三、受格關係代名詞   168

Chapter 10 連接詞 Conjunction ································ **178**

一、對等連接詞   178

二、相關連接詞   181

三、從屬連接詞   182

Chapter 11 不定詞與動名詞 Infinitive and Gerund ································ **188**

一、不定詞   188

二、動名詞   195

目錄│Contents

Chapter 12 分詞 Participle **200**

一、現在分詞 200
二、過去分詞 205

Chapter 13 數詞 Numeral **214**

一、基數詞 214
二、序數詞 218
三、其他數詞 221

Part 2 │**時態篇** Tense   227

Chapter 1 時態 Tense **228**

一、簡單式 228
二、進行式 237
三、完成式 241
四、完成進行式 246

Part 3 │**句型篇** Sentence Pattern   253

Chapter 1 直述句、轉述句 Direct Speech and Reported Speech ··· **254**

一、直述句 254
二、轉述句 258

Chapter 2 否定句 Negative Sentence **266**

一、將肯定句轉為否定句 266
二、雙重否定句 276

Chapter 3 疑問句 Interrogative Sentence **280**

一、直接問句 280
二、Wh- 疑問句 282
三、How 疑問句 284
四、間接問句 286
五、附加問句 288

目錄 | Contents

Chapter 4 子句 Clause ································· **296**

一、從屬子句 296

二、獨立分詞構句 324

Chapter 5 被動語態 Passive Voice ················· **330**

一、現在被動式 330

二、過去被動式 331

三、未來被動式 331

四、現在完成被動式 331

五、過去完成被動式 332

六、未來完成被動式 332

七、現在進行被動式 333

八、過去進行被動式 334

Chapter 6 強調句、倒裝句、省略句 Emphatic Sentence, Inverted Sentence and Elliptical Sentence ················· **342**

一、強調句 342

二、倒裝句 351

三、省略句 363

Part 4 | 語氣篇 Grammatical Mood 369

Chapter 1 祈使語氣 Imperative Mood ················· **370**

一、肯定祈使語氣 370

二、否定祈使語氣 372

Chapter 2 假設語氣 Subjunctive Mood ················· **374**

一、可能實現的假設 374

二、與現在事實相反的假設 376

三、與過去事實相反的假設 376

If only I could have pizza!

PART 1

詞　彙　篇
Word Types

Chapter 01　名詞 Noun
Chapter 02　動詞 Verb
Chapter 03　主詞和動詞一致 Subject-Verb Agreement
Chapter 04　形容詞 Adjective
Chapter 05　副詞 Adverb
Chapter 06　冠詞 Article
Chapter 07　介系詞 Preposition
Chapter 08　代名詞 Pronoun
Chapter 09　關係代名詞 Relative Pronoun
Chapter 10　連接詞 Conjunction
Chapter 11　不定詞與動名詞 Infinitive and Gerund
Chapter 12　分詞 Participle
Chapter 13　數詞 Numeral

CHAPTER 01 | 名詞 Noun

名詞：用來稱呼人、事、時、地或物的字詞。
名詞的分類：

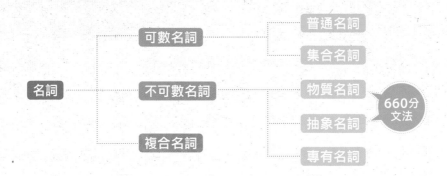

一、可數名詞

可數名詞是人或事物的統稱，是可以用數量來表示的名詞。可數名詞也可分為普通名詞和集合名詞。可數名詞有複數形式，且複數形式在句中作主詞時，動詞也用複數形式。可數名詞在表示個體意義時，可以被不定冠詞 a、an 所修飾，如：an egg（一顆蛋）、a tree（一棵樹）、a ruler（一把尺）⋯⋯等。

■ 可數名詞的複數變形規則

（1）在一般名詞的字尾直接加 s。

book ➡ books	window ➡ windows	train ➡ trains
wall ➡ walls	cup ➡ cups	bowl ➡ bowls

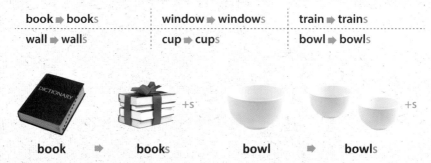

book ➡ books   bowl ➡ bowls

（2）以子音＋y 結尾的名詞須把 y 變成 i 再加 es。

| body ➡ bodies | baby ➡ babies | country ➡ countries |
| factory ➡ factories | story ➡ stories | lady ➡ ladies |

y + ies

body ➡ bodies

y + ies

lady ➡ ladies

（3）以 x、ch、sh、s 結尾的名詞，在結尾加 es。

| match ➡ matches | watch ➡ watches | bus ➡ buses |
| dish ➡ dishes | box ➡ boxes | fish ➡ fishes |

-ch + es

match ➡ matches

-s + es

bus ➡ buses

| 有生命的名詞： | potato ➡ potatoes | tomato ➡ tomatoes | hero ➡ heroes |
| 無生命的名詞： | piano ➡ pianos | photo ➡ photos | radio ➡ radios |

無生命 -o + s

piano ➡ pianos

有生命 -o + es

tomato ➡ tomatoes

✓（5）以 f 或 fe 結尾的名詞須把 f 或 fe 變為 v 再加 es。

| knife ➡ knives | leaf ➡ leaves | wolf ➡ wolves |
| wife ➡ wives | life ➡ lives | thief ➡ thieves |

knife ➡ knives （fe ➡ ves）　　leaf ➡ leaves （f ➡ ves）

★ 全面突破660分必考文法 ★　660　　　760　　　860

注意，還有一些名詞變為複數時，其變化規律是不規則的。

① **There are fifty men and forty women in the company.**
公司裡有五十個男人和四十個女人。

★ 男人 man 和女人 woman 的複數形式是將 a 變為 e。

man　　　　　men

② **You can only see the feet of the geese, not their teeth.**
你只能看到那些鵝的腳，看不到牠們的牙齒。

★ 鵝 goose，腳 foot，牙齒 tooth 的複數形式是將 oo 變為 ee。

goose　　　　　geese

③ **There are a lot of mice in the room and you have a lot of lice on your body.**
房間裡有很多老鼠，而你身上有很多蝨子。

★ 老鼠 mouse 和蝨子 louse 的複數形式是將 ous 變為 ic。

mouse　　　　　mice

④ **Some** children **like** sheep**, and some like** deer.

　有些孩子喜歡綿羊，而有些孩子喜歡鹿。

　★ 孩子 child 的複數形式是 children，而綿羊 sheep 和鹿 deer 的複數形式和單
　數形式一樣。

　　　　child　　　　　　　children

2 可數名詞的用法

（1）可數名詞前可以被數詞，如：two、four、hundred……等修飾。

Linda has five **toys while Tom has six.**

琳達有五個玩具，而湯姆有六個。

The meeting room can contain one hundred **delegates.**

這間會議室可容納一百位代表。

√（2）被數詞修飾的可數名詞在被提問其數詞時，用 how many 提問。

How many **windows are there in this room?**　　　＋複數

這間房間有多少扇窗戶？

How many **dresses do you want to buy?**

你想買多少件洋裝？

複數名詞

How many +  + s、es、ies、ves 等

　多少件　　　　洋裝

（3）可數名詞作主詞時，動詞的單複數形式要和主詞保持一致。

Five teachers attend **the meeting.**

五位老師參加了會議。

A girl is **waiting for her mother.**

一個小女孩正在等她的媽媽。

A girl
（第三人稱單數）

+

is
（第三人稱單數動詞）

（一）普通名詞

　　人、事、時、地或物等非特定名詞再進一步分類後，這些類別的共有名稱。例如可將「人」進一步分類為 student（學生）、father（父親）……等；「事」又可細分為 accident（意外）、wedding（婚禮）……等；「時」可分為 second（秒）、day（日子）……等；「地」則分為 church（教堂）、park（公園）；而「物」可分為 computer（電腦）、machine（機器）……等。

1 單複數型態

（1）單數普通名詞前面必須加 a、an 或 the。

　　① a + 子音開頭的單數名詞。如：a letter、a zoo、a goose、a cat。

　　② an + 母音開頭的單數名詞。如：an hour、an elephant、an umbrella、an egg。

a **+** letter
（子音 l 開頭）

an **+** egg
（母音 e 開頭）

★ 全面突破660分必考文法 ★　660　　　760　　　860

請注意，很多人以為母音就是指英文字母的 a、e、i、o、u，這是不正確的。母音所指的是「發音」，也就是依據自然發音或是 K.K. 音標做判斷。

① **There is a one-year-old boy by the river.**
河邊有個一歲大的小男孩。

★ one 的發音為 [wʌn]，開頭為子音 [w]，所以用 a。

one-year-old boy
（**o** 的開頭發音為子音 [w]）

② **Where can we find <u>an</u> MRT station?**
我們在哪裡可以找到捷運站？

★ MRT 的發音為 [ɛm ɑr ti]，開頭為母音 [ɛ]，所以用 an。

MRT station
（**M** 的開頭發音為母音 [ɛ]）

③ **The man said he saw a UFO above the field.**
這個人說他在田野上方看到幽浮。

★ UFO 的發音為 [ˈjufo]，開頭為子音 [j]，所以用 a。

④ **She is a university student.**
她是個大學生。

★ university 的發音為 [ˌjunəˈvɝsəti]，開頭為子音 [j]，所以用 a。

⑤ **An umpire's decision is important on the stadium.**
在球場上，一個<u>裁判</u>的判決很重要。

★ umpire 的發音為 [ˈʌmpaɪr]，開頭為母音 [ʌ]，所以用 an。

⑥ **That is an umbrella, not a stick.**
那是一把雨傘，不是棍子

★ umbrella 的發音為 [ʌmˈbrɛlə]，開頭為母音 [ʌ]，所以用 an。

⑦ **There is an "f", an "l" and a "y" in the word.**
在這個單字裡有一個「f」，一個「l」和一個「y」。

★ 「f」的發音為 [ɛf]，開頭為母音 [ɛ]，所以用 an；「l」的發音為 [ɛl]；開頭為
母音 [ɛ]，所以用 an；「y」的發音為 [waɪ]，開頭為子音 [w]，所以用 a。

（2）複數普通名詞字尾常加 s 或 es，前面可以不再加 the。

Keith is afraid of spiders.
凱基害怕蜘蛛。

➡ 名詞前不用加 the。

Amanda likes the cookies on the table.
艾曼達喜歡桌上的餅乾。

➡ 要加 the，因為特指「桌上的」。

2 在句中的用法

（1）表示「同種類的全體」。

① 單數普通名詞前面加 a、an 或 the。
② 複數普通名字尾加 s 或 es。

Do you like an apple?
= Do you like the apple?
= Do you like apples?
你喜歡蘋果嗎？

（2）限定用法。

加 the、指示代名詞（this、these……）或所有格（your、her……）等，此時不須再加 a、an 或 the。

The pen is red.
那支筆是紅色。

This dog is hungry.
這隻狗很餓。

My bag is dirty.
我的袋子很髒。

（3）無限定的用法。

① 單數名詞前加 a 或 an。

I saw a truck on my way to school.
在上學途中，我看到一輛卡車。

There is an oxen on his farm.
他的農場上有一隻公牛。

② 複數名詞前不加 the，可用 many（許多）、few（很少）、a few（一些）、any（任何）等字修飾。

There are many English teachers **in this school.**
這所學校裡有許多英文老師。

I do not have any friends **to talk with.**
我沒有任何朋友可以說話。

❸ 常用複數形式的普通名詞

（1）普通名詞是由兩個相同部分所組成，故用複數形。

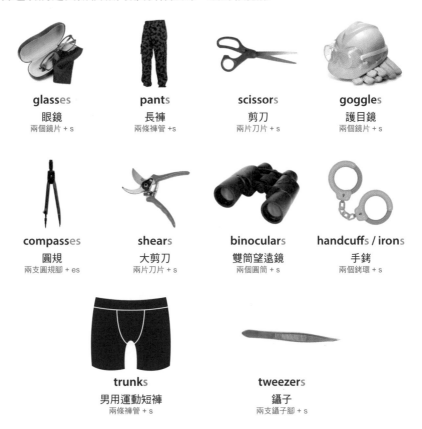

glasses 眼鏡 兩個鏡片 +s	**pants** 長褲 兩條褲管 +s	**scissors** 剪刀 兩片刀片 + s	**goggles** 護目鏡 兩個鏡片 +s
compasses 圓規 兩支圓規腳 + es	**shears** 大剪刀 兩片刀片 + s	**binoculars** 雙筒望遠鏡 兩個圓筒 + s	**handcuffs / irons** 手銬 兩個銬環 + s
	trunks 男用運動短褲 兩條褲管 +s	**tweezers** 鑷子 兩支鑷子腳 +s	

To disguise myself, I put on a wig and a pair of goggles.
為了偽裝自己，我戴了假髮和護目鏡。

This morning, my grandfather cut the hedge with garden shears.
今天早上，爺爺用園藝大剪刀修剪圍籬。

Jason used his new binoculars **to carefully study the bird from a distance.**
傑森用他的新雙筒望遠鏡小心地在遠方觀察那隻鳥。

（2）以下普通名詞字尾由 ing 結尾，須用複數形式。

earnings	savings	belongings	takings
收入	存款	財產；攜帶物品	收入；進款
earning + s	saving + s	belonging + s	taking + s

surroundings	makings	doings	findings
環境；周圍的事物	必要條件	舉止；行為	調查結果
surrounding + s	making + s	doing + s	finding + s

washings	cleanings	workings	greetings
洗滌劑	垃圾	工作區	祝賀詞；問候語
washing + s	cleaning + s	working + s	greeting + s

The taxpayers must show their annual earnings **in the tax form.**
納稅人必須在稅單上註明年收入。

One of the ways to escape from poverty is keeping up your savings.
脫離貧窮的其中一個方法就是保持儲蓄的習慣。

The archaeologist found some abandoned mine workings **there.**
該名考古學家在那裡發現了一些廢棄的採礦巷道。

According to their findings, **nightmares can be caused by stress or emotions, but you don't have the ability to control them while you sleep.**
他們的研究指出，惡夢可能起因於壓力或是情緒，但你沒有能力在睡覺時控制惡夢。

（3）其他須用複數形式的名詞。

goods	sweets	clothes	valuables
商品	甜點	衣服	貴重物品
good + s	sweet + s	cloth +es	valuable + s

belongings	accommodations	ashes	contents
攜帶物品	預訂座位	骨灰	內容；目次
belonging + s	accommodation + s	ash + es	content + s
facilities	ruins / relics	leftovers	means
設施	遺跡	吃剩的飯菜	手段
facility ➡ ies	ruin + s / relic + s	leftover + s	mean + s

Most of my friends like to wear dark colored clothes because they think they can make them look thinner.
我大部分的朋友喜歡穿深色衣服，因為他們覺得深色衣服能顯瘦。

You can keep your valuables in the locker when you go swimming.
你去游泳的時候可以把貴重物品鎖在置物櫃裡。

The travel agent offered a package that included plane tickets and accommodations.
旅行社提供的旅行包，包括機票和住宿。

★ 全面突破660分必考文法 ★　660　760　860

單數與複數形式意思不同的普通名詞。

英文	中文翻譯	英文	中文翻譯
jean	斜紋棉布	glass	玻璃（不可數名詞）
jeans	牛仔褲	glasses	眼鏡
water	水	pant	氣喘；心跳
waters	水域	pants	長褲
custom	習俗	compass	羅盤；指南針
customs	海關	compasses	圓規
content	滿足（不可數名詞）	iron	鐵
contents	目錄	irons	手銬

In my hometown, it's a custom for women to get married in red.
我家鄉的習俗是女人結婚時要穿紅色的禮服。

I'd like to talk about going through customs at United Kingdom airports.
我想談談在英國機場通關的情況。

A compass can point you in the right direction when you voyage.
指南針可以在你航行時指引正確的方向。

Our teacher asks Kevin to draw a circle with his compasses in his math textbook.
我們的老師要求凱文用他的圓規在數學課本上畫一個圓。

Eva got a library card so that she can read to her heart's content.
伊娃辦了圖書證,這樣她就能隨心所欲地在圖書館閱讀。

The contents of Pride and Prejudice are on page 4; the contents can help you to find the chapter you want.
《傲慢與偏見》這本書的目錄在第四頁,目錄能幫助你找到想看的章節。

(二)集合名詞

集合名詞是對一群人、動物或一群概念等事物的稱呼,簡言之,就是對成群成組的事物的描述,如:a crowd of men(一群人),其中的 crowd 就是一個集合名詞。

■ 常見的集合名詞

（1）形式為單數,意義為單數或複數。

①這類名詞若視為整體,則表示單數意義;若強調個體成員,則表示複數意義。

family	crowd
家庭	人群

team	government	group	population
隊	政府	組	人口

audience	public	class	committee
觀眾	公眾	班級	委員

My family is quite happy.
我的家庭十分幸福。

Tom's family all don't know the bad news.
湯姆的家人都不知道這個壞消息。

The class consists of 50 students.
這個班由五十名學生組成。

This class are having an English class.
這個班級的學生正在上英文課。

（2）形式為單數，意義總是為複數。

這類名詞不與不定冠詞 a、an 連用，可以和定冠詞 the 連用。

cattle	people	police	sheep	staff
牛	人	員警	羊	全體職員

Only on the wide prairie can you see large herds of cattle.
只有在寬闊的草原上，你才能看到大群的牛。

With the help of the police, he managed to find the stolen wallet.
在員警的幫助下，他順利找到了被偷走的錢包。

No one can <u>deprive</u> people of their <u>liberty.</u>
誰也不能剝奪人們的自由。

（3）形式為複數，意義也為複數。

這類名詞通常不用數詞來修飾。

goods **paper**s
貨物 文件

clothes   **arm**s   **troop**s
衣服   武器   部隊

A warehouse less than 10 square meters is filled with goods.
不足十平方公尺的倉庫裡堆滿了貨物。

The dutiful girl always helps her parents wash their clothes.
那個孝順的女孩總是幫父母洗衣服。

The manager asked you to send the papers on his desk to the meeting room.
經理請你把他桌上的文件送到會議室。

（4）形式為單數，意義總是為單數。

這類名詞沒有複數形式，不能與不定冠詞和數詞連用。

luggage
行李（英式用法）

baggage
行李（美式用法）

furniture
傢俱

equipment	clothing	poetry
設備	衣服	詩

machinery	scenery
機器	風景

Are you sure all the luggage has been moved to the car?
你確定所有行李都搬到車子上了嗎？

They don't have any decent furniture in their new house.
他們的新房子裡沒有一件像樣的傢俱。

The factory introduced a new batch of expensive equipment.
工廠裡引進了一批新的昂貴設備。

2 特殊的集合名詞

（1）hair 指全部的頭髮，為集合名詞，不可數；或指幾根頭髮，為個體名詞，可數。

Several hairs are on the ground.
地上有幾根頭髮。

I don't know whose hair it is.
我不知道這是誰的頭髮。

（2）fruit 指水果的總稱，是集合名詞，不可數；指水果的種類，是個體名詞，可數。

I insist on eating fruit every day.
我堅持每天吃水果。

How many kinds of fruits do you know?
你認識多少種水果？

集合名詞作主詞時，要注意主詞動詞一致。

① **Three-fifths of the people around the building are men.**
大樓周圍的人中，有五分之三是男人。

★ people 總是表示複數，作主詞時，動詞用複數形式。

+ are
（複數 be 動詞）

Three-fifths of the people
（集合名詞 people）

② **So to speak, mankind <u>are</u> the most greatest creatures.**
可以這麼說，人類是最偉大的生物。

★ mankind 表示「人類」，當其主詞補語是複數時，可表示複數意義。

③ **Lion's offspring is / are said to be living in the forest.**
據說獅子的後代生活在森林裡。

★ offspring 本身無複數形式，但是其作主詞時，其後可接單數或複數動詞。

④ **The White House has announced its economic plan next year.**
白宮已經宣佈了明年的經濟計畫。

★ 專有名詞也可當作集合名詞，作主詞時，動詞多用單數形式。

二、不可數名詞

　　不可數名詞是不能被分成單個的人或事物的統稱，不能以數詞修飾。不可數名詞也可分為物質名詞、抽象名詞和專有名詞。通常不可數名詞沒有複數形式，不能被不定冠詞 a、an 修飾。須要強調不可數名詞的個體意義時，需要用量詞將其量化。如：a piece of bread（一片麵包）、a cup of coffee（一杯咖啡）……等。

1 常見的不可數名詞

（1）屬類。

fruit	traffic
水果	交通

business	money	luggage	scenery	news
商業	錢	行李	風景	新聞
jewelry	weather	equipment	furniture	stationery
珠寶	天氣	設備	傢俱	√ 文具

Your business has failed because of your poor management.
你的事業因為經營不善失敗了。

All luggage in excess of <u>10 kilos</u> must be checked.
所有超過十公斤的行李都要托運。

Tomorrow's weather determines whether we should bring rain gear.
我們是否要攜帶雨具取決於明天的天氣。

（2）運動休閒。

basketball	football
籃球	足球

sailing	softball	baseball	television	camping
√ 帆船	壘球	棒球	電視	露營
swimming	golf	volleyball	opera	hiking
游泳	高爾夫	排球	√ 歌劇	遠足

In the last century, golf was still a noble sport.
上個世紀，高爾夫仍是一項貴族運動。

Many people were killed when they had hiking outdoors.
不少人在戶外遠足時喪生。

Baseball is very popular in Europe, but not in Asia.
棒球在歐洲非常受歡迎，在亞洲卻不那麼流行。

（3）學科。

history	chemistry
歷史	化學

English	technology	grammar	music	art
英語	技術	語法	音樂	藝術
physics	science	literature	geology	mathematics
物理	科學	文學	地質學	數學

The reason they gave up geology was that they thought it was boring.
他們放棄地質學的原因是他們認為那很枯燥。

Music brings not only peace of mind, but also communication.
音樂不僅帶來內心的寧靜，也帶來交流。

He has a great deal of history about the city.
他對那個城市的歷史如數家珍。

2 不可數名詞的用法

（1）不可數名詞的修飾詞。

① much、a little 只能修飾不可數名詞。

How much money do you have?
你有多少錢？

There is a little water in the bottle.
瓶子裡有一些水。

how much +

多少錢
（不可數名詞）

② some 和 any 可修飾可數名詞和不可數名詞。

I'd like to drink some water.
我想喝些水。

Do you have any useful information?
你有任何有用的資訊嗎？

（2）不可數名詞作主詞，動詞用單數形式。

Rice is my daughter's favorite.
米飯是我女兒的最愛。

The fish tastes good.
魚肉非常可口。

 **+** tastes
（單數動詞）

The fish
（不可數名詞）

★ 全面突破860分必考文法 ★   660   760   860

兼作可數名詞和不可數名詞的名詞。

單字	interest	paper	glass	time	chicken
可數	利益、興趣	論文	玻璃杯	次數	小雞
不可數	利息	紙	玻璃	時間	雞肉

單字	wood	work	light	room	exercise
可數	樹林	作品	燈	房間	練習
不可數	木材	工作	光	空間	鍛鍊

I remember grandma keeping some chickens in the yard.
我記得奶奶在院子裡養了幾隻小雞。

I stewed a pot of chicken according to the practice steps on the Internet.
我按照網路上的實作步驟燉了一鍋雞肉。

I'm sorry. There are only two vacant rooms.
抱歉，只有兩間空房了。

As soon as those people came in, there was no room.
那幾個人一進來，就沒有空間了。

The police found a strange man entering the building three times.
員警發現一個陌生男子進入大廈三次。

Time is eternal and never changes with man's will.
時間是永恆的，從不因為人的意志而改變。

（一）物質名詞

660分
文法

物質名詞是不可數名詞的一種，是表示物質名稱的總稱，主要包括食物、飲料、材料、液體、氣體和固體等。物質名詞通常不可被分成個體。如：wood（木頭）、meat（肉）、air（空氣）……等。

❶ 常見的物質名詞

（1）食品、飲料。

bread
麵包

milk
牛奶

oil	coffee	sugar	tea
油	咖啡	糖	茶
water	wine	meat	salt
水	酒	肉	鹽

He would like to eat nothing but bread.
除了麵包，他什麼也不想吃。

She relies mainly on coffee to refresh herself.
她主要靠咖啡提神。

Why don't you ask the waiter to add some sugar to your coffee?
不如讓服務生為你的咖啡加一些糖吧？

（2）材料。

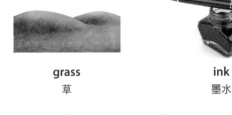

grass	ink
草	墨水

iron	cloth	wood	money
鐵	布料	木材	錢
sand	paper	glass	earth
沙子	紙	玻璃	√ 土

That chair made of wood has a long history.
那把木製的椅子有很久的歷史了。

Please fill two paper cups with hot water.
請將兩個紙杯倒滿熱水。

I'm going to make a dress out of this cloth.
我打算用這塊布料做一件裙子。

（3）液體、氣體和固體。

air	wind	gas	hydrogen	oxygen
空氣	風	氣體	氫氣	氧氣
ice	snow	chalk	rain	smoke
冰	雪	√ 粉筆	雨	煙

Open the window and let in the fresh air.
打開窗戶，讓新鮮空氣進來。

I heard you were sheltering from the rain in a small village.
我聽說你們在一個小村莊裡避雨。

You need to make sure there's no oxygen in the bag.
你要確保袋子裡沒有氧氣。

❷ 物質名詞藉由量詞表達數量

★ 全面突破660分必考文法 ★ 660　760　860

物質名詞常和量詞搭配使用，表複數時，量詞變為複數形。

類別	例子
表示數量的量詞	piece（張、塊、片、份）；set（套）；article（件）；item（條）
表示數量的容器	glass（杯）；cup（杯）；bottle（瓶）；bowl（碗）；box（盒）；spoonful（勺）
表示形狀的量詞	bar（條）；slice（薄片）；pile（堆）；drop（滴）；loaf（塊）

Can you fold two pieces of paper into a frog?
你會用兩張紙折成一隻青蛙嗎？

We can make three sets of furniture for our customers in a week.
我們能在一週內為客戶製作三套傢俱。

You can drink no more than two cups of coffee in the evening.
你晚上不能喝超過兩杯咖啡。

You'd better put two spoonfuls of salt into the soup.
你最好在湯裡放兩勺鹽。

I'm going to make a table out of a pile of wood in the corner.
我打算用角落裡的一堆木材做一張桌子。

Several drops of water fell from the roof.
從屋頂落下了好幾滴水。

a pile of
（量詞可數）

wood
（材料本身不可數）

several drops of
（量詞可數）

water
（材料本身不可數）

（二）抽象名詞

660分
文法

　　抽象名詞是動作、品質、狀態或其它抽象概念事物的總稱。抽象名詞通常是不可數名詞，不能和不定冠詞 a、an 連用，如：information（資訊）、news（消息）、childhood（童年）……等。

❶ 常見抽象名詞

類別	例子
表示動作的抽象名詞	bath（洗澡）；try（嘗試）；apology（道歉）；sleep（睡覺）；rest（休息）；discussion（討論）；trip（旅行）
表示品質的抽象名詞	honesty（誠實）；humility（謙虛）；loyalty（忠誠）；sincerity（真誠）；amity（友好）
表示狀態的抽象名詞	confidence（自信）；beauty（美麗）；success（成功）；pleasure（高興） beauty
其它抽象概念	information（資訊）；significance（意義）；news（消息）；health（健康）

This problem isn't our concern.
這個問題我們並不關心。

In order to reach agreement, we showed them great sincerity.
為了達成協議，我們向他們展示了極大的誠意。

I will not allow anyone to <u>underestimate</u> the significance of these reports.

我不允許任何人低估這些報告的重要性。

2 抽象名詞的用法

（1）表示情感、情緒的名詞可將其具體化使用來強調具體的人或事物。如：

experience 經驗；經歷	failure 失敗；一個失敗的人或事
pride 驕傲；令人驕傲的人或事	comfort 舒適；令人安慰的人或事
reality 現實；一個現實的事	promise 希望；前途；承諾
honor 光榮；一個光榮的人或事	danger 危險；危險的人或事
success 成功；一個成功的人或事	beauty 美麗；美麗的人

That was really an unforgettable experience.

那可真是一次難忘的經歷。

➡ 這類名詞表示具體意義時，通常在前面加上不定冠詞 a、an。

It's my honor to stand here to <u>chair</u> the meeting.

站在這裡主持這次會議是我的榮幸。

The unknown danger caused panic in the crowd.

未知的危險在人群中造成了恐慌。

（2）抽象名詞的特殊用法。

★ 全面突破860分必考文法 ★ 660　　　760　　　860

①不定冠詞 a、an + 抽象名詞，或「a、an + 形容詞 + 抽象名詞」，表示具體的表現形式。如：
reach a height of （達到……的高度）；It's a pity that... （遺憾的是……）。

a height of

② 不定冠詞 a、an 與某些動詞，如 take、make、have、give 等連用，用在某些表示動作的抽象名詞前表示一次短暫的動作。如：take a bath（洗澡）；have a discussion（討論）；make an apology（道歉）；give a try（嘗試）。

③ 「of + 抽象名詞」相當於形容詞，在句中主要用作形容詞和主詞補語。常用在這種結構中的抽象名詞有 use、value、help、significance、importance、difference 等。

This is of great use to my work.
這對我的工作有很大的用處。

The meeting was of no importance to the final scheme.
這次會議對最終的方案沒什麼重要性。

（三）專有名詞

專有名詞是對人、地方、事物等特定名稱的統稱。除個別外，專有名詞通常沒有單數形式，具有專一性。最常見的專有名詞是人名，如：Tom（湯姆），以及地名，如：Paris（巴黎）……等。

❶ 常見的專有名詞

（1）人名、地名。

Michael Jackson was famous for his dance but he died in 2008.
麥可‧傑克森因其舞蹈聞名，但是他在二〇〇八年去世了。

California is a state in the southern United States.
加州是美國南部的一個州。

（2）時間：年、月、季節、星期、節日。

As we all know, Valentine's Day is on February 14.
眾所周知，情人節是在二月十四日。

We have a meeting every Friday afternoon.
我們每週五下午開會。

Valentine's Day

（3）組織機構、期刊雜誌。

The United Nations is ready to assist Africa.
聯合國準備對非洲伸出援手。

His paper was published in the *New York Times*.
他的論文被發表在《紐約時報》上。

The United Nations

（4）建築、街道。

✓ **Although I have never been to** the Great Wall, **I yearn to be there one day.**
雖然我從未去過萬里長城，但是我希望有一天能去那裡。

No one shall take pictures at will in the Louvre.
任何人都不能在羅浮宮內隨便拍照。

（5）電影、書籍。

Kung Fu Panda **is a movie with Chinese characteristics.**
《功夫熊貓》是一部具有中國特色的電影。

I have read the book *Uncle Tom's Cabin* **no less than five times.**
《湯姆叔叔的小屋》這本書我已經看了不下五遍。

（6）商標。

In 1948, a sports brand appeared in Germany, Adidas.
一九四八年，德國出現了一個運動品牌：愛迪達。

As a multinational business, Ford **Motor Company has two brands.**
作為一家跨國企業，福特汽車公司有兩個品牌。

❷ 專有名詞的用法

（1）字首大寫，字尾沒有複數形式的標誌 s。

The president of the United States **will visit** France **in the second half of this year.**
美國總統今年下半年要訪問法國。

All the employees are looking forward to the long holiday in October.
所有的員工都在期待十月份的長假。

（2）帶定冠詞和不帶定冠詞的專有名詞。

The United Nations is committed to promoting the economic development of the world.

聯合國致力於促進世界的經濟發展。

Harvard is the school that every student <u>yearns</u> for.

哈佛大學是每一位學生都<u>嚮往</u>的學校。

（3）某些專有名詞雖然字尾為 s，但視為單數，作主詞時，動詞一般用單數形式。

The United States has always been in the leading position in science and technology.

美國的科學跟科技一直處於領先地位。

James was injured in the game and decided to retire.

詹姆斯在比賽中受了傷，決定退役了。

★ 全面突破760分必考文法 ★　　660　　　　760　　　　860

注意，在使用專有名詞時應考慮到以下特殊情況。

① **The Smiths are said to have moved to <u>suburb</u> far from the city center.**

據說史密斯一家搬到了遠離市中心的郊區。

★ 姓氏加 s，並由定冠詞 the 修飾表示「一家人」，作主詞時，動詞用複數形式。

+　　are
（用複數 be 動詞）

The Smiths

② **The Times is regarded as Britain's number one newspaper.**

《泰晤士報》被認為是英國的第一大報紙。

★ 報紙名、雜誌名和書名以複數形式出現時應被視為單數。

③ **A Carrie came to complain our manager.**

一位叫凱莉的女士前來投訴我們的經理。

★ 不定冠詞加專有名詞可表示普通名詞。

④ **The Alps covers many European countries.**

阿爾卑斯山脈橫跨了眾多歐洲國家。

★ 表示江河湖海的地理名稱前一般要加定冠詞 the。這裡的 The Alps 視為一個整體：一座山脈，故用單數動詞 is；若將山脈視為由多座山組成，則用複數動詞 are。

三、複合名詞

　　複合名詞是指兩個或以上的片語形成的名詞，是非常常見的一種構詞。複合名詞擁有多種構詞方式，如「名詞＋名詞」，「形容詞＋名詞」，「現在分詞＋名詞」，「動詞＋動詞」……等。每個詞可以並列存在，也可以用連字號連接起來，或者直接相連，如 blowup（爆炸）、bystander（旁觀者）、bar code（條碼）……等。

❶ 複合名詞的構成方式

（1）「名詞＋名詞」。

ice cream 冰淇淋	mailbox 郵箱	dress shirt 男用禮服襯衫	basketball 籃球
girlfriend 女朋友	table tennis √ 乒乓球	boyfriend 男朋友	shellfish 貝類動物

| ice
冰 | + | cream
奶油 | = | ice cream
冰淇淋 |

（2）「形容詞＋名詞」。

loudspeaker 擴音器	blackboard 黑板	software 軟體	hardware 硬體
mainland 大陸	blueberry 藍莓	hard disk 硬碟	greenhouse 溫室

| loud
大聲的 | + | speaker
喇叭 | = | loudspeaker
擴音器 |

（3）「名詞 + 動詞」。

headache	heartbeat	daybreak	sunrise	sunset
頭疼	心跳	∨ 破曉	日出	日落

（4）「動詞 + 名詞」。

pickpocket	breakwater	tug boat	break gap
∨ 扒手	∨ 防波堤	∨ 拖船	∨ 防波堤缺口

（5）「動名詞 + 名詞」。

waiting room	sleeping pill	reading lamp	swimming pool
候車室	安眠藥	檯燈	游泳池

sleeping　**+**　pill　**=**　sleeping pill
睡覺的　　　　藥品　　　　安眠藥

（6）「動詞 + 副詞」。

get-together	breakthrough	lookout	makeup	takeout
聚會	突破	∨ 注意	∨ 組成	外賣

（7）「副詞 + 名詞」。

upgrade	downpipe	downgrade	down payment	outline
升級	排水管	降級	∨ 頭期款	大綱

（8）「副詞 + 動詞」。

downfall	downpour	downspout	update
∨ 垮臺	∨ 傾盆大雨	水落管	更新

❷ 複合名詞的組成關係

（1）成分關係。

類別	例子	類別	例子
A 說明 B 的種類	flower garden（花園） A　　　B	A 說明 B 的用處	travel agency A（旅行社）
A 形容 B	goldfish（金魚） A　B	A 驅動 B	air rifle（空氣槍） A　B
A 說明 B 的時間	evening news（晚間新聞） A　　　B	A 說明 B 的材料	stone bridge（石橋） A　　　B
B 生產 A	clothing factory（服裝廠） A　　　B	A 生產 B	gas light（煤氣燈） A　B
A 擁有 B	telephone key（電話鍵） A　　　B	B 是 A 的狀態	blueprint（藍圖） A　B
A 說明 B 的來源	college student（大學生） A　　　B	A 組成 B	snow flake（雪花） A　　B
A 解釋 B 的內容	adult exam（成人考試） A　　B		

Here's the evening news.
接下來為大家播報晚間新聞。

The office building **under construction is expected to be finished next year.**
那座建造中的辦公大樓預計明年完工。

This is the smell of pumpkin pie **made by my mother in my memory.**
這是我記憶中媽媽做的南瓜派的香味。

（2）句法關係。

類別	例子
主詞 + 動詞關係	響尾蛇 <u>rattlesnake</u> (The snake rattles.) 　　　V.　　S.
主詞 + 受詞關係	甘蔗 <u>sugar cane</u> (Cane produces sugar.) 　　　O.　　S.
動詞 + 受詞關係	股東 <u>stock holder</u> (hold stock) 　　　O.　　V.
限制關係	槍戰 <u>gun fight</u> (fight with a gun) 　　　　　限制
同位關係	女醫生 woman doctor (The doctor is a woman.)
並列關係	聾啞人 deaf-mute (deaf and mute)

I saw a shocking gun fight **in the movie.**
我在電影裡看到了震撼的槍戰。

Three women college students **came to teach in the village that year.**
那年村子裡有三個女大學生來教書。

One third of the stock holders **agreed that he should be the board chairman.**
三分之一的股東同意他擔任董事會主席。

3 複合名詞的複數

複合名詞的複數形式變化。

① **I __envy__ that you have finished your** homework**.**

真羨慕你已經把作業做完了。

> ★ 若複合名詞以不可數名詞結尾，則無複數形式，如 homework、newspaper……等。

② **He took a pile of** paper bags **to load his clothes.**

他拿了一堆紙袋來裝衣服。

> ★ 「名詞 + 名詞」構成的複合名詞變複數時，須對後面的名詞進行變化。

③ **Two** men colleagues **helped me move my luggage into the company __dormitory.__**

兩位男同事幫我把行李搬進了公司宿舍。

> √★ man 和 woman 構成的複合名詞變複數時，兩個詞都要變化。

④ **As** grown-ups**, you should have your own ideas.**

作為成年人，你們應該有自己的想法。

> ★ 如 grown-up 這種的「動詞或過去分詞 + 副詞」構成的複合名詞變複數時，是在字尾加 s。

grown-up　　　　grown-ups

⑤ **Most men are afraid of their** fathers-in-law**.**

大多數男人都害怕他們的岳父。

> ★ 複合名詞是「可數名詞 + 介系詞片語」時，其複數形式是把可數名詞變為複數。

father-in-law　　　　fathers-in-law

★ MEMO ★

CHAPTER 02 | 動詞 Verb

名詞：用於表達人或事物的行為或者狀態的詞語。

動詞的分類：

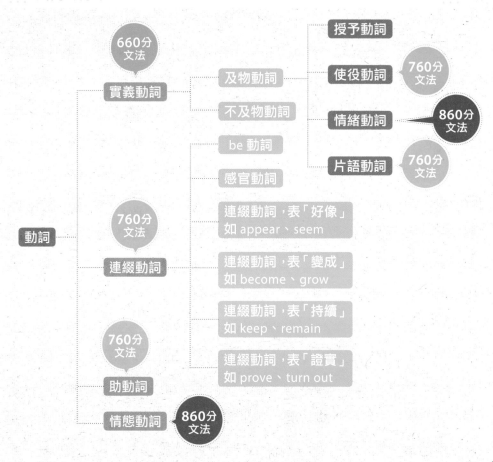

一、實義動詞

660分文法

　　有實際意義的動詞，如：run（跑）、eat（吃）、sleep（睡覺）⋯⋯等，與非實義動詞是相對的；非實義動詞包括連綴動詞、助動詞以及情態動詞。實義動詞有及物動詞和不及物動詞，及物動詞是指後面須接直接受詞的動詞；不及物動詞有兩種情況：後面不須接受詞即可獨立成句，或者後面須先接介系詞，再接受詞。

eat   sleep   run

CHAPTER **02** 動詞

（一）及物動詞

  及物動詞的簡寫是 vt.，它自身的意義不完整，後面須要接受詞才能表達完整的意義。其中受詞可以是單受詞、雙受詞或者複合受詞；另外，及物動詞也有被動式。

（1）**及物動詞後接單受詞，組成「S. + V. + O.」結構。**

  經常使用的單受詞及物動詞有：allow、accept、buy、begin、believe、bring、count、clean、close、consider、discover、explain、find、follow、learn、promise、think……等。

I'm sure she'll accept your present.
     S. V.   O.
我相信她會接受你的禮物的。

She (S.)   **will accept (V.)**   **your present. (O.)**
她   會接受   你的禮物的。

Can you bring your English textbook to me tomorrow?
   S. V.   O.
明天你能帶你的英文課本給我嗎？

Students must follow the rules and regulations of the school.
  S.   V.   O.
學生必須遵守學校的規章制度。

To my surprise, my father considered my request.
       S.   V.   O.
讓我吃驚的是，我的父親考慮了我的請求。

（2）及物動詞後接複合受詞，組成「S. + V. + O. + O.C.（受詞補語）」結構。

後面經常接複合受詞的及物動詞有：ask、allow、catch、find、have、help、hear、leave、make、observe、prevent、remember、see、tell、teach、think、want、watch……等。

Please allow me *to tell the truth now*. （不定詞片語充當受詞補語）
　　　　 V. 　O. 　　 O.C.

請允許我現在說出事實。

A child saw the young man *breaking into the house*.
　 S. 　 V. 　　 O. 　　　　 O.C. 　　　　　（現在分詞片語充當受詞補語）

有個小孩看見那個年輕人闖進屋子。

| A child (S.) | saw (V.) | a young man (O.) | breaking into the house. (O.C.) |
| 有個小孩 | 看見 | 那個年輕人 | 闖進屋子。 |

Thomas was amazed to find the woman *stealing the things*.
　 S. 　　　　　　　　 V. 　　 O. 　　 O.C.
　　　　　　　　　　　　　　　　　　　（現在分詞片語充當受詞補語）

湯瑪斯驚訝地發現那個女人在偷東西。

We should help the homeless children *(to) finish their studies*.
　 S. 　　　 V. 　　　 O. 　　　　　　 O.C.
　　　　　　　　　　　　　　　　　（不定詞片語充當受詞補語）

我們應該幫助那些無家可歸的孩子完成學業。

1 授予動詞

授予動詞屬於及物動詞，後面須接兩個受詞：直接受詞和間接受詞。也就是我們常說的及物動詞後接雙受詞，組成「S. + V. + I.O.（間接受詞）+ D.O.（直接受詞）」或「S. + V. + D.O.（直接受詞）+ Prep.（介系詞）+ I.O.（間接受詞）」的結構。注意：間接受詞表示的是接受物品的對象，直接受詞表示授予的物品。

經常使用的授予動詞有：ask、bring、buy、do、give、leave、lend、make、offer、pay、provide、send、sell、show、tell、teach、write……等。

> Can **you** buy *me* a story book?
>   S.   V.   I.O.   D.O.
>
> Can **you** buy a story book **for** *me*?
>   S.   V.   D.O.   Prep. I.O.
>
> 你能為我買一本故事書嗎？

You (S.)	buy (V.)	me (I.O.)	a story book. (D.O.)
你	買	給我	一本故事書。

> I hope **you** could teach *me* Spanish.
>   S.   V.   I.O.   D.O.
>
> I hope **you** could teach Spanish to *me*.
>   S.   V.   D.O.   Prep. I.O.
>
> 我希望你可以教我西班牙語。

> I didn't think **he** would show *us* his work.
>   S.   V.   I.O.   D.O.
>
> 我認為他不會把他的作品展示給我們看。

> **He** is writing a letter to *his sister* who is studying abroad.
> S.   V.   D.O. Prep. I.O.
>
> 他正在寫信給國外上學的妹妹。

❷ 使役動詞 `760分 文法`

　　使役動詞屬於不完全及物動詞，不完全及物動詞是指除了需要受詞外，還需要受詞補語才能表示完整意思的動詞。使役動詞主要意為「使、令、讓、幫、叫」，這類動詞有 have、make、let……等。

√（1）語法功能。

　　① 使役動詞 have、make、let 後面須要接<u>原形動詞</u>來當受詞補語。

　　The professor has us <u>hand in</u> our paper on time.
　　教授讓我們按時交論文。

　　My mother let me <u>sweep</u> the floor.
　　我媽媽讓我掃地。

David made his little sister laugh.
大衛讓他的小妹妹笑了。

made（使役動詞）**his little sister laugh**（原形動詞）
讓他的小妹妹笑了

② 使役動詞後面也可接過去分詞當受詞補語。

My father has his hair cut every month.
我父親一個月剪一次頭髮。

√ ③ 使役動詞的被動語態，其受詞補語要用帶 to 的不定詞，變成「be + 使役
動詞過去分詞 + to V.」。

Ella was made to feel puzzled.
艾拉被弄得很困惑。

√（2）與使役動詞意思相近的補充用法。

① have。
• have sth. done 可以意為「讓某事完成」，還可以意為「遭遇某事」。

Linda had her purse stolen the day before yesterday.
琳達的錢包前天被偷了。

• have sb. / sth. doing 意為「讓某人或某事處於某種狀態」。

This TV series has me laughing all the time.
這部電視劇讓我一直在笑。

has me **+**
讓我

laughing
一直在笑

② make。
• make sb. sth. 或者 make sth. for sb.，意為「為某人做某事」。

My friend made me a cup of coffee.
= **My friend** made a cup of coffee for me.
我朋友做了一杯咖啡給我。

③ get。

* get sb. / sth. doing sth. 意為「讓某人或某物做某事」，強調動作的進行式。

My father says that he will get the car going **for me.**
我爸說他會幫我發動汽車。

④ help。

* help sb. with sth. 意為「幫助某人做某事」。

Sarah can help you with **your Japanese.**
莎拉可以幫助你學習日語。

⑤ keep。

* keep sb. / sth. doing sth. 意為「使某人或某物處於某種狀態」，強調動作延續了一段時間。

I am so sorry to have kept you worrying **for the whole day.**
我很抱歉，已經讓你擔心了一整天。

have kept you
已經讓你 **+**

worrying
擔心

* keep sb. / sth. + adj. / adv. / prep. 意為「使……處於某種特定的狀態」。

Paul's task is to keep the army in order.
保羅的任務就是讓軍隊井然有序。

⑥ leave。

* leave sb. / sth. doing 意為「讓某人繼續處於某種狀態」。

We should not leave the machine running.
我們不應該讓機器一直運轉。

* leave 後面接介系詞片語和形容詞當受詞補語。

Thomas was left with no option **but to remain silence.**
湯瑪斯除了保持沉默沒有別的選擇。

❸ 情緒動詞 860分 文法

　　情緒動詞主要表達人的情緒，這類動詞有 amuse（使有趣）、bore（使無聊）、confuse（使困惑）、disgust（使噁心）、embarrass（使尷尬）、excite（使激動）、interest（使有趣）、satisfy（使滿意）、surprise（使吃驚）、tire（使疲倦）……等。

（1）情緒動詞可以轉化為情緒形容詞。

　　情緒動詞的過去分詞形式一般用來修飾人，而現在分詞形式一般用來修飾事物。

- 過 amused 被逗笑的；愉快的
- 現 amusing 有趣的，好玩的

- 過 bored 無聊的
- 現 boring 令人厭煩的

- 過 confused 糊塗的；迷亂的
- 現 confusing 令人困惑的

- 過 disgusted 厭煩的，厭惡的
- 現 disgusting 令人作嘔的

- 過 embarrassed 尷尬的；為難的
- 現 embarrassing 使人尷尬的

- 過 excited 興奮的，激動的
- 現 exciting 令人激動的

- 過 interested 感興趣的
- 現 interesting 有趣的

- 過 satisfied 滿意的
- 現 satisfying 令人滿意的

- 過 surprised 吃驚的
- 現 surprising 令人驚訝的

- 過 tired 疲倦的，累的
- 現 tiring 令人疲倦的，累人的

He has been reading the book, so he is very bored**.**
他一直在看這本書，所以他很無聊。

John quit his boring **job.**
約翰辭掉了那份令人厭煩的工作。

If it were a story book, I would be interested**.**
如果這是一本故事書，我會很感興趣。

I've never seen such an interesting **game.**
我從未見過這麼有趣的遊戲。

I would be interested.
我會很感興趣。
（過去分詞形容人的感受）

an interesting game
讓人覺得有趣的遊戲
（現在分詞形容物品或人物給人的感覺）

（2）情緒動詞的過去分詞的搭配。

be bored with	be excited about	be embarrassed about
對……感到厭煩	對……感到興奮	對……感到尷尬

be interested in	be satisfied with	be surprised at	be worried about
對……感興趣	對……感到滿意	對……感到吃驚	擔心……

Tom was bored with **the monotonous life.**
湯姆對這種枯燥無味的生活感到厭煩。

The old man was excited about **the good news.**
這個老人對這個好消息感到很興奮。

Susan was embarrassed about **his partner's behavior.**
搭檔的這種行為讓蘇珊感到很尷尬。

embarrased + about
對……感到尷尬

bored + with
對……感到無聊

Their parents are not interested in **the amusement park.**
他們的父母對遊樂園不感興趣。

Paul was satisfied with **his achievements.**
保羅對他的成績感到很滿意。

The beautiful girl is surprised at **his confession.**
這個漂亮的女孩對他的表白感到很吃驚。

My manager is **always** worried about **the details.**
我的經理總是擔心那些細節問題。

❹ 片語動詞 760分文法

片語動詞，顧名思義就是動詞和其他詞語組成的片語。在英語中，經常把片語動詞看作是一個整體。

（1）「動詞 + 介系詞」。

① break。

break down	break in	break into	break out
破壞；瓦解；故障	闖入；打斷	強行進入；突然開始	爆發；發生；拋錨

Once parents' marriage breaks down**, the child is the biggest victim.**
一旦父母的婚姻瓦解了，小孩就是最大的受害者。

He doesn't know when the First World War broke out**.**
他不知道第一次世界大戰是什麼時候爆發的。

break + down = break down
動詞　　　介系詞　　破壞；瓦解；故障

marriage breaks down
婚姻瓦解

② come。

√ come across	√ come along	come at
遇見；偶爾發現；想起	陪伴；進步，進展	達到；得到；襲擊
come back	**come down**	**come from**	**come in**
回來；恢復	倒下；跌落	來自；起源於	進來，進入
come on	**come out**	**come to**	**come up**
上演；開始；發展	傳出；出版；結果是	甦醒；達到	走近；發芽

I've never come across **such an irrational person.**
我從未遇過這麼不理智的人。

The report written by James came out **today.**
詹姆斯寫的那篇報導今天出來了。

come across an irrational person
遇見不講理的人

the report came out today
報導今天出來了

③ get。

get about	get across	get along	get up
徘徊；走動；流傳	渡過；通過；使理解	和睦相處；進行	起床
get back	**get behind**	**get down**	**get in**
取回	落後	使沮喪	進入；牽涉
get on	**get off**	**get over**	**get through**
上車	下車	恢復；克服	通過

His leg was hurt so that he could not get across the river.
他的腿受傷了以至於無法渡過那條河。

We have to work hard all the time so that we won't get behind others.
我們只有一直努力，才不會落後別人。

get across the river
渡過那條河

get behind others
落後於別人

④ give。

break down	give away		give back
破壞；瓦解；出故障	贈送；洩露；頒發		歸還
give in	**give off**	**give out**	**give up**
屈服；投降	發出氣味	分發；公佈	放棄；停止

I can't believe that Paul gave away the secret.
我不相信保羅洩露了祕密。

He didn't give out any news about the product before the meeting began.

在會議開始之前,他沒有發佈任何有關這個產品的消息。

gave away **the secret**　　　　didn't give out **any news**
洩露祕密　　　　　　　　　　　沒有發佈任何消息

⑤ look。

look about	look after	look around	look at
四下環顧;查看	照顧;看管	東張西望	注視;著眼於
look back	look for	look into	look on
回顧	尋找	調查	旁觀;看待

look out	look over	look through
向外看;注意;當心	檢查	看穿;瀏覽

We should keep in mind that we should not look around in the exam.

我們應該記住,考試時不能東張西望。

We must look out when we cross the road.

我們過馬路的時候必須注意。

look around **in the exam**　　look out **when we cross the road**
考試時東張西望　　　　　　　　過馬路的時候要注意

⑥ put。

put aside	put away	put back	put down
擱置;排除	儲藏;把……收拾好	放回原處	鎮壓;制止
put off		put on	put up
延後		上演;穿上	舉起

We should put aside **our personal feelings to discuss this issue.**
我們應該拋開個人情感來討論這個問題。

Why did the school put off **the sports meeting until next week?**
學校為什麼把運動會延後到下週？

put aside **our personal feelings**
拋開個人情感

⑦ turn。

turn against	turn back	turn down
背叛；採取敵對態度	折回；往回走	翻下；拒絕
turn into	**turn off**	**turn on**
變成；變為	關閉；解雇	打開；取決於
turn out	**turn around**	**turn to**
證明是	旋轉；轉身	變成；著手於

I didn't understand why Alice turned against **me.**
我不明白為什麼愛麗絲會背叛我。

When I left, he never turned around**.**
當我離開的時候，他始終沒有轉身。

turned against **me**
背叛我

turned around
轉身

（2）「動詞 + 副詞 + 介系詞」。

break away from 脫離；逃離	catch up with 趕上；追上	come up with 提出；想出	do away with 去掉；廢除
do well in 做得很好	get on / along with 與……和睦相處	get ahead of 勝過；超過	get down to 認真對待
look up to 仰望；尊敬	get out of 避免；退休；得出	look down on 俯視；輕視	look forward to 盼望；期待
make up for 彌補	put up with 忍受，容忍		take pride in 以……為榮

The president was arbitrary and he did away with **all previous systems.**
這個總統很武斷，廢除了以前所有的制度。

She can't put up with **her boyfriend's bad temper.**
她無法容忍男友的壞脾氣。

put up with **bad temper**
忍受壞脾氣

（3）「動詞 + 名詞」。

catch a cold 感冒	come true 實現	have a fever 發燒	have a try 試一試	make a face 做鬼臉
make progress 進步；進展	take a chance 冒險；碰運氣	take effect 生效；見效		take place 發生；舉行

My little brother made a face **at me as soon as he saw me.**
我的小弟弟一看見我就對我做鬼臉。

The policy has taken effect **since he took office.**
這個政策從他上任以來就已經生效了。

made a face
做鬼臉

（4）「動詞 + 名詞 + 介系詞」。

catch sight of 看到	keep an eye on 照看，照料	keep pace with 和……並駕齊驅
make friends with 和……交朋友	make fun of 取笑	make use of 利用
pay attention to 關心；注意	take advantage of 利用；欺騙	take care of 照顧，照看

He is always making fun of **the orphan.**

他總是取笑那個孤兒。

He made use of **his spare time to teach me German.**

他利用閒暇時間教我德文。

make fun of **the orphan**
取笑那個孤兒

（二）不及物動詞

不及物動詞的簡寫是 vi.，它自身的意義完整，後面不須接受詞，也沒有被動式。

（1）不及物動詞只能用於「S. + V.」結構。

常見的不及物動詞有：arrive、belong、exist、fall、go、happen、listen……
等。

They found out why <u>the flight</u> **had not** arrived **on time.**
S.   V.

他們查出了這個航班沒有按時抵達的原因。

+ had not arrived (Vi.)
沒有抵達

the flight (S.)
航班

<u>**Many soldiers**</u> fell **in the battle.**
S. V.

許多士兵在戰鬥中陣亡。

Stop pretending that <u>the problem</u> **doesn't** exist.
S.   V.

別再假裝問題不存在了。

I don't know <u>what</u> happened **after I drank too much.**
S. V.

我不知道自己喝多之後發生了什麼事。

（2）不及物動詞的其他用法。

如果不及物動詞後面要接受詞，後面須要接介系詞構成搭配，從而組成「Vi. + Prep. + O.」。

I don't understand why he agreed **with** the absurd idea.
<small>Vi.　　　Prep.　　　　O.</small>

我不懂他為什麼會同意這個荒謬的想法。

+ with (Prep.)

agree (**Vi.**)　　　　　　　　　the absurd idea (**O.**)
同意　　　　　　　　　　　　這個荒謬的想法

I believe that we belong **to a team.**
<small>Vi.　Prep.　O.</small>

我相信我們屬於一個團隊。

She failed **in** her attempt to regain the heavyweight world title.
<small>Vi.　Prep.　　O.</small>

她試圖奪回世界重量級冠軍，卻失敗了。

Jessica hurried **down** the corridor as fast as she could.
<small>Vi.　Prep.　　O.</small>

潔西卡以她最快的速度跑過走廊。

★ 全面突破760分必考文法 ★　660　　　　　760　　　　　860

有些動詞既可以當及物動詞，也可以當不及物動詞，但是意義相同。如：
answer（回答）、begin（開始）、consider（考慮）、close（關閉）、
hurt（受傷；疼痛）、learn（學習）、leave（離開）、insist（堅持）、
improve（改善）、pay（付款）、prepare（準備）、read（閱讀）、
start（開始）、study（學習）、sing（唱）、write（寫）……等。

① **When did you** start **to learn English?**
你何時開始學英文？

★ start 在此為及物動詞，意為「開始」，後接不定詞片語 to learn English 當作受詞。

Winter vacation usually starts in late January.

寒假通常一月下旬開始。

★ start 在此為不及物動詞，意為「開始」，具有完整意義，後面不須接受詞。

② **I answered that I knew nothing about it.**

我回答我不知道這件事。

★ answer 在此為及物動詞，意為「回答」，後接 that 引導的子句當作受詞。

He knocked at the door but no one answered.

他敲了門，但無人應答。

★ answer 在此為不及物動詞，意為「回答」，具有完整意義，後面不須接受詞。

然而，有些動詞當及物動詞和不及物動詞時，它的意義可能不同。如：
beat（打；跳動）、grow（成長；種植）、hang（把……掛起；懸掛）、
lift（抬；消散）、operate（操作；運轉）、play（扮演；玩）、smell（嗅
出；有氣味）、ring（按鈴；鳴響）、sell（賣；以……〔價格〕售出）、
wash（洗；洗澡）……等。

① **The boy is too young to lift the big box.**

這個男孩太年輕了，以至於無法抬起那個大箱子。

★ lift 在此為及物動詞，意為「抬起」，後接名詞片語 the big box 為受詞。

The clouds began to lift before it rained.

下雨之前，天上的雲開始消散了。

★ lift 在此為不及物動詞，意為「消散」。

② **I think Mark beat his classmate at school yesterday.**

我想馬克昨天在學校打了他的同學。

★ beat 在此為及物動詞，意為「打」，後接名詞片語 his classmate 為受詞。

His heart beats violently after exercising.

他的心臟在運動後劇烈地跳動。

★ beat 在此為不及物動詞，意為「跳動」。

beat his classmate
打了他的同學
（beat 作及物動詞）

his heart beats
他的心臟跳動
（beat 作不及物動詞）

③ **Who** operates **the computer?**

這台電腦由誰操作？

★ operate 在此為及物動詞，意為「操作」，後接名詞片語 the computer 為受詞。

The machine is not operating **properly.**

機器運轉得不正常。

★ operate 在此為不及物動詞，意為「運轉」。

二、連綴動詞

760分
文法

連綴動詞又叫做繫動詞（Linking Verb），後面須要接補語，它的分類如下表所示。

	類別	例子
連綴動詞	be 動詞又稱狀態動詞，表示主詞的狀態	be (is / am / are / was / were / been)
	感官動詞，描述某種感官的性質	feel、look、smell、sound 等
	表示「看起來、好像」	appear、look、seem 等
	表示「變成」	become、come、go、grow、turn、fall 等
	表示持續某種狀態或態度	keep、remain、stay、rest、stand 等
	意為「證實；變成」	prove、turn out 等

（一）be 動詞

be 動詞也叫做狀態動詞，它的形式有 is / am / are / was / were / been。它經常用來表示主詞的狀態或者性質。

① 時態

（1）**一般現在式，要用** am / is / are。

在一般現在式中，如果句子的主詞是第一人稱單數，要用 am。

I am a sophomore majoring in finance.
我是一名主修金融的大二學生。

I
（第一人稱單數主詞）

＋

am
（第一人稱單數 be 動詞）

如果句子的主詞是第二人稱，不管是單數還是複數都用 are。

You are the boss' staff.
你們都是這個老闆的員工。

You
（第二人稱）

＋

are
（第二人稱 be 動詞）

如果句子的主詞是第三人稱單數，要用 is；如果句子的主詞是第三人稱複數，
要用 are。

He is my father's best friend.
他是我爸爸最好的朋友。

She is the best student in our school.
她是我們學校最優秀的學生。

They are the employees of the company.
他們是這家公司的員工。

（2）**一般過去式，要用** was / were。

在一般過去式中，如果句子的主詞是第一人稱或者第三人稱單數，要用 was。

He was **a famous singer.**
他以前是一個有名的歌手。

Two years ago, I was **a high school student.**
兩年前，我還是一名高中生。

two years ago　　　　now

如果句子的主詞是第一人稱、第二人稱或者第三人稱的複數，要用 were。

We were **the professor's students.**
我們曾經是這個教授的學生。

I heard that you were **enemies.**
我聽說你們以前是敵人。

They were **good friends, but they lost touch with each other three years ago.**
他們以前是好朋友，但是三年前彼此就失去了聯繫。

（3）**一般未來式，要用** will be。

Paul will be **a professional scientist in the future.**
保羅將來會成為一名專業的科學家。

now　　　　future

2 用法

（1）縮寫。

原形	縮寫	原形	縮寫
I am	I'm	**they are**	they're
you are	you're	**is not**	isn't
he is	he's	**are not**	aren't
she is	she's	**was not**	wasn't

| **it is** | it's | **were not** | weren't |
| **we are** | we're | | |

（2）be 動詞一般用來表示主詞的性質或狀態，充當主詞補語的可以是形容詞、
名詞或名詞片語、代名詞、分詞、不定詞、介系詞片語和子句，子句可
由 because、why 或 that 引導。

Her grandmother used to be <u>very elegant</u>. （形容詞充當主詞補語）
她的奶奶曾經很優雅。

now   before

Her grandmother   **used to be very elegant.**
她的奶奶   曾經很優雅。
                    （be 動詞可以用來表示主詞的狀態）

The beautiful woman with a pair of glasses is <u>their physics teacher</u>.
那位戴著一副眼鏡的漂亮女人是他們的物理老師。（名詞片語充當主詞補語）

**The water shortage and the hot weather are presumably <u>to blame</u>
for the drought.**
　　　　　　　　　　　　　　　　　　推測
水源短缺與炎熱天氣大概是造成乾旱的原因。（不定詞充當主詞補語）

The painting she just finished yesterday is <u>on display</u>.
她昨天剛完成的那幅畫作正在展覽。（介系詞片語充當主詞補語）

The fact was <u>that his bedroom was a mess last night</u>.
事實上，昨天晚上他的臥室一片凌亂。（主要子句中是 that 引導的子句充當 The fact 的主詞
補語；從屬子句中是名詞片語 a mess 充當 his bedroom 的主詞補語）

3 被動語態

被動語態的基本表達形式是 be done，也就是「be 動詞 + 動詞的過去分詞」，
意為「被……」。

時態	表達形式
一般現在式 現在	am / is / are + done
一般過去式 過去　現在	was / were + done
一般未來式 現在　未來	will + be + done
現在進行式 現在	am / is / are + being + done
過去進行式 過去　現在	was / were + being + done
現在完成式 現在	have / has + been + done
過去完成式 過去　現在	had + been + done

The classroom was cleaned **by Tom yesterday.**

昨天教室是湯姆打掃的。（教室被湯姆打掃）

was cleaned
be 動詞 + 過去分詞
被打掃

the classroom
教室

The album cover is designed **by the award-winning artist.**

這張專輯封面是由獲獎藝術家設計的。（專輯封面被獲獎藝術家設計）

This difficult task will be done **by them.**

這個艱鉅的任務將由他們完成。（任務被他們完成）

The flowers were being watered **by him this time yesterday.**
他昨天的這個時候正在澆花。（花被他澆）

The floor is being swept **by Alice now.**
愛麗絲正在掃地。（地正被愛麗絲掃）

The text has been recited **by the student.**
這個學生已經把課文背好了。（課文被學生背誦）

The report had been finished **by the project manager.**
這位專案經理已經完成了報告。（報告被專案經理完成）

★ 全面突破860分必考文法 ★　660　　760　　860

① 一般來說，be 動詞沒有進行式。

His fiancée is being a nurse. (✕)
His fiancée is a nurse. (✓)
他的未婚妻是一名護士。

② 但在某些情況下，be 動詞也可以有進行式。

She is just being **innocent.**
她只是在裝作很天真的樣子。
★ being 表示該狀態為短暫的、反常的。

She is just being innocent.
她只是在裝作很天真的樣子。

③ 還有些動詞也沒有進行式，如：keep、remain。

The foreman is keeping the workers standing there. (✕)
The foreman keeps **the workers standing there. (✓)**
這工頭讓工人們一直站在那裡。

Andy was remaining silent when he watched the scary movie. (✕)
Andy remained **silent when he watched the scary movie. (✓)**
安迪看恐怖片時依然保持安靜。

remained silent
保持安靜

④ 在某些情況下，本來沒有進行式的動詞也可以有進行式，如：keep、feel。

I guess that you are keeping **well.**
我猜，你還好吧。

She is feeling **lonely when her husband is on a business trip.**
丈夫出差的時候，她覺得很孤獨。

（二）感官動詞

感官動詞主要描述感官的性質，這類動詞有 feel、look、smell、sound、taste⋯⋯等。

❶ 感官動詞的用法

感官動詞後面一般接名詞或者代名詞，表示具體的動作。須要有動作的執行者（主詞）和承受者（受詞），可用於進行式和被動式。

My mother is tasting the fish that I cooked for her.
我媽正在品嘗我為她煮的那條魚。（My mother 為主詞，即動作的執行者；the fish 為受詞，即動作的承受者）

taste
品嘗
（感官動詞）

+

the fish
那條魚

To my surprise, the girl who is allergic to pollen is smelling flowers.
讓我吃驚的是，對花粉過敏的那個女孩正在聞花香。（the girl 為主詞，即動作的執行者；flowers 為受詞，即動作的承受者）

❷ 感官動詞的其他用法

感官動詞後接形容詞、介系詞片語和子句來充當主詞補語，用來表示物質的某種特點和性質。

The fish soup on the table feels cold.
桌子上的魚湯感覺已經涼了。（形容詞充當主詞補語）

It feels like snow.
這感覺像雪。（介系詞片語充當主詞補語）

（三）連綴動詞：表示「看起來、好像」

連綴動詞 appear、look、seem 意為「看起來好像……」，這類動詞不用於進行式和被動語態中，用作主詞補語的可以是名詞或名詞片語、形容詞、不定詞、子句，子句必須由 that、as though 和 as if 引導。

This young man seems **(to be)** <u>very depressed</u> **after being caught by the police.**
這個年輕人在被警察抓了之後，看起來非常絕望。（形容詞充當主詞補語）

seems (to be)
看起來

very depressed
非常絕望
（形容詞充當主詞補語）

> **It** seemed **that the old lady failed to catch the late train.**
> （that 引導的子句充當主詞補語）
> **The old lady** seemed **to fail to catch the late train.** （不定詞充當主詞補語）
> 這位年長的女士好像並沒有趕上那輛末班火車。

It seems **a shame that you can't show up.** （名詞片語充當主詞補語）
你無法出現似乎很可惜。

> **Her husband** appears <u>to be</u> **very miserly.** （不定詞充當主詞補語）
> **It** appears **that her husband is very miserly.** （that 引導的子句充當主詞補語）
> 她的丈夫似乎很吝嗇。

（四）連綴動詞：表示「變成」

變化動詞有 become、fall、go、grow、turn……等，表示主詞變成什麼狀態。這類動詞<u>不用於進行式、完成式和被動語態</u>中，充當主詞補語的可以是名詞或名詞片語、形容詞、介系詞片語。

❶ 用法

become 意為「變成」	後接 angry（生氣的）、accustomed（習慣的）、dark（黑暗的）、dangerous（危險的）、famous（有名的）、interested（有興趣的）……等形容詞，或者是可數名詞的單複數形式。
fall 意為「變成」，表示進入某種狀態	後接 asleep（睡著的）、dead（死的）、due（到期的）、flat（不成功的）、ill（生病的）、sick（生病的）、silent（無聲的）……等形容詞，或者是 into decay（敗壞）、into a doze（打瞌睡）……等介系詞片語。
get 意為「變成、變得……起來」	後接 accustomed（習慣的）、angry（生氣的）、better（更好的）、bored（無聊的）、colder（更冷的）、fat（胖的）、fit（健康的）、hungry（餓的）、ready（準備好的）、thinner（更瘦的）、used to（習慣的）、wet（濕的）、worried（擔心的）……等形容詞，或者是 dressed（打扮好的）、married（結婚的）、mugged（被搶劫的）……等分詞。
go 意為「變成、變得」，表示進入某種狀態	後接 angry（生氣的）、bad（壞的）、blind（盲的）、bankrupt（破產的）、grey（灰色的）、hard（困難的）、hungry（餓的）、mad（發狂的）、naked（裸的）、lost（迷失的）、wrong（錯的）……等形容詞。
grow 意為「漸漸變成」	後接 small / smaller（小的 / 更小的）、dark（黑暗的）、old / older（老的 / 更老的）、rich / richer（富有的 / 更富有的）、tired of（厭倦的）、used to（習慣的）、warm（溫暖的）、weak / weaker（虛弱的 / 更虛弱的）……等形容詞。
turn 意為「變成」	後接 brown（褐色的）、fine（好的）、cold（冷的）、red（紅的）、nasty（惡劣的）、pale（蒼白的）、white（白的）……等形容詞。

The cleaner was so tired that he fell asleep as soon as he got to bed.
這個清潔工太累了，以至於一躺到床上就睡著了。

The government thought that these immigrants had gotten accustomed to the new life.
政府認為這些移民已經適應了新生活。

He got blind after the accident.
自從那場意外之後他就失明了。

Her face turned pale when she heard that her grandmother had passed away.
當聽說奶奶去世時，她的臉色變得很蒼白。

her face turned
她的臉變得

pale
很蒼白
（形容詞充當主詞補語）

❷ 連綴動詞 become、get、grow 的特殊用法

這幾個動詞還能和形容詞的比較級連用，表示一種漸進的過程或狀態，意為「愈來愈……」。

His mother is becoming more and more fashionable, and I can't even recognize her.
他的媽媽變得愈來愈時尚，我都認不出來了。

As we all know, the economy of our country is becoming better and better.
眾所周知，我國的經濟變得愈來愈好。

The weather in the south of our country is getting warmer and warmer.
我國南方的天氣變得愈來愈暖和了。

To our surprise, the old man seems to be growing weaker.
讓我們驚訝的是，那個老人似乎變得愈來愈虛弱了。

★ 全面突破760分必考文法 ★　660　　　　　760　　　　　860

① 變化動詞 become 後接單數可數名詞，前面必須有不定冠詞 a、an 修飾。

Many girls wanted to become a good teacher when they were young.

很多女孩小時候都想成為一名優秀的老師。

become **+**
變成

a good teacher
一名優秀的老師

② 但是變化動詞 turn 後接單數可數名詞，可以不用不定冠詞 a、an 修飾。

There is little chance of his turning astronaut, because he often has a cold.

他不大可能成為太空人，因為他經常感冒。

（五）連綴動詞：表示持續某種狀態或態度

持續動詞有 keep、lie、remain、stand、stay……等，這類動詞是用於表示主詞持續或者保持某種狀態和態度，它<u>不用於進行式和被動語態</u>，充當主詞補語的可以是名詞或名詞片語、形容詞、副詞、分詞、介系詞片語等。

The new student was so shy that she always kept silent at the class meeting.

這個新來的學生很害羞，以至於她總是在班會上保持沉默。（形容詞充當主詞補語）

To my delight, they still remain good friends after the cold war.

讓我高興的是，他們冷戰之後還是好朋友。（名詞片語充當主詞補語）

I don't understand why he remained standing in the snow.

我不懂他為什麼一直站在雪地裡。（現在分詞充當主詞補語）

remained
保持

standing
站立

（六）連綴動詞：表示「證實；變成」

　　常用的終止動詞有 prove、turn out……等，這類動詞表示主詞已經終止了動作，意為「證實；變成」，它<u>不用於進行式和被動語態</u>中，充當主詞補語的可以是名詞或名詞片語、形容詞、不定詞、子句，子句由 that 引導。

> **What he said turned out to be a lie.**（不定詞充當主詞補語）
> **It turned out that what he said was a lie.**（that 引導的子句充當主詞補語）
> 事實證明，他說的話全都是謊言。

turn out to be
結果是

a lie
謊言

> **It proved (to be) extremely easy to persuade her to reduce the price.**（形容詞充當主詞補語）
> **To persuade her to reduce the price proved (to be) extremely easy.**
> （形容詞充當主詞補語）
> 事實證明，說服她降低價格很容易。

三、助動詞

　　助動詞，也稱為輔助動詞，它的主要功能就是幫助主要動詞構成句子的語態和時態，可以用於各種否定句和疑問句中。助動詞本身沒有意義，不能單獨作為動詞。

1 助動詞 be

　　它包含 am、are、is、was、were、been、being。

（1）「be + V-ing」可以構成進行式。

Her grandmother is sewing the clothes in the living room.
她的奶奶正在客廳裡縫衣服。

In fact, Tom is wasting his time in the school.
事實上，湯姆在學校就是在浪費時間。

Kate was playing with her hair out of boredom when her boyfriend finally entered the café.
凱特的男友終於進入咖啡廳時，她正在百無聊賴地玩著自己的頭髮。

We were saying goodbye on the square in front of the train station this time yesterday afternoon.
昨天下午的這個時候，我們正在火車站前面的廣場上告別。

were
助動詞
正在

saying goodbye
告別

（2）「be to V」。

表示命令	**We are to do as the boss says.** 我們要按照老闆說的去做。
表示約定	**They are to meet at 5 p.m. tomorrow afternoon.** 他們約定明天下午五點見面。

表示徵求或者詢問意見	**What** am I to do **with Ella?** 我該拿艾拉怎麼辦？
表示計畫和安排	**We** are to meet **the client tomorrow evening.** 明天晚上我們要去見客戶。

（3）「be + 動詞過去分詞」可以構成被動語態。

The only chance was missed **by him.**
唯一的一次機會被他錯過了。

The old cyclist was knocked down **by a driver just now.**
剛才那個騎自行車的老人被一位司機撞倒了。

All employees were laid off **because the company went bankrupt.**
因為那家公司破產，所有的員工都被解雇了。

His keys were left **in the conference room.**
他的鑰匙被忘在會議室裡。

2 助動詞 do、does、did

（1）可以組成一般現在式和一般過去式的否定句。

She doesn't **think she was capable of finishing the task.**
她認為自己沒有能力完成這個任務。

she doesn't **think**
她不認為

This car accident didn't **happen last night.**
這場車禍並不是昨天晚上發生的。

He didn't **live a happy life after he left his parents.**
他離開父母之後，並沒有過上幸福的生活。

He didn't inherit the estate because of his mother.

因為他的母親，他並沒有繼承這份遺產。

（2）組成現在一般式和過去一般式的疑問句。

Do you really believe in his ability?

你真的相信他的能力嗎？

Does she ever get into trouble?

她有沒有陷入過困境？

Did you hear anything from our manager?

你有從我們的經理那裡聽到什麼嗎？

Did Alice leave for Japan for a vacation in August?

愛麗絲八月去日本度假了嗎？

（3）在原形動詞前，可以加強句子的語氣。

Do tell the truth this time.

這次你一定要說實話。

Do come to the party this evening.

今天晚上你一定要來參加派對。

George did need this job.

喬治是真的需要這份工作。

He did see the young man steal the purse.

他確實看見那個年輕人偷了錢包。

（4）組成否定祈使句，用助動詞 don't 開頭。

Don't ignore all the details.

不要忽視所有細節。

Don't play a joke on these children.

不要和這些小孩開玩笑。

Don't park the car at the gate of the company.

不要把車停在公司大門口。

Don't speak loudly when you have dinner in the restaurant.

在餐廳吃飯時，不要大聲說話。

3 助動詞 have

（1）「have + 動詞過去分詞」可以組成完成式。

David has received many gifts.
大衛已經收到了很多禮物。

The tourists have booked their hotels in advance.
這些遊客已經提前預訂好了飯店。

The salesclerk had marked down the price of the eggs.
店員已經降低了雞蛋的價格。

I had gotten doctorate.
我已經拿到博士學位。

had　gotten
助動詞　過去分詞
已經取得

doctorate
博士學位

（2）「have + been + 動詞過去分詞」可以組成完成式的被動語態。

The elevator in the mall has been damaged by consumers.
商場裡的電梯已經被消費者弄壞了。

The flowers have been watered by the gardeners.
園丁已經幫花朵澆過水了。

This client has been intercepted by another company.
這個客戶已經被另一家公司搶走了。

Monitoring equipment has been installed for the sake of safety.
為了安全起見，監控設備已經裝好了。

has been installed
助動詞　been　過去分詞
已經（被）裝好了

monitoring equipment
監控設備

（3）「have + been + V-ing」可以組成完成進行式。

The customer has been complaining **to me about the product.**
這個顧客一直在向我抱怨這個產品。

He has been sleeping **for seven hours.**
他已經睡了七個小時了。

The scientist has been doing **an experiment lately.**
這個科學家最近一直在做一個實驗。

The two companies have been working **together for many years.**
這兩家公司已經合作了很多年。

❹ 後面須接原形動詞的其他詞語，功能類似助動詞

這些詞語出現在主詞和主要動詞之間。如：be about to（正要）、be to（要做某事）、be going to（即將）、be likely to（可能）、be meant to（應該）、be obliged to（必須）、be due to（由於）、be supposed to（應該）、be unable to（不能）、be willing to（願意）、be unwilling to（不願意）、had better（最好）、happen to（碰巧）、seem to（似乎）……等。

I was about to **go home when it began to rain.**
開始下雨的時候，我正打算回家。

You had better **finish your paper within one month.**
你最好在一個月之內把論文完成。

The homeless boy was obliged to **beg on the street.**
這個無家可歸的男孩不得不在街上乞討。

★ **全面突破860分必考文法** ★　660　　　760　　　860

在句子中，假如有 be likely to、be certain to、be unlikely to、seem to、appear to、happen to……等出現，就可以轉換為「It + …… + that 引導的子句」，其中 It 是虛主詞。

① **The ice** is likely **to melt tomorrow afternoon.**
明天下午冰可能會融化。

★ It is likely that **the ice will melt tomorrow afternoon.**

---

② **Mary is certain to give consent to the distribution plan.**
瑪麗肯定會同意這個分配計畫。

★ It is certain that Mary will give consent to the distribution plan.

③ **He happened to meet his head teacher while he was on the bus.**
他在公車上剛好碰見了他的班導。

★ It happened that he met his head teacher while he was on the bus.

④ **Jack seemed to forget what his supervisor had assigned him.**
傑克似乎忘了主管安排給他的任務。

★ It seemed that Jack forgot what his supervisor had assigned him.

四、情態動詞

1 情態動詞表示推測

情態動詞	含意
can / could	表示的可能性很小
may / might	表示的可能性稍大一點
must	表達的語氣最強烈，可能性最大
shall / should、ought to	意為「應該」，表達的是理論上的可能性

（1）如果情態動詞表達**對現在的推測**，一般用「情態動詞 + 原形動詞」或者是「情態動詞 + be + V-ing」。

Paul can't / couldn't be the killer.
保羅不可能是殺人兇手。

They may / might fly to Japan tomorrow.
他們可能明天搭飛機去日本。

Bob must be seeing the film with his colleagues.
鮑勃一定是在和他的同事看電影。

Daniel should play basketball after school.
丹尼爾放學後應該會去打籃球。

should
助動詞
應該

play basketball
打籃球

（2）情態動詞如果想表示對過去的推測，一般用「情態動詞 + have + 過去分詞」。

The patient couldn't have been in hospital at that time.
當時那個病人不可能在醫院。

His injury might have recovered.
他的傷勢很可能已經恢復了。

David must have left the airport.
大衛一定已經離開了機場。

Sarah should have arrived in Hawaii.
莎拉應該已經抵達了夏威夷。

（3）如果情態動詞表達對將來的推測，一般用「情態動詞 + 原形動詞」。

I think Peter can / could become a chairman of a company in the future.
我認為彼得未來會成為一家公司的董事長。

Someday, people may not need identity cards and passports to travel abroad.
未來的某一天，人們出國旅行可能不再需要身份證和護照。

I should be home before my mother calls me.
媽媽給我打電話之前，我應該會到家。

In a month, Jason will have his driver's license.
一個月之內，傑森就可以拿到駕照了。

❷ 情態動詞表示其他含義

（1）情態動詞 need 意為「需要」：一般用於否定句、疑問句或者是 if / whether 引導的條件子句中，當 need 用在一般疑問句中，肯定回答經常用 must，而否定回答才用 needn't。

You needn't consider their offer. （情態動詞 need 用於否定句中）
你不需要考慮他們的報價。

He doesn't need to learn the irrelevant knowledge.
他不需要學習這些不相關的知識。（情態動詞 need 用於否定句中）

If you need help, you can call the police.
如果你需要幫忙，可以打給警察。（情態動詞 need 用於 If 引導的條件子句中）

‑ **Need I reserve a room for you?** （情態動詞 need 用於疑問句中）
需要我為你預訂房間嗎？

‑ **Yes, you must.** （情態動詞 need 肯定回答用 must）
是的，我需要。

‑ **No, you needn't.** （情態動詞 need 否定回答用 needn't）
不，你不需要這樣做。

（2）情態動詞 can / could：表示能力或者允許，也可以表示驚訝或懷疑的態度。

My mother can / could speak French very well. （情態動詞 can / could 表示能力）
我媽法語說得很好。

You can / could choose either one of the two sweaters.
這兩件毛衣你選哪一件都行。（情態動詞 can / could 表示允許）

How can / could you reject his confession?
你怎麼能拒絕他的表白？（情態動詞 can / could 表示驚訝或懷疑）

What can / could we do to make up for this mistake?
我們能做些什麼來彌補這個錯誤？（情態動詞 can / could 表示能力）

（3）情態動詞 may / might：表示允許、請求、建議或者勸告，may / might (just) as well 意為「最好」。

He may / might tell you the truth if need be. （情態動詞 may / might 表允許）
如果需要的話，他會告訴你真相。

May / Might I borrow your raincoat? （情態動詞 may / might 表請求）
我能借用你的雨衣嗎？

I'm wondering if I may / might stay here for two days.
（情態動詞 may / might 表請求）
我想知道，我能不能這裡住兩天。

Tourists may / might (just) as well change the tickets five days ahead of time.　（情態動詞 may / might 表建議）
遊客們最好提前五天更改機票。

（4）must 的用法。

功能	例句
表示建議	**You must learn their methods of learning, which is very helpful to you.** 你必須學習一下他們的學習方法，這對你很有幫助。
表示必須	**Tom must do the task by himself.** 湯姆必須獨自完成這個任務。
表示禁止，應該用 mustn't	**You mustn't use my pen because it's a birthday present from my father.** 你不能用我的鋼筆，因為這是我爸送我的生日禮物。
表示「非要、偏偏」	**I told you the bike was broken, but you must ride it.** 我告訴過你這個自行車壞了，但你偏偏要騎。

（5）情態動詞 will、would：表達的是一種主觀意願，也可以表示請求或者建議。

I will stick to the football match. （情態動詞 will 表達主觀意願）
我會堅持打完這場足球比賽的。

They won't sell the goods at the original price. （情態動詞 will 表示主觀意願）
他們不會按照原始價格出售這件商品的。

Will / Would you please help me solve the difficult problem?
能不能請你幫我解決一下這個難題？（情態動詞 will / would 表示請求）

Don't invite them to have dinner, will you? （情態動詞 will 表示建議）
不要邀請他們來吃晚飯，好嗎？

（6）**情態動詞 dare 意為「敢於」：後面必須接原形動詞，經常用在疑問句、**否定句**或者條件句中。**

I dare not speak loudly in public. （情態動詞 dare 用於否定句中）
我不敢在公共場所大聲說話。

You will be fired if you dare quarrel with the manager.
（情態動詞 dare 用於條件句中）
要是你敢和經理吵架，你會被開除的。

How dare you forget our wedding anniversary?
（情態動詞 dare 用於疑問句中）
你怎麼敢忘記我們的結婚紀念日？

★ 全面突破860分必考文法 ★　660　760　860

dare 還可以充當實義動詞，後面接不定詞，用在否定句、疑問句中，但是須要借助助動詞 do、does、did。

① **Susan doesn't dare to raise an objection to the boss.** （dare 作為實義動詞，借助 does 用於否定句，後接不定詞，用法與一般實義動詞如：like〔喜歡〕相同）
蘇珊不敢向老闆提出反對意見。

　★ **Susan dare not raise an objection to the boss.** （dare 作為情態動詞，後接原型動詞 raise，用法與一般助動詞如：can〔能〕相同）

doesn't dare to V.
　助動詞　動詞
dare not V.
情態動詞
不敢做

② **Did you dare to attack the enemy?** （dare 作為實義動詞，借助 Did 用於疑問句，後接不定詞，用法與一般實義動詞相同）
你敢不敢向敵人發起進攻？

　★ **Dare you attack the enemy?** （dare 作為情態動詞，後接原形動詞 attack，用法與一般助動詞相同）

CHAPTER 03 主詞和動詞一致
Subject-Verb Agreement

主詞：包含名詞、代名詞、名詞子句、名詞片語、動名詞、
不定詞、the + 形容詞……等能夠充當主詞的詞。
動詞：動詞的形態須根據主詞的形態來變化。
主詞和動詞保持一致的三種基本情況：

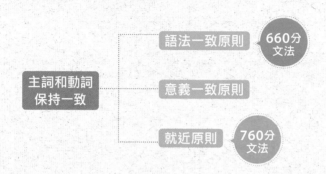

一、語法一致原則

660分
文法

主詞是單數，動詞用單數；主詞是複數，動詞用複數，即動詞的單複數形式要和
主詞保持一致，這就是語法一致的基本原則。

1 動詞用單數的情況

（1）名詞和代名詞的單數形式當主詞。

A man stands there, waiting for someone.
　單數S.　　單數V.
一個人站在那裡，等待著某人。

➡ A man 是名詞的單數形式，動詞 stand 要用第三人稱單數形式。

stands
站著
（第三人單數動詞）

a man
一個人
（第三人稱單數）

She doesn't **know where to go.**
單數S.　單數V.
她不知道要去哪裡。

➡ She 是代名詞的單數形式，助動詞 do 要用第三人稱單數形式，後接原形動詞。

doesn't know where to go.
（第三人單數助動詞）
不知道要去哪裡。

She
（第三人稱單數）
她

（2）名詞子句、名詞片語、動名詞（片語）、不定詞（片語）當主詞。

What you see is not true.
你看見的並不是真的。

➡ What you see 是由 what 引導的名詞子句，當主詞時視為單數，動詞用單數形式。

is
（單數動詞）
是

what you see
（單數）
你看見的

Drinking cold water in winter is very stupid.
在冬天喝冷水是非常愚蠢的。

➡ Drinking cold water 是動名詞片語，當主詞時視為單數，動詞用單數形式。

（3）不定代名詞以及複合不定代名詞當主詞。

<table>
<tr><td colspan="4" align="center">不定代名詞範例</td></tr>
<tr><td>all</td><td>some</td><td>one</td><td>any</td></tr>
<tr><td>none</td><td>either</td><td>neither</td><td>each</td></tr>
<tr><td>another</td><td>other</td><td>both</td><td>(a) few</td></tr>
<tr><td></td><td>many</td><td>much</td><td>(a) little</td></tr>
</table>

<table>
<tr><td colspan="4" align="center">複合不定代名詞範例</td></tr>
<tr><td>everybody</td><td>somebody</td><td>nobody</td><td>anybody</td></tr>
<tr><td>everyone</td><td>someone</td><td>no one</td><td>anyone</td></tr>
<tr><td>everything</td><td>something</td><td>nothing</td><td>anything</td></tr>
</table>

Someone is making noise, but no one stops it.

有人在喧嘩，但是沒有人制止。

➡ 該句是 but 連接的兩個並列句，第一個句子的主詞是 someone，第二個句子的主詞是 no one，當主詞時皆視為單數。

Neither flower was picked.

哪一朵花都沒有被摘掉。

➡ neither 表示「兩者中的任何一個都不」，當主詞時視為單數。

（4）修飾名詞的形容詞片語，如：a kind of（一種）、a series of（一系列）、the number of...（……的數量）、many a + 單數名詞（很多……）、more than one + 單數名詞（超過一個……）等當主詞。

The number of products left in the warehouse has been counted.

倉庫裡剩餘的產品數量已經被統計出來了。

➡ 該句子的主詞不是 products（產品）而是 the number of products（產品的數量），動詞用單數形式。

★ 全面突破860分必考文法 ★　660　　760　　860

① **What I want to buy** are **three red roses.**
　　　S.　　　　　　V.　　　S.C.

我想買的是三朵紅玫瑰。

★ 當 what 引導的名詞子句當主詞，而主詞補語是複數時，動詞用複數形式。

What I want to buy　　are
我想買的　　　　　　是

three red roses.
三朵紅玫瑰。

② **Neither of the songs** was / were **written by him.**
　　　S.　　　　　　　　V.

這兩首歌都不是他寫的。

★ either / neither + of 片語，動詞可用單數形式，也可用複數形式。

③ **One of the officers** is **my acquaintance.**
　　　S.　　　　　V.

其中一位辦公人員是我認識的人。

★ One of + 可數名詞的複數形式作主詞，動詞用單數形式。

　　　　　my acquaintance

④ **Mr. White along with his students** attends **the forum.**
　　　S.　　　　　　　　　　　　V.

懷特先生和他的學生一起參加了論壇大會。

★ 主詞後即使跟著 along with、as well as、with 等構成的片語，動詞也用單數形式。

⑤ **One million dollars** is indeed too much for a family with middle income.

一百萬美元對於一個中等收入的家庭來說的確太多了。

★ 表示「時間、金錢、距離、價格、度量衡」的複數名詞作整體概念的主詞時，動詞用單數形式。

2 動詞用複數的情況

（1）主詞被 some、several、many、a number of、a few、few 等詞修飾。

A few birds are perching on the roof.
幾隻鳥在屋頂上棲息。

➡ a few 修飾的是可數名詞的複數形式。

Many people have a misunderstanding about the tourism industry.
很多人誤解觀光產業。

➡ people 是一個集合名詞，常用來表示複數。

（2）兩個及以上的子句、不定詞（片語）、動名詞（片語）作主詞。

When to leave and when to come back are my concerns.
什麼時候離開，什麼時候回來是我關心的問題。

➡ 兩個 when 引導的名詞子句作主詞，動詞用複數形式。

To go to a first-class college and to find a well-paid job are her dreams.
上一所一流的大學並且找一份高薪的工作是她的夢想。

➡ 兩個不定詞片語做主詞，動詞用複數形式。

and
並且

are her dreams.
是她的夢想。

To go to a first-class college
上一所一流的大學

to find a well-paid job
找一份高薪的工作

（3）成雙成對的名詞作主詞。

His trousers have caught people's attention.
他的褲子引起了人們的注意。

➡ 褲子 trousers 有兩條褲管，視為複數，所以動詞用複數形式。

My glasses seem to reflect a bit.
我的眼鏡似乎有點反光。

➡ 眼鏡 glasses 有兩片鏡片，視為複數，所以動詞用複數形式。

（4）一些可同時修飾可數名詞和不可數名詞的形容詞片語，如：a lot of、lots of、plenty of、enough of……等，和「分數以及百分比 + N.」構成的片語當主詞。

Three-fifths of the students don't like the English teacher.
五分之三的學生不喜歡這位英語老師。

➡ 「分數 + N.」構成的名詞片語當主詞，動詞的單複數由名詞的單複數決定；此句的 students 為複數，因此動詞用複數形式。

A lot of cars are stuck on that street.
許多汽車都塞在那條街上。

➡ a lot of 修飾可數名詞的複數 cars，動詞用複數形式。

★ 全面突破760分必考文法 ★　　660　　　　760　　　　860

① **A pair of glasses** is fifty dollars.
一副眼鏡五十美元。

★ 如果成雙成對的名詞被量詞修飾，那麼動詞的單複數要由量詞的單複數決定；此句量詞 pair 為單數，動詞用單數形式。

a pair of + is
（單數量詞）（單數動詞）

② **The writer and dancer** looks like an unsociable person.
這位作家暨舞者看上去是個不合群的人。

★ 若 and 連接的兩個名詞指的是同一個人，表示此人既是作家也是舞者，主詞因此視為單數，動詞用單數形式。

③ **The doctor and the professor** show up at the dinner at the same time.
那位醫生和那位教授同時出現在晚宴上。

★ 若 and 連接的兩個名詞指的是不同的人，主詞視為複數，動詞用複數形式。

④ **Each cat and each dog** is not allowed to enter the house.
每一隻貓和狗都不允許進入這個房子。

★ and 連接的兩個名詞都被 each、no、every 修飾時，動詞用單數形式。

⑤ **There** are **three apple trees** in the yard.
院子裡有三棵蘋果樹。

★ there be 句型是典型的倒裝句，在倒裝句中，動詞的數應和其後的主詞的數一致。此句 three apple trees 為複數，因此動詞用複數形式。

二、意義一致原則

主詞表示複數的意義，卻是單數的形式，此時動詞也要用複數形式。主詞表示單數的意義，卻是複數的形式，此時動詞也要用單數形式。這就是主詞和動詞的意義一致原則。

❶ 意義一致原則的具體情況

（1）what、who、any、all、which 等作主詞時，**動詞的單複數由**主詞的意義**決定。**

Which is my seat?

哪一個是我的座位？

➡ which 表示「哪一個」，指的是「某一個」，意義是單數，所以動詞用單數形式。

All are here and all is fine.

所有人都在這裡，一切都很順利。

➡ all 指所有人時，動詞用複數；all 指一切事物時，動詞用單數。

（2）專有名詞如書名、電影名、報紙名、國家名稱、格言等以複數形式作主詞時，動詞用單數。

One Thousand and One Nights is a collection of Arab folktales.

《一千零一夜》是阿拉伯的民間故事集。

➡ One Thousand and One Nights 雖然是複數形式，但是意義是一本書的名字，所以動詞用單數。

New York Times has great influence.

《紐約時報》有很大的影響力。

➡ New York Times 雖然是複數形式，但是意義是一份報紙名，所以動詞用單數。

New York Times + has
（報紙名）　（單數動詞）

（3）one and a half 後接可數名詞的複數形式作主詞，動詞可用單數，也可用複數。

One and a half hours is enough for us.

一個半小時對我們來説足夠了。

➡ one and a half 是表數量的片語，one and a half hours 也可以寫作 one hour and a half。

One and a half oranges were **dropped into the trash can.**
一顆半的橘子被丟在垃圾桶裡。

（4）在英語中表示運算法則的數詞作主詞，動詞用單數。

Five plus six is eleven.
五加六等於十一。

➡ plus 在這裡是介系詞。

Forty-two divided by six is seven.
四十二除以六等於七。

➡ divided 在此處是過去分詞作後位修飾。

（5）定冠詞 the 和形容詞連用表示某一類人作主詞，動詞用複數。

The rich don't **always look down on the poor.**
有錢人並不總是輕視窮人。

➡ the rich 指的是「富人」，the poor 指的是「窮人」。

The wounded have **been sent to the nearest hospital.**
傷患已經被送往最近的醫院了。

➡ the wounded 指的是「傷患」這類人。

（6）one or two more 修飾可數名詞的複數作主詞，動詞用複數。

One or two more lines are **enough to hang the clothes.**
一兩根繩子就夠晾這些衣服了。

➡ one or two more 的意思是「一兩個」，相當於 one... or two...。

❷ 意義一致原則的特殊情況

★ 全面突破660分必考文法 ★　660　　　　760　　　　860

以 s 結尾的名詞作主詞，動詞的單複數形式如下：

①以 s 結尾的名詞如果是表示疾病名稱，動詞
　一般用單數。

Diabetes is not an easily treatable disease.
糖尿病並不是一個容易治癒的疾病。

diabetes+ is
（疾病名稱）（單數動詞）

② 以 ics 結尾的名詞如果是表示學科的名稱，動詞一般用單數。

Economics is beyond a pupil's depth.
經濟學對於一個小學生來說太深奧了。

③ 以 s 結尾的名詞如果是表示遊戲的名稱，動詞一般用單數。

Darts is only suitable for adults.
擲飛鏢這個遊戲只適合成年人玩。

④ 以 s 結尾的名詞如果是表示遊戲的器具而不是遊戲名稱，動詞一般用複數。

Three darts were pulled out of the wall.
三個飛鏢從牆上被拔下來了。

三、就近原則

760分
文法

動詞與最接近的名詞或代名詞在人稱和數上保持一致，這就是就近原則。

１ 正式文體中的就近原則

（１）**連接詞如** or、either... or...、neither... nor...、whether... or...、not only... but also...、not... but... **等連接多個並列主詞，動詞跟最接近的主詞一致。**

Neither he nor I am a teacher.
他和我都不是老師。

➡ 最接近動詞的主詞是 I，所以動詞用 am。

Neither he
他和

nor I
我

（動詞跟著 I 變化）

am a teacher.
都不是老師。

Not only you but also they are going to watch the game.

不只是你們，他們也打算去看比賽。

➡ 最接近動詞的主詞是 they。

（2）**連接詞連接的主詞既有肯定又有否定時，如：「not... but...」，動詞的數 與肯定部分的主詞保持一致。**

Not the employees but the manager has been informed of the meeting.

不是員工而是經理被通知開會。

➡ 肯定部分的主詞是 the manager，所以動詞用單數。

Not monkeys but elephants have long noses.

不是猴子而是大象有長長的鼻子。

➡ 肯定部分的主詞是 elephants。

❷ 非正式文體中的就近原則

（1）**在非正式文體中有時可依據就近原則，有時也可依據意義一致和語法一 致原則。**

Neither her father nor her mother support her idea.

她的父親和母親都不支持她的想法。

➡ 該句子依據的是意義一致原則。

Neither her father nor her mother supports her idea.

她的父親和母親都不支持她的想法。

➡ 該句子依據的是就近原則。

（2）**如果在句子中就近原則和意義一致原則、語法一致原則有衝突，則以語 法一致原則為主。**

No one except my parents likes playing the piano in my family.

我家只有爸媽喜歡彈鋼琴。

➡ 如果按照就近原則，主詞是 parents，likes 應為 like，但是在語法上，no one 才是主 詞，動詞應為 likes。

Nobody but three cats is in the house.

除了三隻貓，沒有人在房子裡。

➡ but 在這裡表示「除了」，即使前面的名詞或代名詞表示否定，動詞的數也要根據 but 前的名詞或代名詞來決定。這與「not... but...」有所不同，注意區分。

CHAPTER 04 形容詞 Adjective

形容詞：狀態、性質和特徵等修飾名詞或代名詞的詞。
形容詞的分類：

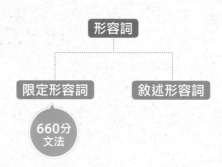

一、限定形容詞

660分
文法

限定形容詞，是對名詞或代名詞起限定作用的詞，既可以對事物的形狀、性質或特徵進行說明，也可以對事物的所屬和指代有所表示。表示事物的形狀、性質或特徵的形容詞有比較級和最高級的變化形式，如 quick → quicker → quickest，而且能夠被副詞所修飾。而表示事物的所屬關係和指代關係的形容詞則沒有比較級和最高級的變化形式。限定形容詞在句中常用作形容詞、主詞補語、副詞和受詞補語，如 It is hot.（天氣很熱。）、I like the red flower.（我喜歡這朵紅花。）等。

1 限定形容詞的類別

（1）說明事物性質或特徵的形容詞。

tall
高的

smart
聰明的

salty
鹹的

naughty
調皮的

| fast 快的 | delicious 美味的 | small 小的 | healthy 健康的 |
| big 大的 | chubby 豐滿的 | beautiful 漂亮的 | pregnant 懷孕的 |

The fat man always refuses to lose weight.
這個肥胖的人總是不肯減肥。

They enjoyed the beautiful scenery and forgot their time.
他們欣賞美麗的風景而忘了時間。

No one noticed the naughty boy's missing.
沒人注意到這個淘氣男孩失蹤了。

（2）說明所屬關係和指代關係的形容詞。

my 我的	this 這個	his 他的	that 那個
her 她的	these 這些	its 它的	those 那些
their 他們的	your 你（們）的	our 我們的	whose 誰的

Its wings were broken and it could not fly.
它的翅膀被折斷了，無法飛行。

The matter broke their faith.
那件事打破了他們的信念。

These **workers decided to strike for wages.**
這些工人決定罷工討薪水。

these
這些

+

workers
工人

2 限定形容詞的用法

（1）作形容詞。

The red flag flutters in the wind.
紅色的旗子隨風飄揚。

➡ red 是 flag 的形容詞，所有表示顏色的形容詞都屬於限定形容詞。

The little boy is holding a big apple.
小男孩拿著一顆大蘋果。

➡ little 是 boy 的形容詞，big 是 apple 的形容詞，所有表示事物的大小、胖瘦、高矮、美醜等特徵的形容詞都屬於限定形容詞。

（2）作主詞補語。

The man I saw yesterday is very tall.
我昨天看見的那個人非常高。

➡ tall 作主詞補語，被副詞 very 修飾。

You're smart, but you don't have a good mind.
你很聰明，但是你心術不正。

➡ smart 是主詞補語，而 good 是形容詞。

（3）作副詞。

The teacher asked her to speak loud and clear.
老師讓她說話大聲清楚一點。

➡ loud 和 clear 均是形容詞作副詞。

Luckily, they came back from the forest sound and safe.

幸運的是，他們從森林裡健康安全地回來了。

➡ sound 和 safe 均是形容詞作副詞。

（4）作受詞補語。

Keep the door closed.

把門關上。

➡ closed 作 door 的受詞補語。

The successful result made him happy.

成功的結果讓他很高興。

➡ happy 作 him 的受詞補語。

3 限定形容詞的位置

（1）位於名詞前作形容詞。

名詞被一個形容詞修飾時，常常在前面冠以冠詞、所有格代名詞、指示代名詞或數詞……等。

She got three different **awards.**

她得到了三份不同的獎勵。

That is our big **house.**

那是我們的大房子。

（2）位於代名詞後作形容詞。

something、somebody、anybody、nobody、everybody、nothing、everything 等複合不定代詞被形容詞修飾時，形容詞要置於這些代名詞之後。

The detective found something strange.

偵探發現了一些奇怪的事情。

Do you have anything new **to tell us?**

你有任何新的事情要告訴我們嗎？

（3）位於名詞後作形容詞。

介系詞片語或不定詞片語位於形容詞之後時，形容詞要置於所修飾的名詞後作形容詞。

I'll give you a job easy to do.

我會給你一份容易做的工作。

➡ 形容詞 easy 放在其修飾的名詞 a job 之後，在不定詞 to do 之前。

He's a man difficult to get along with.

他是一個很難相處的人。

➡ 形容詞 difficult 放在其修飾的名詞 a man 之後，在不定詞片語 to get along with 之前。

a man
一個人

+ **difficult** to get along with
很難相處的

（4）位於名詞的前後作形容詞。

有些形容詞，如：enough、nearby 和 possible 等，可置於所修飾的名詞前面或後面作形容詞。

I have enough time to deal with the problem.

我有足夠的時間處理這個問題。

They don't have water enough to feed the pigs.

他們沒有足夠的水來餵豬。

（5）位置不同，含義不同。

部分形容詞位於名詞前後的含義不盡相同。

There were as many as ten managers present at the meeting.

出席會議的經理多達十位。

➡ present 在此處指的是「出席的，參加的」，作後置形容詞。

I know nothing about the present artists.

我對當代的藝術家並不了解。

➡ present 在此處指的是「當代的」，作前置形容詞。

★ 全面突破660分必考文法 ★　660　　760　　860

多個形容詞同時修飾一個名詞時的排列情況（從先到後）：

限定詞（冠詞、所有格代名詞、指示代名詞、數詞、名詞所有格）；

描繪形容詞（表示觀點的形容詞，如 beautiful、interesting 等）；

描繪大小，長短，高低，形狀的形容詞；

描繪年齡和新舊的形容詞；

描述色彩的形容詞；

表示國籍、地區、產地等出處的形容詞；

表示材料和材質的形容詞；

表示用途和屬性的形容詞；

① **I bought** a nice red toy pistol **last year.**
我去年買了一把很棒的紅色玩具手槍。

★ a 是限定詞，nice 是描繪形容詞表示觀點，red 是顏色，toy 是屬性，pistol 是被修飾的名詞。

④ 限定形容詞的原級、比較級和最高級

（1）比較級和最高級的變化規則。

① 一般情況下，形容詞的比較級是在詞尾**加** er，而最高級是在詞尾**加** est。

small ➡ small**er** ➡ small**est**　　　quick ➡ quick**er** ➡ quick**est**

old ➡ old**er** ➡ old**est**　　　smart ➡ smart**er** ➡ smart**est**

small　　➡　　small**er**　　➡　　small**est**

② 以字母 e 結尾的形容詞，比較級和最高級是在詞尾**加** r 和 st。

large ➡ larg**er** ➡ larg**est**　　　late ➡ lat**er** ➡ lat**est**

nice ➡ nic**er** ➡ nic**est**　　　safe ➡ saf**er** ➡ saf**est**

字尾 e + r　　　　　　字尾 e + st

large　➡　larger　➡　largest

③ 以輔音字母 + y 結尾的形容詞的比較級和最高級是把 y 變為 i，再加 er 和 est。

busy ➡ **bus**ier ➡ **bus**iest　　**happy** ➡ **happ**ier ➡ **happ**iest

easy ➡ **eas**ier ➡ **eas**iest　　**early** ➡ **earl**ier ➡ **earl**iest

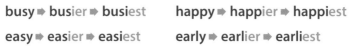

y + ier　　　　　　y + iest

happy　➡　**happ**ier　➡　**happ**iest

④ 大多數雙音節和多音節形容詞的比較級和最高級是在形容詞前加 more 和 most。

beautiful ➡ more **beautiful** ➡ most **beautiful**

difficult ➡ more **difficult** ➡ most **difficult**

important ➡ more **important** ➡ most **important**

interesting ➡ more **interesting** ➡ most **interesting**

difficult　➡　more **difficult**　➡　most **difficult**

⑤ 以短母音 + 子音結尾形容詞，比較級和最高級須重複字尾，再加 er 和 est。

big ➡ **big**ger ➡ **big**gest　　　**fat** ➡ **fat**ter ➡ **fat**test

thin ➡ **thin**ner ➡ **thin**nest　　**wet** ➡ **wet**ter ➡ **wet**test

⑥ 少數雙音節詞的比較級和最高級是在詞尾加 er 或 est。

narrow ➡ narrower **➡ narrow**est　　　**clever ➡ clever**er **➡ clever**est

（2）比較級和最高級的不規則變化。

原級	比較級	最高級
bad	worse	worst
far	farther / further	farthest / furthest
many、much	more	most
good	better	best
little	less	least

（3）限定形容詞原級的用法。

① 形容詞的原級常用於包含 as 的四種句型中。

原級	例句
as + 原級 + as	**The bowl is** as big as **that one.** 這個碗和那個碗一樣大。
the same + 名詞 + as	**I have** the same money as **he.** 我和他有一樣多的錢。
not as + 原級 + as	**She** doesn't **know** as much as **I.** 她沒我知道得多。

② 形容詞原級的特殊用法。

★ 全面突破760分必考文法 ★　660　　　　760　　　　860

形容詞原級的以下用法須要特別注意：

①「數詞 + times + as + 原級 + as」表示「是……的多少倍……」。

The dog is three times as big as **the cat.**
這隻狗是這隻貓的三倍大。

② 「half + as + 原級 + as」表示「是……的一半……」。

The town is half as big as **the city.**
這個小鎮是這座城市的一半大。

③ 形容詞修飾單數可數名詞，在「as... as...」結構中，不定冠詞要放在名詞和形容詞之間。

This is as delicious a dish as **that one.**
這是一道與那道菜一樣美味的菜。

④ 「as... as...」結構如果指的是同一個人或事物，則譯為「不但、而且」。

The room is as clean as **it is cheap.**
這個房間不但乾淨，而且便宜。

（5）形容詞的比較級用法。

① 「比較級 + than」，表示「一方超過另一方」。

Sea is wider than **river.**
大海比河流寬廣。

David is stronger than **Mike.**
大衛比邁克強壯。

② 「less + 原級 + than」、「not + 比較級 + than」表示「一方比不過另一方」。

My mom is less fat than **father.**
我媽媽沒有爸爸胖。

The desk is not firmer than **that one.**
這張桌子沒有那張結實。

David is stronger than Mike.
大衛比邁克強壯。

③ 比較級的常用句型：

原級	例句
more and more；比較級 + and + 比較級	**It is** colder and colder. 天氣愈來愈冷了。 **The road is** more and more difficult **to walk.** 路愈來愈難走了。

the + 比較級，the + 比較級	**The more you study, the more knowledge you have.** 你學得越多，獲得的知識就越多。
the + 比較級 + of the two	**Jackson is** the taller (one) of two kids. 傑克森是兩個孩子中較高的那一個。
比較級 + than any other + 名詞單數	**She is** more beautiful than any other girl **in the class.** 她比班裡的其他女孩都漂亮。

④ 為了避免重複，常用 that、one 等來代替之前出現的名詞。一般來說，that 指物，可指代可數名詞和不可數名詞；one 指人和物，只能指可數名詞。

The book is thinner than that **in the drawer.**
這本書比抽屜裡的那本薄。

The man is stranger than one **sitting there.**
這個人比坐在那裡的人更奇怪。

⑤ 部分形容詞的原級本身含有比較級的含義，如：superior（優於）、inferior（次於）、junior（資淺的）、senior（資深的）等，這類詞在句中和介詞 to 連用，而不是 than。

He is senior **to all the managers.**
他比所有的經理都資深。

The quality of this shipment is inferior **to that of the previous one.**
這批貨物的品質比之前那批貨物還糟。

★ 全面突破760分必考文法 ★　660　　　760　　　860

形容詞比較級的倍數表達。

① 「主詞 + be + 倍數 + the + 比較的名詞 + of + 另一事物或人」。

The dictionary is twice the thickness of that book.
這本字典是那本書的兩倍厚。

★ 比較方面的名詞除了 thickness 還有 depth、width、length、size、height 等。

twice the thickness of that book
那本書的兩倍厚

② 「主詞 + be + 倍數 + as + 形容詞原級 + as + 另一事物或人」。

The building is three times as high as another one.
這座大樓是那座大樓的三倍高。

★ 「as... as...」結構中,形容詞一般只用原級。

③ 「主詞 + be + 倍數 + 形容詞比較級 + than + 另一事物或人」。

I'm twice fatter than Carrie.
我比嘉麗胖兩倍。

★ 有 than 的句型中一般要用形容詞的比較級。

(6) 限定形容詞的最高級的用法。

① 「the + 形容詞的最高級 + 名詞 + 範圍」用來表示三者及以上進行比較。

China is the largest country in Asia.
　　　　　　最高級　　　　　　範圍
中國是亞洲最大的國家。

Charles is the kindest person of the three people.
　　　　　　最高級　　　　　　　範圍
查爾斯是三個人中最善良的人。

the kindest person **of the three people**
三個人中最善良的人

② 「the + 形容詞比較級 + 限定範圍」表示「兩者之間較……的」。

My father is the elder of the two.
　　　　　　比較級　範圍
我父親是兩個人中較年長的。

The yellow flower is the bigger of the two flowers.
　　　　　　　　比較級　　　範圍
這朵黃色的花是兩朵花中較大的。

③「one of + the + 形容詞最高級 + 名詞的複數形式」表示「最……的之一」。

Mr. Green is one of the most respected professor**s.**
格林先生是最受尊敬的教授之一。

New York is one of the most prosperous citie**s** in the world.
紐約是世界上最繁華的城市之一。

④ 形容詞的最高級形式前，若有所有格代名詞修飾，則不需要定冠詞 the 了。

This is my most expensive **dress.**
這是我最貴的一件裙子。

That's its longest **feather.**
那是牠最長的一根羽毛。

（7）修飾形容詞原級、比較級和最高級的詞。

分　類	例　句
nearly（幾乎）、almost（幾乎）、twice（兩倍）、exactly（正是）、just（就是）、quite（相當）、half（一半）等用在形容詞原級前。	**The river is** quite **long.** 這條河相當長。 **He is** almost **as clever as his brother.** 他幾乎和哥哥一樣聰明。
much（很多）、a bit（一點）、a little（一些）、percent（百分比）、any（任何）、no（沒有）、yet（還）、far（更）等用在形容詞比較級前。	**I feel** much **better after taking the medicine.** 吃了藥感覺好多了。
by far（截至目前為止）、by no means（絕不）、nothing like（完全不像）、the + 序數詞（第幾）……等可引出形容詞最高級。	**It is** by far **the most successful experiment.** 這是目前為止最成功的實驗。

5 限定形容詞的分類和判別

（1）限定形容詞的分類。

形容詞的種類	例　子
以 ly 結尾的形容詞	daily、monthly、weekly、friendly、yearly、lively、cowardly、ugly……等

時間形容詞	present、future、past、once、then……等
材料形容詞	electric、plastic、metal、wooden、woolen、golden、silken……等
方位形容詞	west、east、north、south、western、middle、right、left、northeastern……等
國籍形容詞	American、Chinese、Japanese、Korean、Russian、Canadian……等
順序和單一形容詞	last、next、following、only……等
絕對狀態形容詞	dead、deaf、blind、dumb、disable、lame……等
最高程度形容詞	whole、complete、excellent、perfect、extreme、thorough……等
幾何形狀形容詞	round、cubic、vertical、triangular……等
數量和不定量形容詞	some、couple、certain、several……等

（2）限定形容詞的判別。

多數以 -able、-al、-ful、-ic、-ish、-less、-ous、-y 為結尾的單詞是形容詞。

edible 可食用的	**foolish** 愚蠢的	**unbelievable** 難以置信的	**homeless** 無家可歸的
equal 平等的	**selfish** 自私的	**special** 特殊的	**serious** 嚴肅的
careful 小心的	**dangerous** 危險的	**fantastic** 極好的	**lucky** 幸運的

They go out boating on sunny days.
他們在晴朗的日子裡外出泛舟。

A man always feels nervous when he is lying.
一個人在說謊的時候總是會感到緊張。

Listening to wonderful songs is helpful for us to relieve stress.
聽聽美妙的歌曲有助於我們紓解壓力。

6 複合形容詞

複合形容詞只用作限定形容詞，而且只能作前置形容詞，修飾名詞。

（1）複合形容詞的構成。

① 「數詞 + 單數名詞」。

three-year	one-hour	five-pound
三年的	一個小時的	五磅的

② 「數詞 + 名詞 + ed」。

two-legged	three-angled	four-faced
兩條腿的	三個角的	四面的

two-legged	three-angled
兩條腿的	三角的

③ 「形容詞 + 名詞」。

mid-term	first-class	full-time
期中的	一流的	全職的

④ 「形容詞 + 名詞 + ed」。

cold-blooded	kind-hearted	middle-aged
冷血的	熱心的	中年的

⑤ 「形容詞 + 形容詞」。

light-blue	all-round	red-hot
淺藍色的	全面的	灼熱的

⑥ 「形容詞 + 現在分詞」。

easy-going	hard-working	good-looking
隨和的	勤勉的	好看的

04
CHAPTER
形容詞

⑦「形容詞或副詞 + 過去分詞」。

new-born	well-dressed	so-called
新生的	穿著好的	所謂的

⑧「名詞 + 形容詞」。

world-famous	life-long	ice-cold
世界聞名的	畢生的	冰冷的

⑨「名詞 + 過去分詞」。

man-made	heart-broken	hand-made
人造的	心碎的	手工的

二、敘述形容詞

　　敘述形容詞，是對人的狀態進行描述的形容詞，也就是說明人或事物怎麼樣。這類形容詞只能用作主詞補語，所以又稱為主詞補語形容詞。敘述形容詞沒有比較級和最高級的變化形式，而且不能被程度副詞，如：deeply、slightly 等程度副詞所修飾。大多數以字母 a 開頭的形容詞都屬於敘述形容詞，如：able（能夠的）。

1 敘述形容詞的類別

（1）以 a 開頭的主詞補語形容詞。

afraid	alive	alone	ashamed
害怕的	活著的	單獨的	羞愧的
able	unable	awake	alike
能夠的	不能的	醒著的	相同的
aware	unaware	asleep	amiss
意識到的	不知道的	睡著的	出差錯的

He refused to admit that he was alone.
他不願承認他是獨自一人。

If he had been awake, he would have seen this astounding sight.
如果他醒著，他就會看見這令人驚駭的一幕。

alone
獨自一人

he was
他是

How I wish he had not died in the earthquake, but had been alive.
我多麼希望他沒有在地震中死去，而是活著。

（2）其它的主詞補語形容詞。

well 健康的	upset 心煩的	ill 生病的	content 滿意的
glad 高興的	certain 確信的	pleased 高興的	sure 確信的
sorry 難過的	fond 喜歡的	fine 健康的	ready 準備好的

Health is the most important for a man who is ill.
對於一個生病的人來說，健康是最重要的。

I'm glad that you two come to visit me.
我很高興你們兩個來探望我。

It seems that the new manager is content with your work.
新來的經理似乎對你們的工作很滿意。

② 敘述形容詞的用法

（1）一些以 a 開頭的敘述形容詞若要體現加強的語氣，不能被 very 修飾，而
可以被其它副詞修飾。
正確：fully awake 非常清醒的；sound asleep 睡得很沉的
錯誤：very awake; very asleep

（2）如 ill、well 和 fine 等表示健康的敘述形容詞，如果表示「健康」以外的
含義，則一般用作限定形容詞。

She's ill, so she took the sick leave.
她生病了，所以她請了病假。
➡ ill 在此處指的是「生病的」，作主詞補語。

They don't know if they should tell him the ill news.
他們不知道該不該把這些不好的消息告訴他。
➡ ill 在此處指的是「不好的」，作限定形容詞。

（3）某些表示心情或感覺的敘述形容詞在表示其它意思時，可用作限定形容詞。

He's glad that his son is about to get married.

他的兒子要結婚了，他很高興。

➡ glad 在此處指的是心情「高興的」，作主詞補語。

Before graduation, they wrote some glad words to each other.

畢業前，他們給彼此寫了一些美好的話。

➡ glad 在此處指的是「好的、美好的」，作限定形容詞。

（4）常見的敘述形容詞句型。

① 「形容詞 + 不定詞」。

適用於這種句型的形容詞有：sure、lucky、likely、happy、able、ready……等。

She is sure to attend the game.

她肯定會參加這個比賽。

➡ be sure to do sth. 可視為固定用法，表示「肯定會做某事」。

The cow is likely to be pregnant.

這隻母牛可能懷孕了。

➡ be likely to 表示「可能……」。

② 「It + be + 形容詞 + 介系詞 of / for + 名詞或代名詞 + to do」。

It's difficult for them to finish the production within three days.

對他們來說，在三天內完成生產很困難。

➡ 該句型在此處表示某種情況。

It's nice of you to help the old man with his luggage.

你幫助那位老人拿行李，人真是太好了。

➡ 該句型在此處表示人的品質。

it's

nice of you

你人很好

③ 「形容詞 + 介系詞 + 名詞或代名詞」。

這種句型通常包含一些固定搭配。

We are busying in decorating the new house.

我們正忙著裝修新房子。

➡ be busy in 表示「忙於……」。

I never said I was interested in this painting.

我從沒說過我對這幅畫感興趣。

➡ be interested in 表示「對……感興趣」。

兩組形容詞的用法比較：

比較 pleased、pleasing 和 pleasant。

① **The baby is pleased to see her mother.** （pleased 作主詞補語）
小嬰兒看見媽媽很高興。

He has a pleased smile on his face. （pleased 作限定形容詞）
他臉上帶著開心的微笑。

★ pleased 意為「（自己）高興的」，此句當主詞補語時，常和介系詞 with 以及不定詞連用。

② **His achievements are pleasing.** （pleasing 作主詞補語）
他的成就令人高興。

This is a pleasing dance performance. （pleasing 作限定形容詞）
這是一場賞心悅目的舞蹈表演。

★ pleasing 意為「（讓別人）高興的」，可作限定形容詞和主詞補語。

③ **I hope you have a pleasant holiday.**
希望你有一個愉快的假期。

★ pleasant 意為「愉快的」，多用作限定形容詞。

比較 alive、living 和 live。

① **No one can believe that soldier is still alive.**
誰也不敢相信那名戰士還活著。

★ alive 意為「活著的」，多用在繫動詞後，作主詞補語。

② **He is the greatest living scientist in the world.** （living 當限定形容詞）
他是當今世界最偉大的科學家之一。

★ living 意為「活著的」，可作限定形容詞和主詞補語。

③ **I haven't seen a live dinosaur.**
我不曾見過活恐龍。

★ live 意為「活的」，與 dead「死的」相對，可作限定形容詞和主詞補語。

CHAPTER 04 形容詞

CHAPTER 05 | 副詞 Adverb

副詞：用於表示行為或狀態特徵的詞語，在句中可修飾動詞、形容詞、副詞、介系詞片語、數詞、不定代名詞、子句、主句等。副詞還可以用作主詞補語和受詞補語。

副詞的分類：

一、時間副詞

760分文法

時間副詞多表示動作和事件發生的某一時間，表示時間的副詞，如 always（總是）之外，還有片語形式，如 in the morning（在早上）。

1 時間副詞的分類

（1）表示時間的副詞。

① 這類詞有 now、today、yesterday、tomorrow、lately、later、recently、just、ago、before、then、tonight……等。

He just said there was a car accident near the school.
他剛才說在學校附近發生了一場車禍。

The company went bankrupt yesterday.
這家公司昨天破產了。

The company went bankrupt yesterday.
這家公司昨天破產了。

② 其它的時間副詞有 already、finally、shortly、since、soon、early、immediately、first……等。

I believe you have already been prepared for the exam.
我相信你們已經為考試做好了準備。

Finally, the distant bell wakes the tired young man from his dream.
最後，遠方的鐘聲使這個疲憊的年輕人從夢中醒來。

➡ finally 可以用在句首，用逗號與句子隔開，也可以用在句中或句末。

（2）表示時間的片語副詞。

① 和介系詞搭配構成的片語副詞。
這類詞主要由介系詞 in、on 和 at 構成。

介系詞種類構成的片語副詞	例子
和介系詞 in 構成的片語副詞	in the morning、in the evening、in the afternoon、in a second、 in a minute、in no time、in future、in one's spare time、in the past、in time、in a while、in advance、in an instant……等
和介系詞 on 構成的片語副詞	on Monday、on a certain day、on time、on this occasion、on this day、on the eve of、on schedule、on one's birthday、on the point of、on the following day……等
和介系詞 at 構成的片語副詞	at a time、at dusk、at seven o'clock、at first、at last、at that time、at the age of、at any time、at any moment、at noon、at night、at the beginning of……等

Don't worry; they will let us know the meeting time in advance.
別擔心，他們會提前告訴我們開會時間的。

On that day, women all over the city paraded the streets in bright clothes.
在那一天，全城的女人們穿著鮮豔的服裝在大街上遊行。

Once I move out of town, I can't visit the doctor at any time.
一旦我搬出城外，我就不能隨時拜訪醫生了。

I can't visit the doctor at any time.
我不能隨時拜訪醫生。

②不含介系詞的片語副詞。

這類詞有 last week、last month、the day after tomorrow、the day before yesterday、next day、next week、next month、last year……等。

My mother allowed me to go hiking the day after tomorrow.
我媽媽允許我後天去遠足。

Our company is going to dismiss some employees next month.
我們公司打算下個月解雇一些員工。

❷ 時間副詞的位置

（1）時間副詞若表示確定的時間，如：today、yesterday……等，通常不用在句中，而用在句首或句末。

I wonder whether he will come to volunteer today.
我想知道今天他是否回來做義工。

The film will be released tomorrow.
那部電影將要在明天上映。

（2）時間副詞若表示不確定的時間，如 recently、lately……等，可用在句首、句中或句末。

Leave him alone; he is busy with his paper recently.
別打擾他，他最近在忙著寫論文。

Suddenly **a dog came out of the road.**
突然一隻狗從路邊竄了出來。

（3）如 just、already、still⋯⋯等之類的時間副詞通常用在句中。

The white-haired old man is still **waiting for his lover.**
那位白髮蒼蒼的老人仍然在等待他的愛人。

I thought you were already **off.**
我原本以為你們已經離開了。

★ 全面突破660分必考文法 ★　660　　　　760　　　　860

① 在否定句中，still 通常要位於助動詞之前。

They still **don't know why the machine stopped running.**
他們仍然不知道機器為什麼停止運轉。

② 用在句末，still 和 already 表驚訝。

Is your homework finished already**?**
你的作業已經做完了嗎？

二、地方副詞

　　地方副詞表示某件事發生的地點或者要去的地方。這類副詞主要包含表示地方的副詞和表示位置關係的副詞。

1 副詞的分類

（1）**表示地方的副詞。**

這類詞有 here、there、upstairs、downstairs、abroad、home、everywhere、anywhere、nowhere、elsewhere、somewhere⋯⋯等。

He was here **just now. I don't know where he is now.**
他剛才還在這裡，不知道現在去哪裡了。

The housekeeper is cleaning the room upstairs**.**
那個女管家正在樓上打掃房間。

（2）表示位置關係的副詞。

這類詞有 off、on、across、back、near、inside、outside、above、in、over、around、away、below、down……等。

I saw Mike walking back.
我看見麥克正在往回走。

Olivia woke up and found her husband standing near **the bed.**
奧莉維亞醒來時，發現她的丈夫站在床的附近。

found her husband standing near **the bed**
發現她的丈夫　　　站在床的附近

❷ 地方副詞的位置

（1）一般來講，地方副詞要放在動詞之後，但是及物動詞後有受詞時，要放在受詞之後。

I met my ex-wife elsewhere.
我在別的地方碰到了我的前妻。

Come here. **There's a boat.**
快過來吧，這裡有條船。

Come here.
過來吧。

（2）句子中同時包含地方副詞和時間副詞時，一般要把地方副詞置於時間副詞之前。

They made an appointment to gather here **yesterday.**
他們昨天約好要在這裡集合。

They had a good time outside **last week.**
他們上週在外面玩得很開心。

The building is said to be built in 1900 in the heart of the city.
這座建築據說在一九○○年建於城市中心。

三、程度副詞

程度副詞一般是用來強調某個動作或性質的程度，這類詞有 almost、hardly、partially、quite、particularly、rather、very、too、only、nearly……等。程度副詞一般是用來修飾形容詞、副詞或者動詞，經常放在形容詞、副詞或者動詞之前。

We've been working overtime for almost five days.
我們幾乎已經加了五天班了。

The little boy has hardly ever been ill.
這個小男孩幾乎從來沒有生過病。

The teacher was quite satisfied with my grades.
老師對於我的成績感到相當滿意。

Only a few homeless people have made him sad.
僅僅是一些無家可歸的人，就已經讓他很難過了。

1 程度副詞的用法

（1）修飾形容詞、副詞、動詞和名詞的程度副詞。

① 修飾形容詞和副詞的程度副詞。

much 和 rather 等可以修飾形容詞和副詞的比較級，quite、most、much……等可以修飾形容詞和副詞的最高級。

He's much more handsome than I thought.
他比我想像中帥氣得多。

That is quite the oldest artifact here.
那是這裡最古老的文物。

★ 全面突破660分必考文法 ★　660　760　860

quite 修飾比較級時，只能用於「身體康復」這一類。

① **How I wish she was quite better now!**
我多麼希望她現在好多了！

② **The patient is quite better with the help of the doctor.**
在醫生的幫助下，病人好多了。

quite better
好多了

② 修飾動詞的程度副詞

　　有的程度副詞可用來修飾動詞，如 quite、almost、rather……等；但也有一部分程度副詞不能用來修飾動詞，如：fairly、very、pretty……等。

She quite **supports my plan.**
她完全支持我的計畫。

His behavior was pretty **bold.**
他的行為十分大膽。

pretty bold
十分大膽

③ 修飾名詞的程度副詞。

　　quite 和 rather 可修飾名詞，如果名詞前有形容詞，那麼可將不定冠詞置於 quite 和 rather 前；如果名詞前沒有形容詞，那麼不定冠詞要置於 quite 和 rather 後。

It's quite **a surprise for me.**
那對於我來說是一個天大的驚喜。

I have to say that's a rather **wonderful night.**
我不得不說那實在是一個美妙的夜晚。

（2）個別程度副詞的用法。

① very 修飾形容詞和副詞的原級，以及完全用作形容詞的分詞。

They are very **tired and they want to have a rest.**
他們很累了，想休息一下。

The lion has a very **big mouth and can swallow a goat.**
獅子的嘴很大，可以吞下一隻山羊。

★ 全面突破660分必考文法 ★　660　　　　　760　　　　　860

① 分詞作形容詞時，不能被 very 修飾，可以被 much 修飾。

The kids are very **pleased by the shinning marbles.** （×）
The kids are much **pleased by the shinning marbles.** （✓）
孩子們因為閃亮亮的彈珠非常開心。

very pleased（×）
much pleased（✓）
非常開心

② 有些形容詞以 a 開頭，不能被 very 修飾，可以被 much 修飾。

Most of the villagers are very **afraid of ghosts.** （×）
Most of the villagers are much **afraid of ghosts.** （✓）
大部分的村民都非常怕鬼。

③ very 不能修飾那些沒有等級的形容詞，可以用 quite 或 completely 來修飾。

He seemed quite grateful.
他看起來很感激。

② well 主要用來修飾動詞、介系詞片語和一些固定搭配，意為「好；非常；相當」。

None of us knows the pattern well.
我們當中沒有人很了解這個圖案。

My cat is sleeping well above my books.
我的貓在我的書正上方睡覺。

③ 表「絕對」意義的形容詞和副詞可被 quite 修飾。

這類詞有 certain、sure、dead、impossible、right、wrong、perfect、ready……等。

We are quite sure your qualifications have been cancelled.
我們非常確信你的資格被取消了。

Although it is quite perfect, he still wants to try it again.
儘管已經非常完美了，他還是想再試一次。

④ badly 含迫切的意味，可修飾一些主觀動詞。

The tiger wants to eat the meat badly.
那隻老虎非常想吃肉。

I need a computer badly.
我急需一台電腦。

⑤ enough 修飾動詞、形容詞和副詞時，須要置於其後。

These medicines are bitter enough for him.
這些藥對他來說很苦。

The car is large enough to hold four persons.
這輛車夠大，載得下四個人。

四、頻率副詞

頻率副詞表示某件事發生的頻率或者次數，這類詞有 once、never、seldom、often、usually、always、hardly、at times、weekly、monthly……等。

Sometimes I go for a walk with my grandparents after dinner.
有時，我會在晚飯後和爺爺奶奶一起散步。

John always likes to joke with us.
約翰總是喜歡和我們開玩笑。

Jack and his parents climb the mountain monthly.
傑克和他的父母每個月去爬一次山。

Sarah never eats pizza.
莎拉從來不吃比薩。

❶ 頻率副詞的用法

（1）頻率副詞用在動詞前。

My grandparents always take a walk after supper.
我的爺爺奶奶總是在晚飯後散步。

The shy girl seldom talks to strangers.
這個害羞的女孩很少和陌生人說話。

The shy girl seldom
這個害羞的女孩很少

+ talks to strangers.
和陌生人說話。

（2）頻率副詞用在助動詞和實義動詞之間。

I could hardly get what I wanted when I was a child.
我還是孩子時，很難得到自己想要的東西。

The bridegroom promised the bride that he would always love her.
新郎向新娘承諾會永遠愛她。

（3）頻率副詞須置於答句的助動詞前。

– Do you often visit your teachers?
你經常拜訪你的老師嗎？

– Yes, I often do.
是的，我經常拜訪我的老師。

（4）有些頻率副詞用在句首時，句子要倒裝，如：never 和 seldom。

Never did they have recreation activities in the past.
過去他們從來沒有娛樂活動。

➡ They *never had* → Never did they *have.*
　　 s.　　 v.　　　　 助v. s. v.

Seldom can they pass the interview at a time.
他們很少能一次就通過面試。

（5）how often 或 how many times 可用來對頻率進行提問。

How often do you go to see a doctor?
你多久看一次醫生？

How many times have you repeated the experiment?
你重複了這個實驗多少次？

五、情態副詞

860分
文法

　　情態副詞常放於動詞之後，說明某件事進行的方式，是對關於 how 的回答，這類副詞常以 ly 為結尾。

情態動詞例子		
alone 單獨地	angrily 生氣地	calmly 冷靜地
carefully 小心地	clearly 清楚地	disappointedly 失望地
accidentally 偶然地	kindly 友好地	happily 高興地
loudly 大聲地	merrily 愉快地	suddenly 突然地
slowly 慢慢地	quickly 快速地	decisively 果斷地

He is pondering over the problem calmly.
他正在冷靜地思考這個問題。

He failed to see the famous singer and left disappointedly.
他沒有看到那個著名的歌手，失望地離開了。

Linda accidentally **erased the important files from the computer.**
琳達不小心把電腦上那些重要的文件刪除了。

My classmate gave up the game decisively.
我的同學果斷地放棄了這場比賽。

gave up the game decisively
果斷地放棄了這場比賽

六、連接副詞

連接副詞一般分為兩種，一種是用來連接句子或子句的，這類詞有 besides、thus、therefore、otherwise、however、still、meanwhile……等。還有一種是用來引導子句和不定詞的，這類詞有 how、when、where、why……等。

1 連接副詞連接句子或子句

連接副詞常放句首，後加逗號；用以連接句子或子句時，其前面通常用分號；如果用逗號，則要在連接副詞前加 and。

Besides**, I need you to do me a favor.**
另外，我需要你幫我一個忙。

His son had a fever last night; therefore**, he asked for leave today.**
他的兒子昨天晚上發燒了，因此他今天請假了。

Books teach people knowledge, and besides, they teach people the truth of being human.
書本教導人們知識，另外，它們教導人們身而為人的真相。

❷ 連接副詞引導子句或不定詞

I don't understand why Michael hasn't been friendly to me lately.
我不懂麥可為什麼最近對我不友善。

My father was playing chess with my grandfather when I reached home.
我到家的時候，我爸爸正在和爺爺下棋。

I don't know how to coax her.
我不知道要怎麼哄她。

 **+**  **+**

I don't know　　　　　　　　　to coax her.
我不知道　　　　　　　　　　　要怎麼哄她。
（主句）　　　　　　　　　　　（不定詞）

why / how / when
（連接副詞）

★ MEMO ★

CHAPTER 06 | 冠詞 Article

冠詞：冠詞是在名詞前幫助解釋名詞所指的人或事物的一種虛詞，分為不定冠詞以及定冠詞。

冠詞的分類：

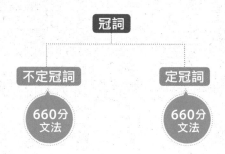

一、不定冠詞

660分
文法

不定冠詞主要有兩個，即 a 和 an，這兩個冠詞的區別主要是 a 位於子音前，an 位於母音前。如：a kid（一個孩子）、an elephant（一頭大象）等。

❶ 不定冠詞的用法

（1）表示泛指。

A teacher should take good care of his students.
老師應該愛護學生。
➡ a 泛指 teacher 老師。

a teacher
一名老師

An apple is a common fruit.
蘋果是一種普通水果。
➡ an 泛指 apple 蘋果。

an apple
一顆蘋果

★ 全面突破660分必考文法 ★ 660 ———— 760 ———— 860

不定冠詞的特殊用法：

① 不定冠詞修飾名詞在句中作主詞補語或受詞補語，說明人或事物的屬性或類別。

She is a player.
她是一名運動員。

★ 名詞 player 在此處作主詞補語。

They thought the man a reliable co-worker.
他們認為這個人是一個可以信賴的同事。

★ 名詞 co-worker 在此處作受詞 man 的補語。

② 不定冠詞修飾價格、速度、百分比等名詞。

The car runs sixty kilometers an hour.
這輛車每小時行駛六十公里。

CHAPTER 06 冠詞

（2）用於介紹第一次提到的人或事物。

I recommended a film to him.
我向他推薦了一部電影。

➡ film 是第一次提到。

The police found a stranger in the monitor.
員警在監視器裡發現一名陌生人。

➡ stranger 是第一次提到。

（3）位於抽象名詞前使其具體化。

It's a pleasure to spend the festival with family.
和家人一起過節是一件快樂的事。

➡ a pleasure 指「一件快樂的事」。

He felt an honor to attend the meeting on behalf of the company.
代表公司參加會議，他感覺是一種榮幸。

➡ an honor 指「一件榮幸的事」。

an
一種
+

honor
榮幸

（4）用在 and 連接的兩個並列名詞前。

He is a singer and dancer.

他是一名歌手和舞者。

➡ 只在前面的名詞前用不定冠詞，指的是一個人。

There stands a designer and an engineer.

那裡站著一位設計師和一位工程師。

➡ 連兩個名詞前都有不定冠詞，則指的是不同的人。

	and	
	和	
a **designer**		an **engineer**
一位設計師		一位工程師

（5）固定搭配。

a lot of	many a	have a good time
很多	許多	玩得開心
as a matter of fact	take a rest	a great deal of
事實上	休息一下	大量

2 不定冠詞的位置

（1）一般位於名詞前。

I saw a mouse in my room.

我在房間裡看見了一隻老鼠。

A heavy rain trapped people in the café.

一場大雨將人們困在咖啡館裡。

（2）不定冠詞放在 quite、rather 等詞之前或之後。

That was a rather wonderful performance.

那是一場相當精彩的表演。

➡ 不定冠詞位於 quite、rather 等詞之前表示較強的語氣。

I know you want to make friends with that quite an elegant lady.

我知道你想和那位十分優雅的女士交朋友。

➡ quite a / an 相當於 very。

quite
相當　**+**

an elegant lady
優雅的一位女士

（3）位於形容詞 such、many、what……等之後修飾名詞。

You are such a clever man and you must have made the right decision.

你是一個如此聰明的人，你肯定做了正確的決定。

➡ such a clever man 也可用 so clever a man 來表示。

What a shocking scene!

多麼震撼的面面啊！

➡ what 與不定冠詞連用時，多引導感嘆句。

What
多麼　**+**

a shocking scene!
震撼的場面啊！

（4）位於副詞修飾的形容詞之後來修飾名詞。

這類副詞有 so、enough、too、as、however……等。

How large a house are they living in?

他們住的是多大的房子？

➡ how 作副詞，可引起一般疑問句。

This is so lovely a baby.

這是一個如此可愛的嬰兒。

➡ lovely 是形容詞，而不是副詞。

（5）位於 half 和表示距離、時間和數量的名詞之間和之前。

I haven't heard from my sister for half a year.

我已經半年沒收到妹妹的消息了。

➡ 不定冠詞位於 half 和表示時間的名詞 year 之間。

We haven't seen the sun for a half month.

我們已經半個月沒見到太陽了。

➡ 不定冠詞位於 half 和名詞之前。

二、定冠詞

660分 文法

定冠詞就是 the，與不定冠詞不同，定冠詞具有明確的指示意義，既可以譯為「這（個）」，也可以譯為「那（個）」。the 可以修飾可數名詞的單數和複數形式，也可以修飾不可數名詞，如：the man（這個人）、the flowers（這些花）、the water（這水）等。

1 定冠詞的用法

（1）表示特指。

① 特指某個人或事物。

The teacher asked him to manage the class.

老師請他管理班級。

➡ the 特指 teacher（老師）。

No one admitted stealing the money.

沒人承認偷了錢。

➡ the 特指 money（錢）。

② 修飾再次提起的人或事物。

They have a lovely daughter, but the girl is very naughty.

他們有一個可愛的女兒，但是這個女孩很調皮。

➡ daughter 是被兩次提及的人。

I bought many apples, because the apples were cheap.

我買了很多蘋果，因為這些蘋果很便宜。

➡ apples 是被兩次提及的事物。

③ 指示談話雙方都知道的人或事物。

Can you help me wash the vegetables?

你能幫我洗蔬菜嗎？

➡ vegetables 是雙方都知道的事物。

The bookstore we often go to is closed.

我們經常去的那家書店關了。

➡ bookstore 是雙方都知道的事物。

（2）定冠詞的常見用法。

① 用在獨一無二的事物前。

The sun rises and sets every day.

太陽每天都升起和落下。

➡ sun「太陽」是獨一無二的。

Can you tell a story about the Great Wall?

你能說出和萬里長城有關的故事嗎？

➡ Great Wall「長城」是獨一無二的。

② 修飾度量單位，表「每一」。

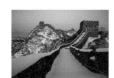

the Great Wall
萬里長城

You're paid by the month.

你們是每個月領薪水的。

➡ month「月份」，這類度量單位常和介系詞 by 連用。

Rice is sold by the kilogram.

米是按公斤出售的。

③ 修飾方向、方位名詞。

He reminded me to go on the right.

他提醒我向右走。

➡ right「右邊」，這類詞通常和介系詞 on、in 或 to、towards 連用。

Someone saw him walking towards the east.

有人看見他向東走了。

④ 修飾年代和朝代。

Their first child was born in the 1990s.

他們的第一個孩子出生於一九九○年代。

➡ 表示年代和朝代的名詞多與介系詞 in 連用。

Porcelain developed rapidly in the Song Dynasty.

瓷器在宋朝快速發展。

CHAPTER **06** 冠詞

⑤ 修飾西洋樂器。

Every evening I can hear someone playing the trumpet.

每天傍晚我都能聽到有人吹奏喇叭。

➡ 表示中國的樂器,如 erhu(二胡)等則不需要被 the 修飾。

the **trumpet**
喇叭

He once played the violin at the Vienna Concert Hall.

他曾在維也納音樂廳拉過小提琴。

⑥ 修飾複數姓氏,表示一家人。

The Jacksons don't want to leave their hometown.

傑克森一家不想離開自己的家鄉。

the **violin**
小提琴

The Greens often go to the suburbs on weekends.

格林一家經常在週末去郊外。

⑦ 習慣用語中。

by the way 順便說一下	in the evening 在晚上	all the time 一直
in the end 最後	all the same 一樣	in the dark 全然不知

★ 全面突破660分必考文法 ★   660   760   860

定冠詞 the 的一些特殊用法:

① 用在序數詞前。

She is the first to get to the destination.

她是第一個到達目的地的。

★ 在這類用法中,序數詞或「序數詞 + 名詞」後常接不定詞。

They gathered at the gate at first.

他們首先在大門處集合。

★ 有些序數詞在固定搭配中不須要被 the 修飾。

the **first**
第一個

② 用在形容詞 same、only、very……等之前。

The man with black glasses is the very person you want to ask for help.

這個戴黑眼鏡的人就是你想尋求幫助的人。

★ 這類用法常常和子句連用。

③ 用在 both、half、double……等詞修飾的名詞之間。

Both the dogs are sleeping.
兩隻狗都在睡覺。

④ 修飾國家和民族，表示整個民族。

The earthquake was a disaster for the Chinese people.
那次地震對於中國人來說真是一場災難。

❷ 不用冠詞的情況

（1）表示身份、職位或稱呼的名詞不用冠詞。

He has been working hard since he was elected manager.
他當選經理以來一直兢兢業業。

Mrs. White misses her husband on business very much.
懷特夫人非常想念出差的丈夫。

（2）日常生活的常見名詞前不用冠詞。

① 一日三餐前不加冠詞。

He answered a phone call at lunch.
吃午餐時他接了一個電話。

I have no time to have a full breakfast.
我沒時間吃全套早餐了。

➡ 當三餐前有形容詞修飾時，形容詞前可加不定冠詞。

② 球類運動和棋類的名詞前不加冠詞。

Those young people are always distracting themselves by playing basketball.
那些年輕人總是靠打籃球來發洩精力。

Few young people can play chess.
沒幾個年輕人會下棋。

~~the~~ chess
西洋棋

③ by 和交通工具的名詞連用不加冠詞。

Both their children go to school by bus.
他們的兩個孩子都是搭公車上學。

I had to take a taxi in order to be not late.
為了不遲到，我只好搭計程車。

➡ take、ride、drive 等和交通工具連用時，要加冠詞。

take a taxi
搭計程車

④ 星期、月份、季節、日期等名詞前一般不加冠詞。

I'm going to see a doctor on Wednesday morning.
星期三上午我要去看醫生。

My birthday is on March first.
我的生日是在三月一日。

➡ 表示日期或星期的名詞一般和介系詞 on 連用。

（3）表示一般概念的不可數名詞前不加冠詞。

Even if you achieve success, you can't be proud.
即使你獲得了成功，也不能驕傲。

Be careful not to inhale smelly gas.
小心不要吸入難聞的氣體。

★ 全面突破660分必考文法 ★　660　　　760　　　860

表示泛指的四種概念：

① 不可數名詞表示泛指，不帶定冠詞 the。

Music makes people relax.
音樂讓人放鬆。

② 複數可數名詞表示泛指，不帶定冠詞 the。

Red apples are delicious.
紅蘋果很好吃。

③「定冠詞 + 可數名詞」的單數表示泛指。

The piano is a musical instrument that requires talent.
鋼琴是一種需要天賦的樂器。

④「不定冠詞 + 可數名詞」的單數表示泛指。

A cat is an animal easy to be kept.
貓是很好養的動物。

★ M E M O ★

CHAPTER 07 | 介系詞 Preposition

介系詞：是一種沒有實際意義虛詞，用來表示詞和詞、詞和句子之間的關係。

介系詞的分類：

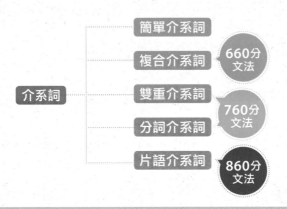

- 簡單介系詞
- 複合介系詞 — 660分文法
- 雙重介系詞
- 分詞介系詞 — 760分文法
- 片語介系詞 — 860分文法

一、簡單介系詞

簡單介系詞由一個介系詞組成，這類介系詞有 at、by、in front of、behind、for、from、in、of、on、since、with、between……等。

between 在……跟……之間

next to 在……旁邊

on 在……之上

under 在……之下

near 在……附近

in 在……之內

behind 在……後方

in front of 在……前方

The trash is next to **the pinecone.**
紙屑在松果旁邊。

The pinecone is between **the trash and the glasses.**
松果在紙屑跟眼鏡中間。

The potting is on **the coaster.**
盆栽在杯墊上。

The coaster is under **the potting.**
杯墊在盆栽下。

The notebook is near **the pencil.**
筆記本在鉛筆附近。

The pens are in **the pen holder.**
筆在筆筒內。

The pen holder is behind **the coffee.**
筆筒在咖啡後方。

The coffee is in front of **the pen holder.**
咖啡在筆筒前方。

CHAPTER **07** 介系詞

二、複合介系詞

660分
文法

複合介系詞由兩個介系詞組合而成，這類介系詞有 into、inside、outside、throughout、within……等。

The electricity is off, so all the rooms are plunged into **darkness.**
停電了，所以所有的房間都陷入一片漆黑。

I'm sure the thief came from inside **the company.**
我確定這個小偷來自公司內部。

Our teacher sat in the chair outside **the door and enjoyed the sunshine.**
我們的老師坐在門外的椅子上享受陽光。

They must pay the rent within **three days.**
他們必須在三天內交出租金。

within **three days**
在三天內

三、雙重介系詞

760分
文法

雙重介系詞由兩個分開的介系詞組成，這類介系詞有 at about、as for、as to、from behind、from under、in to、until after、out of……等。

As for your friend, I can't get along with him.
至於你的朋友，我沒辦法和他好好相處。

The enemy tried to attack me from behind, but I found out.
敵人想從後面襲擊我，但是被我發現了。

They worked overtime until after yesterday morning.
他們一直在加班，直到昨天早上。

Out of the needs of the patients, the nurse closed the air conditioning in the room.
由於病人的需要，護士把房間的空調關了。

as for your friend
至於你的朋友

attack me from behind
從後面襲擊我

四、分詞介系詞

760分
文法

分詞介系詞由分詞組成，除了大部分都由現在分詞組成，也有過去分詞組成的分詞介系詞。這類介系詞有 concerning、considering、given、including、regarding、respecting……等。

Concerning the root cause of his divorce, he never said anything.
關於他離婚的根本原因，他從來沒有說過什麼。

Considering their financial condition, the manager did not ask them to donate.
考慮到他們的經濟狀況，經理沒有讓他們捐款。

The company has been recruiting employees, including cleaning workers.
這家公司一直在招聘員工，包括清潔人員。

Everyone thinks it naïve regarding his wish of becoming a billionaire.
所有人都認為他想成為億萬富翁的願望太過天真。

considering **their financial condition**
考慮到他們的經濟狀況

regarding **his wish of becoming a**
billionaire
關於他想成為億萬富翁的願望

五、片語介系詞

860分
文法

片語介系詞是片語組成，這類介系詞有 according to、because of、except for、in spite of、in front of、regardless of、on behalf of……等。

In spite of her carefulness, she made a mistake.
儘管她很謹慎，還是出錯了。

He came to my wedding on behalf of **his parents.**
他代表他的父母來參加我的婚禮。

According to this law, I have the right to sue him.
根據這條法律，我有權利控告他。

Because of his illness, the manager allowed him to rest for two days.
由於他的病情，經理允許他休息兩天。

07
CHAPTER
介系詞

（一）介系詞的功能

1 表示時間

（1）表示在某個時間，這類介系詞有 at、on、in……等。

The school always holds basketball games on **Fridays.**
學校總是在星期五舉行籃球比賽。

She will study abroad in **December.**
她將會在十二月出國留學。

（2）表示在一個期間，這類介系詞有 during、for、over、throughout、within……等。

Susan has been living at her grandmother's house in the countryside during the holiday.
放假期間，蘇珊一直住在鄉下的奶奶家。

He said he'd finish his work within a month.
他說過他會在一個月內完成他的工作。

❷ 表示方位

常用的方位介系詞有 at、into、on……等。

介系詞	例句
at 常表示比較小的地點	**I've been waiting for Mike at the airport for three hours.** 我已經在機場等了邁克三個小時了。
in 表示在某個範圍內	**The city has the largest population in this country.** 這個城市的人口在這個國家是最多的。
to 表示在某個方向	**There is a hill to the north of his house.** 他家的北邊有一座小山。
on 表示和某個地點相鄰或相接	**America is on the south of Canada.** 美國在加拿大的南邊。

❸ 表示原因

這類介系詞有 because、because of、due to、for……等。

We lost the football match because of his mistake.
因為他的失誤，我們輸掉了這場足球比賽。

I can't go to your birthday party tomorrow because I'm on business abroad now.
我明天不能去參加你的生日派對了，因為我現在在國外出差。

Due to the bad weather, we can't go camping this weekend.
因為天氣不好，這週末我們不能去露營了。

because of his mistake
因為他的失誤

because I'm on business abroad now
因為我現在在國外出差

4 表示目的

這類介系詞有 for、to、in order to、so as to……等。

He moved to a new city to avoid debt.
他為了躲避債務搬到了一座新城市。

In order to have a good sleep, he drank a glass of milk before going to bed.
為了有良好的睡眠，他在睡覺前喝了一杯牛奶。

5 表示方法

這類介系詞有 by、in、through、with……等。

The passenger suggested that we go to London by train.
這個乘客建議我們搭火車去倫敦。

He contacted his wife in the United States through e-mail.
他透過電子郵件聯絡他在美國的妻子。

by train
搭火車

through e-mail
透過電子郵件

CHAPTER 08 | 代名詞 Pronoun

代名詞：用來代替名詞或者名詞片語的一類詞。

代名詞的分類：

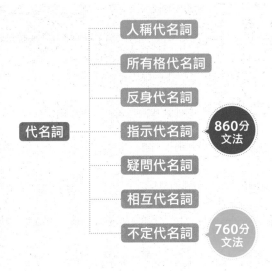

代名詞
- 人稱代名詞
- 所有格代名詞
- 反身代名詞
- 指示代名詞 ── 860分 文法
- 疑問代名詞
- 相互代名詞
- 不定代名詞 ── 760分 文法

（一）代名詞與先行詞

在形容詞子句中，關係代名詞就是代名詞，指代句中的先行詞，它一般是表示人或物的名詞和代名詞，在子句中充當主詞、形容詞和受詞。

1 在形容詞子句中代替人的代名詞

That、who、whom 在形容詞子句中一般是代替人的代名詞。其中，that 可以在子句中作主詞或受詞，who 在子句中作主詞，whom 在子句中作受詞；子句中動詞的人稱和數必須和先行詞保持一致。

These workers don't like the man <u>who / that</u> **is very lazy.**
S.

這些工人都不喜歡那個很懶惰的人。

the man who / that is very lazy
很懶惰的人

The teacher <u>who / that</u> **won the prize is his father.**
S.

那位贏得獎勵的老師是他的父親。

The foreigner <u>whom / that</u> **she married is an alcoholic.**
O.

和她結婚的那個外國人是個酒鬼。

❷ 在形容詞子句中代替物的代名詞

That 和 which 在形容詞子句中一般是代替事物的代名詞。它們在子句中可以作主詞或受詞,作受詞時可以省略。

The beautiful dress <u>which / that</u> **caught Anna's eye was on sale.**
S.

抓住安娜注意力的漂亮洋裝正在特價。

The idea <u>(which / that)</u> **the young man came up**
O.

with was rejected by the manager.

這個年輕人提出的想法被經理否決了。

the idea (which / that) the
young man came up with
這個年輕人提出的想法

I didn't get the story book (which / that)
Jack wrote last month.
O.

我沒有買到傑克上個月寫的那本故事書。

The teddy bear (which / that) **you are looking for was lost yesterday.**
O.

你在找的那個泰迪熊昨天不見了。

❸ 所有格代名詞:可以指「人的」,也可以指「事物的」

Whose 在形容詞子句中既可以指「人的」,也可以指「事物的」,當它指「人的」時,相當於 of whom;當它指「事物的」時,相當於 of which。

John is looking for a book whose **cover is a cartoon character.**
= John is looking for a book the cover of which **is a cartoon character.**

約翰正在找一本封面是個卡通人物的書。

CHAPTER 08 代名詞

The freshman whose **thesis won the first prize is from Australia.**
= **The freshman the thesis** of whom **won the first prize is from Australia.**
那位論文獲得了首獎的大一新生來自澳洲。

the freshman whose thesis won the first prize
= the freshman the thesis of whom won the first prize
那位論文獲得了首獎的大一新生

一、人稱代名詞

人稱代名詞	第一人稱		第二人稱		第三人稱			
單複數	單數	複數	單數	複數	單數	複數	單數	複數
主格	I	we	you	you	he	she	it	they
受格	me	us	you	you	him	her	it	them

1 人稱代名詞的順序

（1）當人稱代名詞都是單數時，其排列順序應該是：第二人稱 → 第三人稱 →
第一人稱。

You, she and I **will attend the seminar next week.**
你、我還有她下週要參加研討會。

You, he and I **should apologize to that old man.**
你、我還有他應該向那位老人道歉。

（2）當人稱代名詞都是複數時，其排列順序應該是：第一人稱 → 第二人稱 →
第三人稱。

We, you and they **are all new employees in the company.**
我們、你們和他們都是公司的新員工。

We, you and they **must focus work on the new project.**
我們、你們和他們都必須把工作的重心放在這個新專案上。

（3）如果及物動詞之後有副詞，其排列順序為：及物動詞 → 人稱代名詞的受格形式 → 副詞。

The TV in the bedroom is too loud, you must turn it down.
臥室裡的電視太大聲了，你必須把音量關小一點。

❷ 人稱代名詞的用法

（1）人稱代名詞的主格在句中充當主詞時，句子中的動詞要和主詞保持一致。

I _am_ glad to come to your new house.
  S. V.
我很高興能來你的新家。

He _is_ the richest businessman in our village.
   S. V.
他是我們村子裡最富有的商人。

We _have_ been doing our best to conduct the experiment.
  S.   V.
我們一直在盡最大的努力進行這項實驗。

They _are_ thinking about how to deal with the accident.
  S.   V.
他們在思考要如何處理這起事故。

★ 全面突破660分必考文法 ★　660　　　760　　　860

①第一人稱的主格代名詞 I 在句中哪個位置都要大寫。

I am sure that I will finish the task by next Friday.
我確定我會在下週五前完成這個任務。

②第二人稱的主格代名詞 you 單複數是相同的，you 的意思必須根據上下文來決定。

I heard that Mr. White will not teach you physics again this semester.
我聽說這學期懷特老師不會再教你們物理了。

08
CHAPTER
代名詞

（2）一般來說，人稱代名詞的受格在句子中充當動詞和介系詞的受格。

It seems that these foreigners want to leave the old city *with* them.
Prep.   O.

這些外國人似乎想要和他們一起離開這座古老的城市。

Alice speculated that her boyfriend did not resign *for* her.
Prep. O.

愛麗絲猜測她的男朋友並不是為她辭職的。

To his surprise, his father *gave* him an expensive watch.
V.   O.

令他吃驚的是，他的父親送他一支昂貴的手錶。

He still *owes* us an explanation.
V. O.

他還欠我們一個解釋。

（3）代替動物時，單數一般用人稱代名詞 it，複數一般用人稱代名詞 they。
如果想表達將動物視為人類的情感，或是將動物擬人化，單數的動物也
能用 he 或 she 來代替。

The little dog is very kind, and it / he always likes to sit next to me.
這隻小狗很親切，牠總是喜歡坐在我旁邊.

He gave his son a pink pig to keep it / him as a pet.
他給他的兒子買了一隻粉紅色的小豬當寵物。

These animals are so cute, and they always make children happy.
這些動物很可愛，牠們總是讓孩子們很開心。

（4）代名詞 it 的一些特殊用法。

① it 可以當虛主詞。

It is difficult for the seller to reduce the price of his products.
對於這個銷售者而言，降低他產品的價格是很困難的。

it is difficult
很困難
（it 當虛主詞）

for the seller
對於銷售者而言

②it 可以當虛受詞。

They feel it not easy to get to the top of the mountain.
他們覺得爬到山頂很不容易。

③it 可以代替前面已經提到的事和物。

– **I like to go camping.** 我喜歡露營。

– **I like it, too.** 我也喜歡。

④it 可以代替一些不確定的人和事物。

– **Who is it?** 是誰？

– **It's Paul.** 是保羅。

⑤it 還可以表示不確定性別的人和動物。

The baby's eyes are big and bright. Is it a boy or a girl?
這個寶寶的眼睛又大又亮。是男孩還是女孩？

Is it a boy or a girl?
是男孩還是女孩？

⑥it 可以用於強調句型「It is + 被強調的部分 + that / who +……」。

It was last year that she graduated from the college.
她是去年從這間學校畢業的。

⑦it 可以表示時間、天氣、距離或者自然現象等。

What day was it yesterday?
昨天是星期幾？

⑧it 用於習慣用語中。

It's my pleasure.
不客氣。

CHAPTER 08 代名詞

二、所有格代名詞

所有格和所有格代名詞如下表所示，所有格代名詞也稱物主代名詞。

	單數	複數	單數	複數	單數	單數	單數	複數
中文	我的	我們的	你的	你們的	他的	她的	它的	他們的
所有格	my	our	your	your	his	her	its	their
所有格代名詞	mine	ours	yours	yours	his	hers	its	theirs

141

1 所有格

（1）所有格表示限定，在句子中作形容詞。

Your ideas are unique.
你們的想法很獨特。

To our surprise, their rooms are neat and tidy today.
令我們訝異的是，他們的房間今天很整潔。

to our surprise
令我們訝異的是

His clothes are out of date, but he still doesn't want to throw them away.
他的衣服已經過時了，但是他還是不想把它們丟掉。

Our novel has been written and was handed over to the press yesterday.
我們的小說已經寫好了，並且昨天把它交給了出版社。

（2）所有格在某些情況下並沒有強調所屬關係，只是為了表達句子的意思。

She tried her best to realize her dream.
她盡了最大的努力去實現她的夢想。

John did not make his explanations to the police.
約翰並沒有向員警解釋。

★ 全面突破660分必考文法 ★   660　　　　　　　760　　　　　　　860

所有格可以和 own 連用，表達一種強調的語氣。

① **He drove his own car on a business trip last week.**
他上週開著他自己的車出差了。

his own car
他自己的車

② **What else do you want to explain? I have heard it with my own ears.**
你還想解釋什麼？我都已經親耳聽到了。

③ **Her dream is to open a flower shop of her own.**
她的夢想是開一家她自己的花店。

④ **They forgot their own tents, so they rented two instead.**
他們忘記帶自己的帳篷了，所以租了兩個。

❷ 所有格代名詞

（1）所有格代名詞用來代替所有格和其所限定的名詞。

The sweater is not hers.
這件毛衣不是她的。（hers = her sweater）

The green bike is John's. Mine is blue.
這輛綠色的自行車是約翰的。我的是藍色的。（mine = my bike）

This villa is not theirs. Theirs is next to the garden.
這棟別墅不是他們的，他們的在那個花園旁邊。（theirs = their villa）

this villa
這棟別墅

theirs
= their villa
他們的（別墅）

These books are mine. Yours are on that desk.
這些書是我的，你的在那張書桌上。（yours = your books）

（2）所有格代名詞也能用在雙重所有格結構中，也就是「of + 所有格代名詞」，意為「之中的……」或者表達了一定的感情色彩。

The professor was deceived by a student of his.
那個教授被他的一名學生欺騙了。
（a student of his = a student of his students，意為他的學生之中的一名）

Drinking milk before going to bed is a good habit of hers.
睡前喝牛奶是她的一個好習慣。
（a good habit of hers = a good habit of her good habits，意為她的好習慣之中的一個）

This is Tom, a cutest brother of mine.
這是湯姆，我最可愛的弟弟之一。
（a cutest brother of mine = a cutest brother of my cutest brothers，意為我最可愛的弟弟之中的一位）

a cutest brother of mine
= a cutest brother of my cutest brothers
我最可愛的弟弟之中的一位

08
CHAPTER
代名詞

**It seemed that he leaked some secrets of ** ours.

他好像洩露了我們的一些祕密。

（ some secrets of ours = some secrets of our secrets，意為我們的祕密之中的一些）

（3）說話人和聽話人都知道所指的名詞，或者是在前文中已經提到的名詞，可以直接用所有格代名詞代替。所有格代名詞可以在句子中充當主詞、主詞補語和受詞，而不用重複所有格後面的名詞。

It's not Alice's ruler, ** hers **is in her schoolbag.

這不是愛麗絲的尺，她的尺在她的書包裡。（在後半句中作主詞）

**The umbrella is not ** mine.

這把雨傘不是我的。（mine 在句子中作主詞補語）

**My eraser is here. You are using ** his.

我的橡皮擦在這裡，你在用的是他的。（his 在句子中作受詞）

★ **全面突破760分必考文法** ★　660　　　　760　　　　860

在使用所有格代名詞時，一定要記得動詞要和主詞須保持一致。

① **My sister's bike is in the garden, and ** mine **is in the school.**

我妹妹的自行車在花園裡，而我的在學校。

★ mine 相當於 my bike，所以後面的 be 動詞要用 is。

② **His grandparents are travelling in Japan. ** Mine **are travelling in Austria.**

他的祖父母正在日本旅行；我的正在奧地利旅行。

★ mine 相當於 my grandparents，所以後面的 be 動詞要用 are。

三、反身代名詞

反身代名詞表示的是某人自己，或者是起強調作用的代名詞，反身代名詞的單數形式以 self 為結尾，複數形式以 selves 為結尾。

人稱	單數	複數
第一人稱	myself 我自己	ourselves 我們自己
第二人稱	yourself 你自己	yourselves 你們自己
第三人稱	himself 他自己 herself 她自己 itself 它自己	themselves 他們自己
不定人稱	oneself 某人自己	

1 不能單獨作主詞

反身代名詞在句子中不能單獨充當主詞，如果句子中有 and、or、but、neither...
nor 等來連接兩個並列主詞時，第二個主詞可以使用反身代名詞，一般用 myself 或
ourselves。

I myself have finished decorating the house within a month.
我自己已經在一個月內把房子布置好了。（I myself 表示強調「我自己、我本人」）

My mother and myself admire this actor.
我媽媽和我自己都很欣賞這個演員。

Stephen or myself can possibly win in the tournament.
史蒂芬或我自己都可能在錦標賽中打贏。

His friends and ourselves are going picnicking this Saturday.
他的朋友們和我們自己這週六會去野餐。

2 表示某人自己

反身代名詞可以表示某人自己，並且能作動詞、介系詞的受詞或者主詞補語。

Luckily, the patient has come to herself.
幸運的是，這位病人已經甦醒了。（herself 當介系詞的受詞）

I don't know how to make myself feel comfortable.
我不知道怎樣才能讓我自己覺得舒服。（myself 當動詞的受詞）

Please help yourselves to some fish soup.
請你們再隨便喝點魚湯。（yourselves 當動詞的受詞）

CHAPTER 08 代名詞

❸ 表示強調作用

反身代名詞還可以表示強調作用，要放在名詞和代名詞的後面。

I myself hope that the result will satisfy everyone.
我自己希望這個結果可以讓所有人都滿意。

In fact, the idea itself is unreasonable.
事實上，這個想法本身就是不合理的。

You have to believe you yourself can contribute to this experiment.
你要相信你自己可以為這個實驗做出貢獻。

He said he himself could make us dinner alone.
他說過，他自己可以單獨為我們做一頓晚飯。

❹ 必須和所代替的名詞和代名詞在人稱和數上保持一致

The company itself has no fund.
這家公司自身已經沒有任何資金了。

You yourself should know what you need to buy.
你自己應該知道你須要買什麼東西。

They themselves have no idea who stole their computers.
他們自己並不清楚是誰偷了他們的電腦。

the company itself
這家公司自身

We ourselves should use our spare time to review English.
我們自己應該利用課餘時間複習英語。

四、指示代名詞

860分 文法

指示代名詞有單複數形式，如下表所示：

單數	複數	單數	複數
this 這個	these 這些	such 這樣的	such 這樣的
that 那個	those 那些	same 同樣的	same 同樣的
		so 如此	so 如此

1 指示代名詞的性質

（1）指示代名詞充當限定詞，在句中相當於形容詞。

This doll is very adorable.
這個娃娃很可愛。

That telescope is my gift.
那個單筒望遠鏡是我的禮物。

Such a shameless man is not worthy of our sympathy.
這樣無恥的人不值得我們同情。

We have the same course, chemistry.
我們有一樣的課──化學。

this **doll**
這個娃娃

the same course
一樣的課

（2）指示代名詞充當代名詞，在句中相當於主詞。

This is the most fascinating scene I've ever seen.
這是我見過的最迷人的風景。

That is my husband's razor.
那個是我丈夫的刮鬍刀。

These are all his prizes.
這些都是他的獎品。

Those are our enemies, so we must be careful.
那些都是我們的敵人，所以我們一定要小心。

2 指示代名詞的句法功能

（1）指示代名詞在句中作主詞，可以指人或者事物。

This is George's stepmother.
這個人是喬治的繼母。

That is my sister's teddy bear in the bedroom.
臥室裡的那個是我妹妹的泰迪熊。

Those are Sarah's colleagues.
那些人都是莎拉的同事。

These are my classmates' birthday presents.
這些是我同學的生日禮物。

（2）指示代名詞在句中不是作主詞，而是作受詞或者主詞補語時，只能指代物，而不能指代人。

He will hand in this to our teacher this Thursday.
這週四他會把這個交給我們的老師。（this 作動詞 hand in 的受詞）

David wasn't interested in that at all.
大衛對那個完全不感興趣。（that 作介系詞 in 的受詞）

Alice's plan is this.
愛麗絲的計畫就是這個。（this 作主詞補語）

It seemed that she couldn't put up with this.
她似乎不能容忍這個。（this 作介系詞 with 的受詞）

To be honest, I'm afraid of that.
老實説，我害怕那個東西。（that 作介系詞 of 的受詞）

I'm afraid of that.
我害怕那個東西。

3 this 和 these、that 和 those 的用法

（1）this、these 主要指代在時間或者距離上比較近的人或物；而 that、those 主要指代在時間上或者距離上比較遠的人或物。

This is an interesting novel.
這是一本有趣的小説。

These cops haven't been home for many days.
這些員警已經很多天沒有回家了。

That black car is my grandfather's.
那輛黑色的汽車是我爺爺的。

Those girls are famous models.
那些女孩都是著名的模特兒。

（2）this、these 可以指代下文中將講到的內容，在句子中有承上啟下的作用。

that 和 those 可以指代上文中已經提到過的人或物。

This is my pen pal, and he is from Norway.
這是我的筆友，而他來自挪威。

These books are written by me, and I plan to publish them.
這些書都是我寫的，我打算把它們出版了。

Tom had a fever last night, and that's why he asked for leave today.
湯姆昨天晚上發燒了，這就是他今天請假的原因。

There are a lot of books on Kate's bookshelf, and those are her favorites.
凱特的書架上有很多書，那些書都是她的最愛。

★ 全面突破760分必考文法 ★　660　　　760　　　860

①that 和 those 能在形容詞子句中當先行詞，但是 this 和 these 不能。

You can buy that which is helpful for you.
你可以買對你有幫助的東西。

Those which can give him happiness are his treasure.
那些能夠為他帶來歡樂的東西是他的珍寶。

②當先行詞時，those 可以指代人，但 that 不可以。

I can't put up with those who are stingy.
我不能容忍那些吝嗇的人。

those who are stingy
那些吝嗇的人

Those who often divulge company secrets should be punished by law.
那些經常洩露公司機密的人應該受到法律的制裁。

CHAPTER **08** 代名詞

4 same、such、so 的用法

（1）same 相當於名詞和形容詞，一般情況下前面要加定冠詞 the。

I got rid of the bad habit of littering, and she did the same.
我改掉了亂丟垃圾的壞習慣，她也是。

– Happy New Year!
– **The same** to you.

– 新年快樂！

– 你也是。

★ 全面突破760分必考文法 ★ 660   760   860

> the same as 意為「和……一樣的」，the same that 意為「同一個」。
>
> ① This is **the same** raincoat **as** you bought last week.
> 這件雨衣和你上週買的那件是一樣的。
>
> ② This is **the same** raincoat **that** you bought last week.
> 這就是你上週買的那件雨衣。

（2）such 的用法。

① such 相當於形容詞，在句子中作形容詞，它能夠修飾可數名詞的單複數和不可數名詞。當修飾可數名詞的單數時，後面要加不定冠詞 a 或者 an。

You can't work with such **a despotic person.**
你不能和這種專制的人一起工作。（其中 such 修飾可數名詞單數，前面須要加 a）

I hope you don't make such **mistakes again.**
我希望你不要再犯這種錯誤了。（其中 such 修飾可數名詞複數）

They really won't solve such **trouble.**
他們真的不會解決這種困難。（其中 such 修飾不可數名詞）

② such 充當名詞時，一般和 as 連用。

such trouble
這種困難

These learning methods are such as **he has never learned before.**
這些學習方法是他從來沒有學過的。

The concerns are such as **the homeless children are looking forward to.**
這些關心是那些無家可歸的孩子們所期望的。

（3）so 作為指示代名詞，只能相當於名詞，意為「這個，這樣」。

Are you sure that he told you so?
你確定他是這樣告訴你的嗎？

If it is so, you must apologize to that old man.
如果事情真的是這樣，你必須和那個老人道歉。

★ 全面突破660分必考文法 ★　　660 ——————— 760 ——————— 860 —————

such 和 so 還可以用於表示感嘆的語氣中，其中 such 相當於形容詞，so 相當於副詞。

如：「such + (a / an) + adj. + n.」和「so + adj. + (a / an) + n.」。

① **It is such a sunny day today.**
今天真是一個晴朗的天氣。

② **It is so sunny a day.**
今天天氣真晴朗。

③ **I can't work in such a leisurely moment.**
在這麼悠閒的時刻，我不可能工作。

④ **Why are there so many people dancing on the square?**
為什麼有這麼多人在廣場上跳舞？

五、疑問代名詞

1 疑問代名詞的含義

（1）疑問代名詞是用來表示疑問的，在疑問句中充當疑問詞，它沒有單複數的形式。英語中常見的疑問代名詞有 what（什麼）、which（哪個）、who（誰）、whom（誰）、whose（誰的）。

Which fruit do you like best, grape or strawberry?
你最喜歡的水果是哪一個，葡萄還是草莓？

Who is the girl that won the school scholarship?
那個贏得學校獎學金的女孩是誰？

which **fruit**
哪一個水果

who **is the girl**
誰是這個女孩

I don't know whose **schoolbag was missing.**
我不知道誰的書包不見了。

What **the hell are you talking about? I don't understand.**
你到底在說什麼，我根本沒聽明白。

（2）疑問代名詞和 ever 連用，可以用來加強句子的語氣，和 else 連用，意為「還有」。

Who ever **lied to us?**
到底是誰對我們撒了謊？

What ever **do we have to do to satisfy our parents?**
我們到底要做些什麼才能讓我們的父母滿意？

Who else **is their spy?**
還有誰是他們的間諜？

What else **do they have to do to get the manager's approval?**
他們還要做些什麼才能獲得經理的認可？

（3）疑問代名詞 what、which、who 和 ever 連用，還能組成複合疑問代名詞 whatever、whichever、whoever，用來加強句子的語氣。

Whatever **do you mean by making such decision?**
你做出這樣的決定到底是什麼意思？

Whichever **of these movies won the prize?**
這些電影中到底哪一部電影獲獎？

Whoever **lost something should call the police.**
不管是誰丟了東西，都應該報警。

2 疑問代名詞的一些用法

（1）疑問代名詞在句子中不發生人稱和數的變化，也沒有主格和受格的變化，
who 和 whom 除外：who 為主格，whom 為受格。

① which 和 what 都能當疑問代名詞和限定詞，但是它們表達的範圍不一樣。
which 指的是在某個特定的範圍內，what 指的是沒有限定的範圍。

What kind of books do you like to read?
你喜歡看什麼類型的書？

Which movie do you like best, tragedy or comedy?
你最喜歡看哪種電影，悲劇還是喜劇？

② whom 是 who 的受格形式，在正式用語中，whom 可以作動詞或介系詞的
受詞；在口語中，受格的 whom 可以用 who 替換，但須注意介系詞後面
只能用 whom。

Who can use the machine?
誰會使用這台機器？

Who / whom is he talking to?
他在和誰說話？（句首的受格 whom 可以跟 who 替換）

With whom did you climb the mountain last Saturday?
Prep.
上週六你和誰一起去爬山了？（介系詞 with 後面緊接的 whom 不能跟 who 替換）

（2）疑問代名詞在對介系詞受詞進行提問時，在舊文體中，一般是疑問代名
詞和介系詞都放在句首；在現代文體中，一般是把疑問代名詞放在句首，
把介系詞放在句末。

To whom did he send the toy plane?
他把這個玩具飛機送給誰了？

For what did you buy the big box?
你為什麼買這個大箱子？

Who / whom do you want to make friends with?
你想和誰交朋友？

08
CHAPTER
代名詞

（3）疑問代名詞還能引導名詞子句，包括主詞子句、主詞補語子句、受詞子句和同位語子句。

We are talking about the question who should be fired.
我們正在討論的問題是誰應該被解雇。
（who 引導的是<u>同位語子句</u>）

the question who
should be fired
問題是誰應該被解雇

What the little girl said is a lie.
這個小女孩說的是謊話。（what 引導的是<u>主詞子句</u>）

The question is who can do the difficult job.
問題是誰可以勝任這份艱難的工作。（who 引導的是<u>主詞補語子句</u>）

The repairman can tell you what was wrong with the equipment.
那個修理工可以告訴你這個設備有什麼問題。（what 引導的是<u>受詞子句</u>）

六、相互代名詞

🔟 相互代名詞的含義

　　相互代名詞是表示相互關係的代名詞，相當於一個名詞，也就是動詞所表示的動作在二者之間的相互作用，或是某種狀態存在於二者之間。相互代名詞只有 each other 和 one another 兩個。each other 多用於表示兩者之間，one another 表示兩者以上。

We haven't kept in touch with each other for many years.
我們已經很多年沒有互相聯繫了。

It's really boring to make fun of one another yesterday.
昨天大家互相捉弄對方真是無聊極了。

🔢 相互代名詞的用法

（1）相互代名詞沒有複數形式，它可以在其後加上「's」組成所有格，來表示所屬關係，在句子中作形容詞。

Our English teacher asked us to comment on each other's **compositions.**

我們的英文老師請我們兩個人相互評價對方的作文。

You cannot read one another's **answer sheets.**

你們不可以看彼此的答案卷。（ one another 意指「你們」含兩個人以上）

They cannot understand each other's **moods.**

他們兩個人不可能了解彼此的心情。

each other's **moods**
彼此的心情
（兩人）

one another's **answer sheets**
彼此的答案卷
（兩人以上）

（2）each other 和 one another 在某種情況下可以分開使用。

Each wants to give the other **a surprise.**

兩人都想給對方一個驚喜。

The college students went to study in Australia one after another.

這些大學生相繼去了澳洲留學。（ one after another 意為「相繼、一個挨一個」）

七、不定代名詞

760分
文法

不定代名詞為指代不特定的人、事物、數量的代名詞。

1 不定代名詞的分類

（1）普通不定代名詞，有 some、any、no、no one、none、one、someone、something、anything、nothing、somebody、anybody、anyone、nobody……等。

No one is in favor of his view.
沒有人贊成他的觀點。

Paul has nothing to explain.
保羅沒有什麼要解釋的。

> I have nothing to explain.

nothing to explain
沒有什麼要解釋的

Thomas didn't tell anyone about this scheme.
湯瑪斯沒有把這個方案告訴任何人。

Nobody said your dreams were unrealistic.
沒有人說過你的夢想是不切實際的。

（2）**數量不定代名詞**，有 few、a few、little、a little、many、much、more、certain、enough、half、several……等。

Few friends invite me to dinner.
很少朋友請我去吃飯。

Some of the trees have survived with my help.
一些樹已經在我的幫助下活過來了。

They have enough money to set up a company.
他們有足夠的資金去建立一家公司。

Half of the students in the class are from the countryside.
班上一半的學生都來自鄉村。

（3）**個體不定代名詞**，有 all、both、each、every、either、other、neither、another、everybody、everyone、everything……等。

All this is just his guess.
所有這些都只是他的猜測而已。

Both of them want to go to Japan, but the school gave only one quota.
他們兩個都想去日本，但是學校只有一個名額。

Everyone is the hope of their parents.
每個人都是他們父母的希望。

I came up with another idea, but the manager didn't take it.
我想到了另一個想法，但是經理沒有採用。

❷ 不定代名詞的用法

（1）不定代名詞一般是指代那些不確定的人、物或者數量，在句子中充當主詞、受詞、形容詞和主詞補語。

Everybody wants to make a contribution to society.
每個人都想為社會做出一點貢獻。（不定代名詞當主詞）

There is something wrong with the printer. We must buy a new one.
這台印表機出問題了，我們必須買一台新的。（不定代名詞當主詞補語）

That's all the details of the contract you need to remember.
這就是你須要記住的所有合約細節。（不定代名詞當主詞補語）

We need some of your opinions to make the book a better one.
我們需要你的一些建議來讓這本書變得更好。（不定代名詞當受詞）

（2）不定代名詞 no 和 every 只能作形容詞。

To be honest, we have no time to prepare for the oral exam.
老實說，我們沒有時間準備口試了。（no 當形容詞修飾 time）

According to the investigation, every transaction completed by the businessman is illegal.
據調查，這個商人完成的每一筆交易都是違法的。（every 當形容詞修飾 transaction）

（3）不定代名詞 none 和 some、any、no 組成的複合不定代名詞只能充當名詞，在句子中作主詞、受詞和主詞補語。

None of them was late or asked for leave this month.
這個月他們沒有人遲到或者請假。

Somebody always likes to expose the weaknesses of others.
有些人總是喜歡揭露別人的短處。

If you have a problem you don't understand, you can ask anyone.
如果你有什麼不懂的問題，你可以向任何人請教。

It is nothing special to see snow here since it snows every winter.
這裡看到雪一點也不特別，因為每年冬天都下雪。

❸ 常見的不定代名詞

（1）some 和 any 的用法。

① some 意為「某個，某些，一些」，常用於肯定句和疑問句中，當它作形容詞時，一般修飾的可數名詞須加 s，修飾的不可數名詞不可加 s。

Some parents always force their children to attend some training classes.

某些家長總是強迫孩子們參加一些培訓班。（some 後面接的 parent 為可數名詞，須加 s）

Would you like some green tea?

你想喝一些綠茶嗎？（some 後面接的 green tea 為不可數名詞，不可加 s）

② any 以及 any 組成的複合代名詞意為「任何」，常用於否定句、疑問句和條件子句中，當它作形容詞時，一般修飾的是複數名詞，在句子中充當主詞、受詞和形容詞。

I don't believe she doesn't have any savings.

我不相信她沒有任何存款。

Do you have any reasonable explanations?

你有任何合理的解釋嗎？

If you have anything unhappy, you can talk to me at any time.

如果你有任何不開心的事，你可以在任何時候找我聊天。

anything **unhappy**
任何不開心的事

any **reasonable explanations**
任何合理的解釋

（2）many 和 much 的用法。

many 和 much 都意為「很多」，many 修飾可數名詞的複數，而 much 修飾不可數名詞。

The factory produces many types of tractors.

這個工廠生產了很多類型的拖拉機。

Many ideas are unrealistic in the eyes of our boss.

很多想法在我們的老闆的眼裡都是不切實際的。

John still has much work to finish, but he is not worried at all.
約翰還有很多工作須要完成，但是他一點也不擔心。

（3）one、it 和 that 的用法。

one 表示泛指，it 和 that 表示特指，it 指的是同一個，而 that 指的是同一類。

Tom lost my pen, so he bought me a new one.
我的鋼筆被湯姆弄丟了，所以他買了一枝新的給我。

As soon as Olivia had finished her paper, she handed it over to the teacher. 奧莉維亞一寫完論文，就立刻把它交給了老師。

The temperature here is higher than that of Tokyo.
= The temperature here is higher than the temperature of Tokyo.
這裡的氣溫比東京的還高。

The temperature here | is higher than that of Tokyo.
這裡的氣溫 | 比東京的還高。

（4）each 和 every 的用法。

① each 指代的是兩個及兩個以上的人或物，而 every 指代的是三個或三個以上的人或物。

They put a lot of garbage cans on each side of the road.
他們在道路的兩旁都擺放了很多垃圾桶。

I was impressed with every word she said.
她說的每一句話都讓我印象深刻。

Hi. I am Lisa. Nice to meet you.

each side of the road | every word she said
道路的兩旁 | 她說的每一句話
（兩側） | （三句話或以上）

② each 可以充當形容詞和代名詞，而 every 只能充當形容詞。

Each of the rooms was carefully designed by the hostess.
每一間房間都是這個女主人精心設計的。

We should take into account the progress of every project.
我們應該考慮到每個項目的進展。

③ each 與 not 連用，表示全部否定，every 與 not 連用，表示部分否定。

Each of these workers does not want to work overtime every day.
這些工人中的每個人都不希望每天加班。

Not every child will do anything according to their parents' wishes.
不是每個孩子都會按照父母的意願去做任何事。

④ every 可以意為「每隔，每逢」，但 each 沒有這個含義。

He drinks a glass of water every three hours.
他每隔三個小時都要喝一杯水。

The Smiths go to the countryside every two weeks.
史密斯一家人每隔兩個星期都要去一次鄉村。

⑥ each 強調的是個體性，而 every 強調的是整體性。

Each of the girls wishes that they could live in a fairytale-like castle.
這些女孩中的每個人都希望她們可以住在一座童話般的城堡裡。

They listed every argument they could think of before the debate.
他們在辯論賽之前列出了他們能想到的每一個論點。

（5）few 和 a few、little 和 a little 的用法。

不定代名詞	功能
few（一點點）和 a few（一些）	修飾可數名詞的複數形式，沒有強調具體的數量，在句子中充當主詞、受詞、形容詞
little（一點點）和 a little（一些）	修飾不可數名詞，沒有強調具體的數量，在句子中充當主詞、受詞、形容詞。

Only a few people in this area are poor.
這個地區只有一些人很貧窮。

He said few words at the meeting.
他在會議上幾乎沒有說什麼話。

He has a little work to discuss with his partner.
他有一些工作要和他的搭檔討論。

There is little use in apologizing to him.
向他道歉是沒有什麼用處的。

（6）one、the other、others、another 的用法。

① 「one... the other...」意為兩個當中，「一個⋯⋯另一個⋯⋯」。

Kevin has two sisters: one is Alice, the other is Lily.
凱文有兩位姐姐，一位是愛麗絲，另一位是莉莉。

Susan has two dresses: one is pink, the other is blue.
蘇珊有兩件洋裝，一件是粉紅色的，另一件是藍色的。

one is pink, the other is blue
一件是粉紅色的，另一件是藍色的

② others 泛指其他的人或物。the others 指的是特定範圍中剩下的全部，相當於 the rest。

Some people will abide by the company's rules, but others may violate them.
有些人會遵守公司的規定，但其他人可能會違反這些規定。

There were four people in the house. He stayed at home alone, but the others came to Paul's wedding.
有四個人在屋裡，他獨自一人待在家裡，但其他所有人都來參加保羅的婚禮了。
（特定範圍為屋裡的四個人，因此屋裡的其他人用特定的 the others）

③ another 泛指另一個。

He has to leave now, because he has another appointment.
他現在必須離開，因為他還有另一個約。

The two employees were accused by another employee.
這兩名員工被另外一名員工控告了。

（7）no、none 和 no one 的用法。

①no 意為「沒有」，可以指代人和物，相當於形容詞，在句中作形容詞，可以修飾可數名詞單複數和不可數名詞。

No employees want to be a spy in that company.
沒有員工想在那家公司當間諜。

They have no energy to prove whether it is true or not.
他們沒有精力證明這件事是否為真。

②none 意為「沒有人，沒有物」，none of 在句中接可數名詞時，動詞要用複數形式；接不可數名詞時，動詞要用單數形式。

None of the employees were fired.
那些員工沒有人被解雇。

None of her money is donated to Project Hope by her stepfather.
她的錢都沒有被她的繼父捐贈給希望工程。

③no one 只能單獨使用，只能指代人，後面不能接 of 片語。當它作主詞，動詞要用單數形式。

No one can stand the noise made by the neighbor at night.
沒有人可以忍受這位鄰居晚上製造的噪音。

No one wants to attend this senseless auction.
沒有人想要參加這場沒有意義的拍賣會。

（8）both、all、none、neither、either 的用法。

不定代名詞	功能
both	意為「兩者都」，和複數名詞連用。
all	意為「三者或三者以上」，可以和可數名詞或不可數名詞連用；可數名詞須加 s，不可數名詞不能加 s。
none	意為「三者以上都不」，修飾可數名詞時，動詞用單數；修飾複數名詞時，動詞用複數。
neither	意為「兩者都不」，相當於代名詞和形容詞。
either	意為「兩者中的一個」，和單數名詞連用。

Both his brother and his father are geologists.
他的哥哥和爸爸都是地質學家。

There are three ways home, all of which have just been built.
有三條回家的路，這三條路都是剛鋪好的。

None of them can survive on this desert island.
他們沒有人可以在這個荒島上生存。

Neither of us is proficient in French.
我們兩個人都不精通法語。

There are no willows on either side of the road.
這條道路的兩側都沒有柳樹。

★ 全面突破760分必考文法 ★　660　　　　760　　　　860

① neither 單獨作主詞時，動詞要用單數，而「neither... nor...」作主詞時，動詞根據就近原則來判斷。

Neither of them likes eating snacks.
他們兩個人都不喜歡吃零食。

Neither his friends nor Emily is fond of playing chess.
他的朋友們和艾蜜莉都不喜歡下棋。
（be 動詞較靠近 Emily，Emily 為單數，故用單數動詞 is）

Neither the manager nor her subordinate was criticized by the boss.
這個經理和她的下屬都沒有被老闆批評。（be 動詞較靠近 her subordinate，her subordinate 為單數，故用單數動詞 was）

was
都沒有
（單數動詞）

neither **the manager**　nor **her subordinate**
這個經理　　　　　和她的下屬

② neither 和 nor 可以用在省略結構中，意為「也不」。

Jimmy doesn't like to eat apples, neither does his brother.
吉米不喜歡吃蘋果，他的弟弟也不喜歡。

We didn't go to the cinema on Friday, nor on Saturday.
我們週五沒有看電影，週六也沒有。

CHAPTER 09 │ 關係代名詞 Relative Pronoun

名詞：用來稱呼人、事、時、地或物的字詞。
名詞的分類：

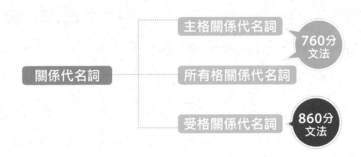

關係代名詞 —— 主格關係代名詞 ── **760分** 文法
所有格關係代名詞
受格關係代名詞 ── **860分** 文法

一、主格關係代名詞 **760分** 文法

　　主格關係代名詞指的就是 who、which 和 that。who 指人，that 可指人和物，which 指物。被修飾的名詞或代名詞又稱作先行詞，主格關係代名詞後的內容是對先行詞進行更加清楚明白的說明。

1 主格關係代名詞

（1）who。

The girl who wears a red dress is my sister.
第三人稱單數　　　單數動詞

這個穿著紅洋裝的女孩是我妹妹。

➡ 主格關係代名詞其後的動詞 wears，須與單數先行詞的人稱和數 the girl 保持一致。
　 who 連接了「The girl is my sister.」以及「The girl wears a red dress.」兩個句子；
　 who 主格關係代名詞也是子句的主詞，不能省略。

These employees who often work overtime deserve the bonus.
　　　複數先行詞　　　　　　　　複數動詞

這些經常加班的員工應該得到這些獎金。

➡ 主格關係代名詞其後的動詞 work，須與複數先行詞的人稱和數 those workers 保持一致。who 連接了「These workers deserve the bonus.」以及「These workers often work overtime.」兩個句子；who 主格關係代名詞也是子句的主詞，不能省略。

these employees who often work overtime
經常加班的員工

（2）which。

He bought a computer which cost him 3,000 dollars.

他買了一台電腦，花了三千美元。

➡ which 修飾先行詞 computer。which 連接了「He bought a computer.」以及「The computer cost him 3,000 dollars.」兩個句子；which 主格關係代名詞也是子句的主詞，不能省略。

The Internet is a technology which benefits everyone.

網路是使每個人都受益的科技。

➡ which 修飾先行詞 technology。which 連接了「The internet is a technology.」以及「The technology benefits everyone.」兩個句子；which 主格關係代名詞也是子句的主詞，不能省略。

a technology which benefits everyone
使每個人都受益的科技

09
CHAPTER
關係代名詞

（3）that。

I saw monkeys that were playing with water.

我看到了在玩水的猴子。

➡ that 修飾先行詞 monkeys。that 連接了「I saw monkeys.」以及「Monkeys were playing with water.」兩個句子；that 作為子句的主詞，不能省略。

The matter that happened yesterday influenced him a lot.

昨天發生的那件事對他造成很大的影響。

➡ that 修飾先行詞 matter。that 連接了「The matter influenced him a lot.」以及「The matter happened yesterday.」；that 作為子句的主詞，不能省略。

❷ 主格關係代名詞的替換用法

（1）當先行詞是人時，子句的引導詞可以是 who 或 that。

The woman who / that **is in white is a nurse.**
那個穿白衣服的女子是個護士。

The star who / that **is coming forward is an actor.**
正在走來的那位明星是一位演員。

（2）當先行詞是事物或動物時，子句的引導詞可以是 which 或 that。

The park which / that **was built two years ago is very attractive.**
這座建於兩年前的公園非常吸引人。

A tiger which / that **is napping cannot be touched.**
不能摸正在打盹的老虎。

❸ 關係代名詞容易混淆的地方

（1）表時間或地點的名詞作先行詞。

表時間或地點的名詞作先行詞在子句中作主詞或受詞時，子句要用關係代名詞來引導；作副詞時，要用關係副詞來引導；注意關係代名詞與關係副詞不同，關係副詞 =「介系詞 + 關係代名詞」。

I've never been to America which **is famous for freedom.**
我從來沒去過以自由聞名的美國。
➡ 表地點的 America 是子句的主詞。

We went to the mall where we bought a lot of cosmetics.
= **We went to the mall** at which **we bought a lot of cosmetics.**
= **We went to the mall** which **we bought a lot of cosmetics** at.
我們去了商場，在那裡我們買了很多化妝品。
➡ where 連接了「We went to the mall.」以及「We bought a lot of cosmetics at the mall.」兩個句子；at the mall 是副詞詞組，修飾動詞 bought。如上所示，該句有三種寫法，可以把介系詞 at 放在句末，寫成「We went to the mall which we bought a lot of cosmetics at.」。at 也可以放在子句句首，則變成「We went to the mall at which we bought a lot of cosmetics. 」。at which 又可變成關係副詞 where，表示地方。

the mall where we bought a lot of cosmetics
= the mall at which we bought a lot of cosmetics
= the mall which we bought a lot of cosmetics at
我們買了很多化妝品的商場

（2）there be 句型中的先行詞。

在 there be 句型中，只能用 who 來指人而不用 that，用 that 來指物而不用 which。

There are several <u>people</u> in the bookshop who are selecting books.
書店裡有幾個在挑書的人。
➡ 先行詞是 people，指人，在 there be 句型中的關代只能用 who。

Some <u>trees</u> that grow well were transplanted from the north.
一些長得很好的樹是從北方移植過來的。
➡ 先行詞是 trees，指物，在 there be 句型中的關代只能用 that。

二、所有格關係代名詞

所有格關係代名詞指的是 whose，意為「某人或某物的」，既可指「人的」，又可指「物的」。

I know the boy whose name is Teddy.
我認識這個名叫泰迪的男孩。
➡ whose 連接了「I know the boy.」以及「The boy's name is Teddy.」兩個句子。name 屬於 boy。

the boy whose name
is Teddy
名叫泰迪的男孩

Do you know the flower whose color is red?
你知道那種顏色是紅色的花嗎？
➡ whose 連接了「Do you know the flower?」以及「The flower's color is red.」兩個句子。color 屬於 flower。

the flower whose color is red
顏色是紅色的花

三、受格關係代名詞

受格關係代名詞指的是 whom、which 和 that，這類代名詞在子句中作受詞。

1 受格關係代名詞

（1）whom。

She is the woman whom I met yesterday.
她就是我昨天遇到的女人。

➡ whom 是 met 的受詞。whom 連接了「She is the woman.」以及「I met the woman yesterday.」兩個句子。

the woman whom I met

我昨天遇到的女人

Mr. Smith is the man whom I talked to.
史密斯先生就是我昨天與之談話的人。

➡ whom 是 talked to 的受詞，to 不能省略。whom 連接了「Mr. Smith is the man.」以及「I talked to the man.」兩個句子。該句也能將子句句末的介系詞 to 放到子句句首，寫成「Mr. Smith is the man to whom I talked.」

（2）which。

Pass me the knife which I bought at the supermarket.
把我在超市買的那把刀遞給我。

➡ which 是 bought 的受詞，at 不能省略。which 連接了「Pass me the knife.」以及「I bought the knife at the supermarket.」兩個句子。

I have finished reading the book which I borrowed from my friend.
我已經把我從朋友那裡借來的書看完了。

➡ which 是 borrowed 的受詞，from 不能省略。which 連接了「I have finished reading the book.」以及「I borrowed the book from my friend.」兩個句子。

（3）that。

The barbecue that we had for dinner was too salty.
我們晚飯吃的燒烤太鹹了。

➡ that 是 had 的受詞。that 連接了「The barbecue was too salty.」以及「We had the barbecue for dinner.」兩個句子。

The food that they are going to send to the beggars has been packed.
他們準備送給乞丐的食物已經被打包好了。

➡ that 是 send 的受詞。that 連接了「The food has been packed.」以及「They are going to send the food to the beggars.」兩個句子。

❷ 受格關係代名詞可被省略

The headmaster (whom / that) **you saw yesterday is my friend.**
你昨天看到的校長是我的朋友。

The candy (which / that) **he is holding was sent by his aunt.**
他拿著的糖果是他的阿姨送的。

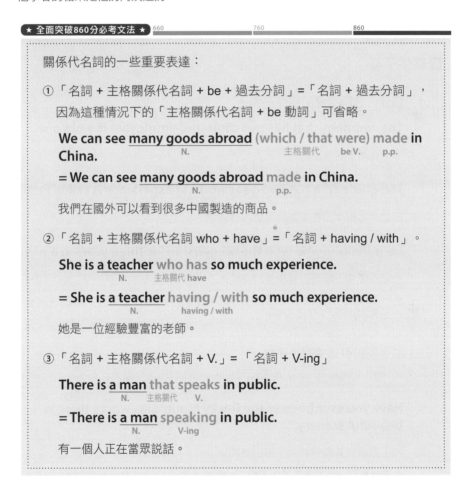

★ 全面突破860分必考文法   660   760   860

關係代名詞的一些重要表達：

① 「名詞 + 主格關係代名詞 + be + 過去分詞」=「名詞 + 過去分詞」，
因為這種情況下的「主格關係代名詞 + be 動詞」可省略。

We can see <u>many goods abroad</u> (which / that were) **made in**
            N.   主格關代 be V. p.p.
China.

= **We can see** <u>many goods abroad</u> **made in China.**
            N.   p.p.

我們在國外可以看到很多中國製造的商品。

② 「名詞 + 主格關係代名詞 who + have」=「名詞 + having / with」。

She is <u>a teacher</u> **who has so much experience.**
      N.   主格關代 have

= **She is** <u>a teacher</u> **having / with so much experience.**
       N.   having / with

她是一位經驗豐富的老師。

③ 「名詞 + 主格關係代名詞 + V.」=「名詞 + V-ing」

There is <u>a man</u> **that speaks in public.**
      N.   主格關代 V.

= **There is** <u>a man</u> **speaking in public.**
       N.   V-ing

有一個人正在當眾說話。

（一）關係子句（形容詞子句）

關係子句，又可稱為形容詞子句，由關係代名詞 who、whom、which 和 that 以及關係副詞 when、where 和 why 所引導的子句來修飾前面的名詞。如：The bird that he saved from the hunter is eagle.（他從獵人手裡救出來的鳥是老鷹。）bird 就是關係子句 that he saved from the hunter 所修飾的名詞。

1 關係子句

（1）關係代名詞引導的關係子句。

The company that has two thousand employees is a big one.
關係子句

那家有兩千名員工的公司是大公司。

The guide who has two-year working experience is called Penny.
關係子句

這位有著兩年工作經驗的導遊叫作佩妮。

He is the one who won the scholarship for three years in a row.
關係子句

他就是連續三年獲得獎學金的那個人。

➡ 一般用 the one 來彌補主要子句缺少主詞或主詞補語的空缺。此句的 the one 填補主詞補語的空缺，作主詞補語。

（2）關係副詞引導的關係子句。

when、where 和 why 是表示時間、地點和原因的關係副詞。

Have you ever been to the Rocky Mountains where there is beautiful scenery?
關係子句

你去過擁有美麗風景的洛磯山脈嗎？

➡ 關係副詞在子句中主要作副詞。where 連接了「Have you ever been to the Rocky Mountains?」以及「There is beautiful scenery at the Rocky Mountains.」兩個句子。

I can't remember the day when you and I had dinner together.
關係子句

我想不起來你和我一起用餐的那一天了。

➡ 關係副詞在子句中主要作副詞。when 連接了「I can't remember the day.」以及「You and I had dinner together on the day.」兩個句子。

（3）關係副詞的先行詞。

關係副詞的種類	關係副詞的先行詞例子
when	day、time、season、age……等時間
where	place、town、city、house、case、situation、house……等地方
why	reason……等原因

He hasn't reached the age <u>when he can retire</u>.
關係子句

他還沒有到可以退休的年齡。

They met a hard case <u>where they had to make a choice</u>.
關係子句

他們遇到了困境，必須做出選擇。

➡ case、situation、point……等抽象的地點名詞作先行詞時，要用 where 來引導關係子句。

Let me tell you the reason <u>why he has refused you</u>.
關係子句

讓我告訴你他拒絕你的原因。

➡ why 的先行詞通常是 reason。

❷ 關係子句的限定用法

（1）限定用法。

They aren't invited to visit the factory <u>which is located in the suburbs</u>.
關係子句

他們沒有被邀請參觀位於郊區的工廠。

➡ 關係子句對先行詞起限定作用，which is located in the suburbs 限定 factory。

He is looking for his son <u>who is a club member</u>.
關係子句

他正在找他兒子，他兒子是一個俱樂部成員。

➡ 關係子句對先行詞起限定作用，who is a club member 限定 son。

who is a club member
是一個俱樂部成員
（關係子句限定 his son）

his son
他的兒子

（2）只能用 that 的限定關係子句。

① 人和動物或事物同時作先行詞。

A man and a car that I see are coming to me.

我看見的一個人和一輛車正在朝我的方向過來。

➡ 先行詞 a man and a car 同時包含人與動物，關代用只能用 that。子句的動詞 are 須配合複數先行詞用複數形式，表示「A man and a car are coming to me.」。

The actor and his movie that you know are not popular here.

你知道的那位演員和他的電影在這裡並不受歡迎。

➡ 先行詞 the actor and his movie 同時包含人與事物，關代用只能用 that。子句的動詞 are 須配合複數先行詞用複數形式，表示「The actor and his movie are not popular here.」。

② 除 something 之外的不定代名詞和複合不定代名詞作先行詞。

Everything that you did has a record.

你做的每一件事都有紀錄。

➡ 複合不定代名詞 everything 作先行詞，關代只能用 that。

③ some、no、little、ever、any、all、few、much、each……等修飾先行詞。

Each label that you get should be signed with your name.

你拿到的每一個標籤都應該簽上你的名字。

➡ each 修飾先行詞 label，關代只能用 that。

④ the very、the only……等修飾先行詞。

They are the only persons that survived the war.

他們是那場戰爭中唯一倖存下來的人。

➡ the only 修飾先行詞 persons，關代只能用 that。

This is the very museum that they visited five years ago.

這就是他們五年前參觀的博物館。

➡ the very 修飾先行詞 museum，關代只能用 that。

⑤ 序數詞修飾先行詞。

This is the first wild animal that was kept in the zoo.

這是第一隻被養在動物園裡的野生動物。

➡ 序數詞 the first 修飾先行詞 wild animal，關代只能用 that。

The last house that they rent had a nice environment.

他們最後租的房子有不錯的環境。

➡ 序數詞 the last 修飾先行詞 house，關代只能用 that。

⑥ 形容詞最高級修飾先行詞。

She is the most elegant lady that I've ever seen.

她是我見過最優雅的女士。

This is the most money that we can invest in.
這是我們能投資的最多錢了。

⑦ 關係代名詞在子句中作主詞補語。

The man is no longer the one that he used to be.
這個人已經不是過去的那個人了。

➡ that 連接「The man is no longer the one.」以及「He used to be the one.」，
the one 在第二句中當主詞補語，因此代替 the one 的 that 在關係子句中也作主詞
補語。

3 關係子句的非限定用法

（1）非限定用法，必須在關係子句前加逗號，並且關係代名詞不可用 that。

He won the prize, which made his wife happy.
他獲獎了，這讓他的妻子很高興。

➡ 先行詞指的是整個句子而非名詞或代名詞時，關係子句一般用 which 來引導。

Amy got a bad news, which made her disturbed.
艾咪得到了一個壞消息，這讓她心煩意亂。

➡ 子句修飾的是先行詞 news。

a bad news,
一個壞消息，

which made her disturbed
這讓她心煩意亂
（非限定用法，意指就只有該壞消息，因此不須再限定是什麼樣的壞消息）

（2）限定關係子句和非限定關係子句的比較。

① 限定關係子句不能用逗號與主句隔開，而且受格關係代名詞可省略。

I suggest you drink honey water which / that is helpful to your skin.
我建議你喝蜂蜜水，那對你的皮膚有幫助。

➡ 限定用法的關係子句前沒有逗號。

The beer (which / that) you just drank **contains a high level of alcohol.**
你剛才喝的啤酒含有高濃度的酒精。

➡ 限定用法的關係子句前沒有逗號，受格關係代名詞可省略。

② 非限定關係子句須用逗號與主句隔開，不能使用關係代名詞 that，關係代
名詞不能省略。

The boss bought three paintings, which cost a lot.
老闆買了三幅畫，花費不少。

I didn't see the artist, who lives in the countryside.
我沒有見到那位住在鄉下的藝術家。

★ 全面突破860分必考文法 ★　660　　760　　860

as 和 which 引導的關係子句。

① 二者都可引導非限定關係子句，指代整個主句，在子句中作主詞或受詞。

Milk can help relieve constipation, which / as is common sense.
牛奶可以幫助緩解便秘，這是常識。

② such、the same 修飾先行詞，通常用 as 來引導關係子句。

They have such a clever son as they are very proud of.
他們有一個如此聰明的兒子，讓他們很自豪。

③ 先行詞被 the same 修飾，指同一個人或事物，用關係代名詞 that 引導關係子句；指不同的人或事物，用 as 引導關係子句。

This is the same book that you are looking for.
這就是你在找的書。

　★ that 指的是同一本書。

I have the same book as you have.
我有一本和你一樣的書。

　★ as 指代的不是同一本書，而是一樣的書。

④ as 引導的關係子句位置很靈活，而 which 引導的關係子句只能位於主要子句之後。

As you can see, the food is fresh.
你可以看到，這些食物是新鮮的。

　★ as 引導的關係子句還可以放前面。

⑤ which 引導的關係子句可以和主要子句構成邏輯上的因果關係。

He is late for work frequently, which makes him often criticized.
他經常上班遲到，這讓他常被批評。

　★ late for work 是 often criticized 的原因。

（二）關係代名詞與介系詞

　　介系詞後的受詞可以放在關係子句句末，也可置於關係代名詞前。如：It is the company which he works in. → It is the company in which he works.（這就是他工作的公司。）

❶「介系詞 + 關係代名詞」的用法

（1）「介系詞 + 關係代名詞」的結構相當於關係副詞。

在這種結構中的關係代名詞是作受詞，所以只使用 whom、whose 和 which。

Have you seen the aunt to whom your mother talked?
你見到跟你媽媽說話的阿姨了嗎？

➡ 作受詞的關係代名詞前無介系詞時，可省略；關係代名詞前有介系詞時，不能省略。

This is my sick brother whom I have to look after.
這是我生病的弟弟，我必須照顧他。

➡ look after 等之類的固定搭配中的介系詞不能和動詞拆開，所以不能置於關係代名詞前。

（2）「介系詞 of + whom / which」可表所屬關係，可用關係代名詞 whose 代換。

The toy the body of which is broken is mine.
這個身體壞了的玩具是我的。

➡ 該句子也可以用「The toy whose body is broken is mine.」來表示。

The young man the grandpa of whom used to be a plane designer is also interested in planes.
爺爺曾是飛機設計師的那位年輕人也對飛機感興趣。

➡ 該句子也可以用「The young man whose grandpa used to be a plane designer is also interested in planes.」來表示。

介系詞 + 關係代名詞的特殊用法；

① 「基數詞、序數詞、百分數或分數 + 介系詞 + 關係代名詞」。

There are 200 animals on the farm, half of which **are cows.**
農場上有兩百頭動物，其中一半是母牛。

② 「代名詞或不定代名詞 + 介系詞 + 關係代名詞」。

There are fifty volunteers, none of whom **are students.**
有五十名志願者，沒有一個人是學生。

③ 「形容詞的最高級 + 介系詞 + 關係代名詞」。

They made many kites, the biggest of which **has been sold out.**
他做了很多風箏，最大的一個已經賣出去了。

④ 「介系詞 + 關係代名詞 + 名詞」。

We spent ten days renovating the house, during which time **we painted the walls.**
我們花了十天來裝修房子，在這期間我們把牆壁粉刷了一遍。

❷ 選擇介系詞

（1）先行詞的需要，決定了介系詞的選擇。

The money with which **you want to buy a coat is not enough.**
你想買一件大衣的錢是不夠的。
➡ buy with the money 用錢買。

Don't forget the day on which **we had a good time.**
不要忘記我們玩得很開心的那天。
➡ on the day 在那天。

　on which　

the day on which **we had a good time**
我們玩得很開心的那天

（2）關係子句中的動詞或形容詞搭配決定了介系詞的選擇。

Peter is helpful and he is a man from whom we should learn.

彼得樂於助人，他是一個我們應該與之學習的對象。

➡ learn from...（向……學習）。

Eiffel Tower, for which Paris is famous, is one of the greatest buildings.

讓巴黎聞名的艾菲爾鐵塔是最偉大的建築之一。

➡ be famous for...（因……而聞名）。

（3）子句的句意決定了介系詞的選擇。

Water, without which fish can't live, is the source of life.

魚兒離不開的水是生命之源。

➡ 子句的句意是「魚兒離不開水」，「fish can't live *without* water」，因此用 without。

Money, without which we can't buy food, is always seducing people.

購買食物不能沒有的錢，總是在誘惑著人們。

➡ 子句的句意是「沒有錢我們不能買食物」，「we can't buy food *without* money」，因此用 without。

money, without which we can't buy food
購買食物不能沒有的錢

（4）主句和子句的搭配關係決定了介系詞的選擇。

The cup with which he is drinking water is a piece of porcelain.

他喝水用的杯子是一件瓷器。

➡ 主句為「The cup is a piece of porcelain.」，子句為「He is drinking water with the cup.」，因此主句和子句須用 with 搭配。

My cousin is the girl with whom you went shopping last week.

我表姐就是上週和你去購物的女孩。

➡ 主句為「My cousin is the girl.」，子句為「You went shopping last week with the girl.」，因此主句和子句須用 with 搭配。

CHAPTER 10 | 連接詞 Conjunction

連接詞：一種連接詞、片語、句子的虛詞。
連接詞的分類：

一、對等連接詞

660分
文法

　　對等連接詞連接兩個彼此處於對等關係的單字、片語、子句或句子。對等連接詞
又分為表聯合的連接詞、表轉折的連接詞、表選擇的連接詞、表因果的連接詞。

❶ 表聯合的連接詞

這類連接詞主要有 and、not only... but also、both... and。

Flies and lice are animals that humans hate.
蒼蠅和蝨子是人類討厭的動物。

➡ and 連接兩個對等的名詞單字。

I don't care both what you will say and what you will do.
我不在乎你要説什麼和做什麼。

➡ both... and 連接兩個對等的名詞子句。

and
以及

what you will say
你要說什麼

what you will do
你要做什麼

❷ 表轉折的連接詞

這類連接詞主要有 but、while、yet……等。

I want to attend your birthday party but I have to look after my husband.
我想去參加你的生日宴會，但是我必須照顧我丈夫。

➡ but 連接兩個完整的句子。

★ 全面突破760分必考文法 ★　660　　　760　　　860

but 主要用作「但是、卻」，除了基本用法外，還有以下用法：

① 構成「not... but...」結構，用作「不是……而是……」。

What I want is not money but manpower.
我想要的不是錢而是人力。

★ 「not... but...」連接兩個對等的單字。

② but 表示「但是」。

I am tired but satisfied after working so many hours.
工作這麼長時間後，我很累但也很滿意。

③ 用在道歉或客氣表達之後，表示委婉語氣。

I'm sorry, but I have to leave now.
抱歉，但是我要離開了。

★ but 不能被替換為 and。

④ 構成 can't help but，用作「不由得、不得不」。

I can't help but want to know who is behind the scenes.
我不由得想知道誰是幕後主使。

CHAPTER **10** 連接詞

He's rich yet lonely.

他很富有，卻很孤獨。

➡ yet 連接兩個對等的單字。

★ 全面突破660分必考文法 ★　660　　　　760　　　　860

> yet 主要用作「但是；而」，除了基本用法外，還有以下用法：
>
> ① 用在句首。
>
> > **Yet the dog is too hot to move.**
> >
> > 但是狗熱得一動也不動。
> >
> > ★ yet 用在句首時不可以被 but 替換。
>
> ② yet 構成的 and yet 和 but yet 結構幾乎同義。
>
> > **I gave him 100 dollars, but / and yet he didn't accept it.**
> >
> > 我給了他一百美元，但是他並沒有接受。
> >
> > ★ and yet 和 but yet 都相當於 but（表轉折）。

❸ 表選擇的連接詞

這類連接詞主要有 or、either... or...、neither... nor...。

You should take some medicine or go to see a doctor.

你應該吃些藥或者去看醫生。

➡ or 表示「或者」。

Either the playground or the park will be rebuilt.

不是這個遊樂場，就是這個公園要被重建了。

➡ either... or 表示「不是這個，就是那個」。

either the playground　　　or the park
不是這個遊樂場　　　　　就是這個公園

4 表因果的連接詞

這類連接詞主要有 for、so。

He didn't come for he had no time.

他沒來，因為他沒時間。

➡ for 表示「因為」，不能引導置於句首的句子，這種情況下可以和 because 互換。

It must be raining for it's cloudy.

肯定要下雨了，因為天陰沉沉的。

➡ for 連接的句子表示對前面內容的推斷時，不能和 because 互換。

The car ran out of gas, so it stalled.

車子沒油了，所以熄火了。

➡ so 不能和 because 同時出現。

二、相關連接詞

相關連接詞主要是成雙成對出現的連接詞，如：「whether... or」、「either... or」、「neither... nor」、「no sooner... than...」、「not only... but also...」等。有些連接詞既是對等連接詞，又是相關連接詞，如：「either... or...」、「neither... nor...」、「both... and...」等。

1 相關連接詞的用法

（1）「neither... nor...」（兩者都不）和「either... or...」（不是……就是……）的用法。

Neither you nor I am to be promoted.

你和我都沒有要升職。

➡ 動詞要採用就近原則。

Either Canada or France is where he most wants to go.

他最想去的地方不是加拿大就是法國。

➡ 動詞要採用就近原則。

（2）「both... and」（兩者都）和「not only... but also」（不僅……也……）的用法。

Both tigers and lions are carnivores.

老虎和獅子都是肉食動物。

➡ both... and 連接的對等要素作主詞時，動詞用複數。

Not only the students but also the teachers are looking forward to the sports meeting.

不僅是學生，老師也在期待運動會。

➡ not only... but also 連接的對等要素作主詞時，動詞要採用就近原則。

are looking forward to the sports meeting.
在期待運動會。

Not only the students
不僅是學生，

but also the teachers
老師也

（3）「whether... or」（不管……）的用法。

Whether it's snowy or rainy, we decide to go out for dinner.

不管外面下雪還是下雨，我們都決定外出用餐。

➡ whether... or 連接對等的子句。

Whether I am ill or not, I will go to school today.

不管我現在是不是生病，我今天都要上學。

➡ 相關連接詞 whether... or 還常以 whether... or not 的形式出現。

三、從屬連接詞

860分
文法

　　從屬連接詞可以引導名詞子句和副詞子句，引導名詞子句的從屬連接詞主要是 that，引導副詞子句的從屬連接詞有很多，如 before、after、because、since、though、if……等。

1 引導名詞子句的從屬連接詞

It's no doubt that we will be the winner.

毫無疑問，我們會是贏家。

➡ that 引導名詞子句，並不代替任何名詞。

I don't know if you're aware of the danger.
我不知道你是否察覺到了危險。

➡ if 和 whether 作「是否」解，可以引導主詞子句和受詞子句，在這裡用作引導名詞子句的從屬連接詞。

2 引導副詞子句的從屬連接詞

（1）引導表時間的副詞子句的從屬連接詞。

中文翻譯	從屬連接詞例子
表「每當」、「當……時候」	when、as、while、whenever 等
表「之前」、「之後」	before、after 等
表「自從」、「直到」	since、until、till 等
表「一……就」、「一旦」	as soon as、once、the moment、directly、no sooner... than 等
表「每次」、「上次」、「下次」、「任何時候」、「第一次」等	every time、the last time、next time、anytime、the first time 等

I would call my parents when I miss my family.
我想家的時候，會打電話給父母。

My brother smiled as soon as he saw me.
我哥哥一看到我就笑了。

Mom didn't go to bed until dad came back.
直到爸爸回來媽媽才去睡覺。

➡ until 常和 not 連用，表示「直到……才」。

（2）引導表原因的副詞子句的從屬連接詞。

引導表原因的副詞子句的從屬連接詞主要有：because、as、since、seeing、now that、considering that、in that……等。

Now that there is a problem, you should try to solve it.
既然出現了一個問題，你就應該試著解決。

He doesn't know you because he is new here.
他不認識你，因為他是這裡的新進人員。

➡ because 表示「因為」的語氣最強。

because、for、as、since 的區別：

① because 除了引導表原因的副詞子句，還可引導主詞補語子句。

It is because I'm too busy.
這是因為我太忙了。

② because、for、as 均不能用於省略句，而 since 可以。

Since so, I'm leaving.
既然如此，我就走了。

③ since 和 as 均表雙方已知的事實，但 since 語氣較強。

Since you're here, you should have a drink.
既然你來了，就應該喝一杯。

④ for 是並列連接詞，不是從屬連接詞，有時可和 because 互換。

They decided not to come back tonight for it was too late.
= They decided not to come back tonight because it was too late.
他們決定今晚不回來了，因為太晚了。

★ 須注意 because 前面不可加逗號。

（3）引導表地點的副詞子句的從屬連接詞。

這類連接詞主要有 wherever、anywhere、where、everywhere。

You can feel the festive atmosphere everywhere you go.
你去的每一個地方都能感覺到喜慶的氣氛。

Remember to keep in touch with your family wherever you are.
無論你在哪，記得和家人保持聯繫。

（4）引導表目的的副詞子句的從屬連接詞。

這類連接詞主要有 in order that（以便）、so that（以便）、in case（以防萬一）、for fear that（以免）……等。

In case he should lose the money, he put them in a hidden place.

以防萬一錢丟了，他把錢放在一個隱蔽的地方。

➡ in case 其實是省略了 that。

They worked very hard so that they could buy a house.

他們非常努力地工作，這樣他們可以買一棟房子。

（5）引導表結果的副詞子句的從屬連接詞。

這類連接詞主要有 so / such... that...、so that、that……等。

The question is so difficult that no one can work it out.

這道問題如此艱難，沒人能把它算出來。

It's too late so that we had to end the meeting.

太晚了，我們不得不結束會議。

➡ so that 既可引導表結果的副詞子句，也可引導表目的的副詞子句，而 so... that 只能引導表結果的副詞子句。

（6）引導表條件的副詞子句的從屬連接詞。

這類連接詞主要有 if、so (as) long as、unless、on condition that、provided that、only if……等。

As long as you get good grades, your parents will be very happy.

只要你得到好成績，你父母就會很開心。

➡ 這裡的 as long as 可用 if 來代替。

Fish can survive only if they are in water.

魚兒只有在水裡才能生存。

➡ 與 only if 相似的 if only 常用來表示假設。

（7）引導表讓步的副詞子句的從屬連接詞。

這類連接詞主要有 even if、though、although、however、no matter how / what / when……等。

No matter when you come, I will leave a light on for you.

不管你什麼時候來，我都會為你留一盞燈。

Even if we have a perfect plan, we can't make it come true at once.

即使我們有一個完美的計畫，我們也不能讓它馬上實現。

10
CHAPTER
連接詞

> although 和 though 的比較：
>
> ① although 和 though 有時可互換，although 更正式。
>
> **Although / Though he came, he said nothing.**
> 儘管他來了，但是什麼也沒説。
>
> ② though 在句中可用作副詞，although 沒有這樣的用法。
>
> **I didn't hear from him, though.**
> 不過我沒收到他的來信。
>
> ★ though 作副詞時，意為「不過，可是」，一般用在句末，用逗號與前面的內容隔開。
>
> ③ although 不用在固定片語中。
>
> **I don't want to go out even though it's clear.**
> 儘管天氣很晴朗，我也不想出去。
>
> ★ 類似的片語還有 as though。
>
> ④ 如果主句和子句的主詞相同，而且子句的動詞含 be 動詞，那麼 although 和 though 引導的子句都可用於省略形式。
>
> **Although / Though (he is) failed, he is still confident in the plan.**
> 儘管他失敗了，他仍對這個計畫有信心。
>
> ⑤ though 可用於倒裝句，although 沒有這樣的用法。
>
> **Much though I like the shoes, I wouldn't buy them.**
> 雖然我很喜歡這雙鞋，但是我不會買。
>
> ★ though 可被 as 代替。

（8）引導表方式的副詞子句的從屬連接詞。

這類連接詞主要有 as、as though、as if、the way……等。

It looks as if you are in a hurry.
你看起來很匆忙。

He treats the vase as though it is his lover.
他像對待愛人一樣地對待這個花瓶。

❸ 連接詞的概括

連接詞的語氣	連接詞的例子
表轉折	but、however、while、even so、though、yet、in spite of... / despite the fact that...、still、nevertheless、after all、or、of course、otherwise、on the contrary / on the other hand、even though、except (for)、instead、instead of……等
表遞進	what is more、moreover、furthermore、besides、in addition、also、then……等
表強調	especially、certainly、in particular、above all、indeed、primarily、absolutely、of course、surely、actually、undoubtedly、as a matter of fact、chiefly、most importantly……等
表列舉	such as、for example、for instance、except (for) 、take... for example、to illustrate……等
表結果	as a result、as a consequence、consequently、thus、therefore、hence、so、accordingly……等
表對比	by contrast、by comparison、whereas、while、as opposed to……等
表順序	first、first of all、to begin with、second、last、next、then、finally、in the first place、above all、last but not the least、first and most important……等
表可能	probably、presumably、perhaps……等
表總結	in conclusion、in a word、in short、to sum up、on the whole、in brief、in summary、to conclude、to summarize……等
表附加	in addition to、additionally、along with、as well as、just as、again、also、likewise、in the same manner、in the same way……等

10
CHAPTER
連接詞

CHAPTER 11 | 不定詞與動名詞
Infinitive and Gerund

> **不定詞**：免於主詞的人稱和數的限制的動詞，一般為 to + 原形動詞。
>
> **動名詞**：動詞的一種形式，即在動詞的詞尾加 ing。

一、不定詞

760分文法

　　不定詞用來表達結果、目的、具體、原因等一次性的將要發生的動作，主要構成是 to + 原形動詞，有時也省略 to。如：I get a telescope to watch the distant view.（我拿著一副望遠鏡在觀看遠處的風景。）

❶ 不定詞的時態和語態

時態和語態	主動	被動
一般式	to V.	to be 過去分詞
進行式	to be V-ing	to be being 過去分詞
完成式	to have 過去分詞	to have been 過去分詞
完成進行式	to have been V-ing	to have been being 過去分詞

（1）不定詞的一般式。

　　不定詞的一般式表示在動詞表示的動作之後或者同時進行的動作。

I want to go shopping.
我想要購物。

➡ to go shopping 和 want 同時發生。

（2）不定詞的進行式。

不定詞的進行式表示正在進行的動作。

The twins are watching TV.
雙胞胎正在看電視。

（3）不定詞的完成式。

不定詞的完成式表示在動詞之後發生的動作。

I'm sorry to have broken your glass.
我很抱歉把你的杯子打碎了。

➡ broken your glass 發生在 sorry 之前。

（4）不定詞的完成進行式。

The two scientists are known to have been studying the new technology.
據悉這兩位科學家一直在研究新技術。

❷ 不定詞在句中的要素

（1）主詞。

To be a teacher is the little girl's dream.
成為一名老師是這個小女孩的夢想。

➡ 不定詞在句中作主詞，動詞用單數形式。

It's difficult to talk to a foreigner.
和一個外國人說話很困難。

➡ 「It's + 形容詞 + 不定詞」結構是將真正的主詞（即不定詞）置於虛主詞 it 之後。

（2）主詞補語。

His purpose is to ask for a raise.
他的目的是要求加薪。

➡ 不定詞置於 be 動詞之後。

CHAPTER **11** 不定詞與動名詞

Your work is to print out some files.
你的工作是列印一些文件。

（3）形容詞。

Mom has so many clothes to wash.
媽媽有很多衣服要洗。

➡ 不定詞作形容詞，通常置於被修飾的詞之後。

clothes　　　+　　to wash
衣服　　　　　　　　要洗
（不定詞放修飾的詞後）

They have a scheme to finish.
他們有一個方案要完成。

（4）作補語。

① 可以用在「動詞 + 受詞 + 補語」結構中的動詞。

allow	drive	advise	appoint
允許	驅使	建議	指定
find	**declare**	**think**	**command**
發現	宣佈	認為	要求
force	**encourage**	**invite**	**require**
強迫	鼓勵	邀請	要求

Her mother doesn't allow her to stay up late.
她媽媽不讓她熬夜。

I find it hard to lift the box.
我發現很難把這個箱子舉起來。

➡ 「find + 受詞 + 形容詞 + 不定詞」也是不定詞作補語的常用結構。

+　　**to lift the box.**
　　把這個箱子舉起來。
　　（不定詞）

I find it hard
我發現很難

I believe the man to be a math teacher.

我認為這個人是一名數學老師。

➡ to be 結構作受詞的補語。

② 可以用在「to be + 形容詞」結構中的動詞。

seem 似乎	be said 據說	appear 似乎	be supposed 被認定
hope 希望	be known 被得知	wish 希望	expect 預計
want 想	be reported 據報導	plan 打算	desire 渴望

The building is known to be grand.

這座建築被認為很雄偉。

The news is said to be false.

據說這個消息是假的。

（3）受詞。

① 「動詞 + 不定詞」。

afford 負擔得起	refuse 拒絕	fail 失敗	mean 打算
arrange 安排	tend 傾向	decide 決定	promise 承諾
choose 選擇	help 幫助	happen 發生	offer 提供

Few people can afford to buy **a house in the big city.**

很少有人能在大城市裡買得起房子。

He chose to save **his mother but his wife.**

他選擇了救自己的母親而不是妻子。

chose
選擇
（動詞）

+

to save
拯救
（不定詞）

② 「動詞 + 受詞 + 不定詞」。

like 喜歡	help 幫助	love 愛	hate 討厭
need 需要	prefer 更喜歡	want 想要	promise 承諾
ask 要求	intend 打算	beg 乞求	choose 選擇

I like you to keep the room clean.
我喜歡你把房間保持得很乾淨。

I hate the cat to jump on my bed.
我討厭那隻貓跳到我床上。

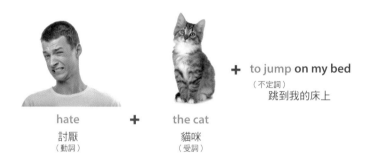

hate
討厭
（動詞）

+

the cat
貓咪
（受詞）

+ to jump on my bed
（不定詞）
跳到我的床上

③ 動詞 + 疑問詞 + 不定詞。

show 展示	find out 找出	decide 決定	explain 解釋
know 知道	tell 告訴	hear 聽到	remember 記得
learn 學習	forget 忘記	wonder 好奇	understand 明白

I'll show you how to make a kite.
我會向你展示如何製作風箏。

They have decided when to set out.
他們已經決定什麼時候出發了。

when
何時
（疑問詞）
＋
to set out
出發
（不定詞）

Let's go!

（4）副詞。

① 表目的的副詞。

They get up early to do **exercise.**
他們早起去運動。

He brought so **much money** as to buy **the computer.**
為了買電腦他帶了很多錢。

➡ 一些表目的副詞不定詞固定片語有 in order to（為了）、so as to（為了）……等。

② 表結果的副詞。

He got to the airport only to find **the flight taking off.**
他到達機場只發現飛機起飛了。

Professor Smith searched the office room only to find **an outdated file.**
史密斯教授找遍辦公室，只發現了一份過期的文件。

③ 表原因的副詞。

I'm happy to see **my idol.**
我很開心見到我的偶像。

He feels pain to have **a wound in the leg.**
腿上有傷口，他覺得很痛。

★ 全面突破760分必考文法 ★　660　　　760　　　860

不定詞的特殊用法。

① 不定詞的否定是在 to 前加 not。

Mom tells me not to play **water.**
媽媽告訴我不要玩水。

not
不要
＋
to play water
玩水
（不定詞）

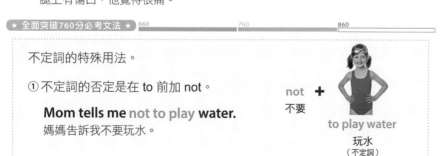

② 「too... to...」的意思是「太……以至於不能……」。

He is too fat to get through the door.
他太胖了以至於不能通過這道門。

I'm but too eager to drink water.
我非常想喝水。

★ but、only、all 等詞修飾「too... to...」結構時，相當於 very。

3 不帶 to 的不定詞

（1）句型「Why not + 原形動詞」。

Why not go for dinner?
何不去吃飯呢？

➡ 該句型表示提出建議。

Why not plant some flowers along the road?
為什麼不沿著道路種些花呢？

Why not **+**
何不

go for dinner?
去吃飯呢？
（原形動詞）

（2）兩個並列的不定詞片語可將第二個不定詞片語的 to 省略。

I would like to go back home and take a hot bath.
我想回家洗個熱水澡。

to go back home
回家

and

(to) take a bath
洗澡
（可將 to 省略）

Maybe they don't know what to say or do.
也許他們不知道該說些什麼或該做些什麼。

（3）do 在連接詞 but 之前，後面接不帶 to 的不定詞。

He had nothing to do but stand there.
除了站在那裡，他什麼也沒做。

had nothing to do
沒事可做

but stand there
除了站在那裡
（接不帶 to 的不定詞）

I have no choice but to buy a soccer ball for my son.
我沒有辦法，只能為兒子買一顆足球。

➡ but 前沒有 do 時，要用帶 to 的不定詞。

have no choice
沒辦法

but to buy a soccer ball
只能買足球
（接帶 to 的不定詞）

（4）一些固定搭配後用不帶 to 的不定詞。

這些固定搭配有 rather than、can't but、can't help but、can't choose but、
other than……等。

I would rather go to an African country.
我寧願去一個非洲國家。

I can't help but agree to his requirement.
我不由得答應了他的請求。

二、動名詞

760分
文法

　　動名詞是用來表示性質、狀態、心緒的已經發生的一次性動作，主要構成是「動詞 + -ing」。如：He is eating fruit.（他正在吃水果。）

1 動名詞的時態和語態

	主動	被動
一般式	V-ing	being + 過去分詞
完成式	having + 過去分詞	having been + 過去分詞

（1）動名詞的一般式。

Would you mind cutting **the potato for me?**
你介意幫我切馬鈴薯嗎？

She left the room without being noticed**.**
她離開了房間，沒有被注意到。

（2）動名詞的完成式。

I am upset about having left **the wallet in the office.**
我把錢包忘在辦公室裡了，我很沮喪。

He is happy about having been praised **for the paper.**
他因為論文受到讚揚而感到高興。

2 動名詞在句中的要素

（1）主詞。

① 表動作或事情。

Doing **exercise keeps people fit.**
做運動讓人們保持健康。

➡ 動名詞作主詞，限定動詞用單數形式。

Winning **the championship is a great honor to him.**
贏得冠軍對他來說是很大的榮譽。

②「It is...」結構用虛主詞替代動名詞主詞置於句首。

It's a waste of money buying **junk food.**
買垃圾食品是浪費錢。

➡ 真正的主詞是 buying junk food。

It is no use being **nice to her.**
向她示好是沒用的。

➡ 真正的主詞是 being nice to her。

It is no use
沒有用處

being nice to her.
向她示好。

③「There is no」句式。

There is no joking about people who are disabled.
不得對殘疾人士開玩笑。

There is no going back to the life she used to live.
她再也回不到曾經的生活了。

Haha. You look terrible.

There is no
不得

joking about people who are disabled.
對殘疾人士開玩笑

（2）受詞。

① 後面接動名詞的動詞。

mind 介意	finish 完成	enjoy 享受	appreciate 感激；欣賞
practice 訓練	avoid 避免	deny 否認	admit 承認
consider 考慮	keep 保持	risk 冒險	delay 推遲

They dare not risk going bankrupt.
他們不敢冒破產的風險。

Do you consider accepting their offer?
你考慮接受他們的報價嗎？

The father punished him to keep standing.
爸爸罰他一直站著。

11
CHAPTER
不定詞與動名詞

② 後面接名詞的介系詞片語。

look forward to 期待	insist on 堅持	be proud of 以……驕傲	be engaged in 從事於
prevent from 阻止	be devoted to 奉獻	dream of 夢想	be used to 習慣於
depend on 依靠	be fond of 喜歡	be afraid of 害怕	object to 反對

I believe no one will object to building a park here.

我相信沒人反對在這裡建一座公園。

➡ object to 中的 to 是介系詞，而不是不定詞。

My neighbor is fond of playing the guitar.

我的鄰居喜歡彈吉他。

★ 全面突破760分必考文法 ★ 660　　　　760　　　　860

「介系詞 + 動名詞」結構的特殊用法：

① 介系詞可省略。

My brother spends much time (on) studying music.
我哥哥花費很多時間學習音樂。

② 介系詞和動名詞構成副詞。

這類介系詞有 without、by、after、for、before、against、besides、on、in……等。

The tree died without flowering.
這棵樹沒有開花就死了。

without
沒有

flowering
開花
（動名詞）

（3）主詞補語。

The task of the department is allocating resources.
這個部門的任務是分配資源。

➡ 在這種情況下，主詞和主詞補語可以交換位置，變成「Allocating resources is the task of the department.」。

The function of this machine is purifiyng the air.
這台機器的功能是淨化空氣。

➡ purifying the air 是主詞補語。

purifiyng the air.
淨化空氣。

The function of this machine is
這台機器的功能是

（4）形容詞。

動名詞多用在所修飾的名詞之前，與其修飾的名詞一起作一名詞詞組。

The rich man often holds parties by the swimming pool at home.
那個富翁經常在家裡的游泳池旁舉行派對。

➡ swimming 修飾 pool。

Three people gathered in the waiting room to play cards.
三個人聚集在候車室裡打牌。

➡ waiting 修飾 room。

（5）同位語。

His dream, being a singer, never changes.
他的夢想——成為一名歌手，從不曾改變。

➡ being a singer 是 dream 的同位語。

The old-fashioned man's idea, women staying at home, is out of date.
那個古板的人的想法——女性應該待在家裡，已經過時了。

➡ women staying at home 是 idea 的同位語。

CHAPTER 12 | 分詞 Participle

分詞：以 -ing、-ed、-d、-t、-en 或 -n 結尾的動詞，兼具形容詞的用途。

分詞的分類

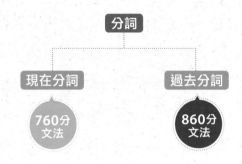

分詞

現在分詞 — 760分 文法

過去分詞 — 860分 文法

一、現在分詞

和動名詞有相似之處，現在分詞也是「動詞 + -ing」的形式，在句中不當動詞。現在分詞可單獨使用，也可構成片語。

1 現在分詞的構成

情況	法則	示例
主要構成	在動詞詞尾加 -ing	singing、comforting、walking walk + ing

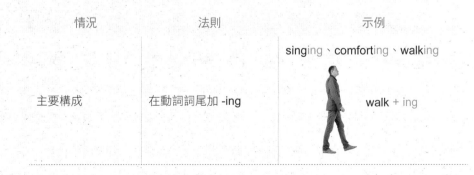

單詞以 e 或 ue 結尾，且不發音	去掉 e，在詞尾加 -ing	making、taking、hiking、writing writ~~e~~ + ing
動詞以子音結尾，子音前面有短母音	重複最後一個字母，在詞尾加 -ing	running、swimming、cutting swim + m + ing
動詞以 ie 結尾	把 ie 變為 y，在詞尾加 -ing	dying、lying l~~ie~~ + y + ing

The man was dying, and his children were with him.
那個人快要死了，他的孩子們都在他身邊。

Half of the pupils are making presents for their teachers.
一半的小學生在為他們的老師製作禮物。

He has been singing and his voice is hoarse.
他一直在唱歌，嗓子都啞了。

2 現在分詞的特徵

（1）表正在進行的時間特徵。

Most countries are developing countries.
大多數國家是開發中國家。

➡ developing 表示「正在發展中的」。

Be careful of the boiling water.
小心這沸騰的水。

➡ boiling 表示「沸騰的」，說明水已經燒開了。

（2）表主動的語態特徵。

The ruling class is above the common people.

統治階級凌駕於普通民眾之上。

➡ 使用現在分詞的 the ruling class（統治階級）跟使用過去分詞的 the ruled class（被統治階級）相對。

The exploiting class was wiped out in the last century.

剝削階級在上個世紀被消滅了。

➡ 使用現在分詞的 the exploiting class（剝削階級）跟使用過去分詞的 the exploited class（被剝削階級）相對。

the ruling class	the ruled class
統治階級	被統治階級
（現在分詞表主動）	（過去分詞表被動）

★ 全面突破760分必考文法 ★　　660　　　　760　　　　860

現在分詞和動名詞的比較：

① 現在分詞和動名詞都可用作主詞補語。現在分詞作主詞補語不可和主詞交換位置，而動名詞作主詞補語可以和主詞交換位置。

The news is exciting.

這個新聞令人振奮。

★ 不能變成「Exciting is the news.」，exciting 是現在分詞。

Their aim is defeating the enemy.

他們的目的是打敗敵人。

★ 可變成「Defeating the enemy is their aim.」，defeating 是動名詞。

② 現在分詞和動名詞都可作形容詞。現在分詞作形容詞修飾名詞變為形容詞子句，如 The man laughing loudly is the winner.（大笑的人是贏家。）；而動名詞作副詞只修飾名詞的用途，不能變為形容詞子句。

★ a sleeping baby 等於 a baby who is sleeping；其中的 sleeping 是形容詞，表「睡著的」。

★ a waiting room 不等於 a room that is waiting，而要變成 a room where people waits。

③ 動名詞能用作主詞和受詞，現在分詞不能。

Listening to music is relaxing.

聽音樂是令人放鬆的。

★ 動名詞用作主詞。

I don't mind your smoking here.

我不介意你在這裡吸煙。

★ 動名詞用作受詞。

④ 現在分詞能作副詞和補語，而動名詞不能。

The town is very beautiful, making it a tourist city.

這個小鎮非常漂亮，這使它成為一座旅遊城市。

★ 現在分詞作表結果的副詞。

❸ 現在分詞的用法

這部分只講述現在分詞是動詞性質的用法。現在分詞是動詞性質時，主要用作副詞和補語。

（1）作副詞。

① 表時間。

Hearing the baby's crying, the mother ran to her quickly.

聽到嬰兒的哭聲，媽媽快速地向她跑去。

➡ hearing the baby's crying 來自於 when the mother heard the baby's crying。

While reading a book, she doesn't like being disturbed.

看書的時候，她不喜歡被打擾。

➡ when 和 while 可引導現在分詞的時間副詞。

② 表原因。

Having lost a piece of merchandise, the salesman was criticized.

弄丟了一件商品，銷售員被批評了。

➡ having lost 是分詞構句。

Having won a case, the lawyer felt so happy.

贏了一個案子，律師感到非常高興。

➡ having won 是分詞構句，在這裡作獨立子句，來自於 After the lawyer had won a case。

the lawyer felt so happy
律師感到非常高興

12 CHAPTER 分詞

③ 表條件。

Working hard, you'll get what you want.
努力工作，你會得到你想要的。

➡ Working hard 來自於 If you work hard。

Knowing the culture of the city, you'll like it.
了解了這個城市的文化，你就會喜歡它的。

➡ Knowing the history of the city 來自於 If you know the culture of the city。

knowing **the culture of the city**
了解了這個城市的文化
（表條件）

④ 表伴隨。

They entered the meeting room, following a middle-aged man.
他們進入會議室，後面跟著一個中年男子。

➡ 現在分詞片語作伴隨副詞，可視為一個並列子句。

His parents had a serious fight, leaving him crying alone.
他的父母大吵一架，留下他獨自哭泣。

His parents had a serious fight,
他的父母大吵一架，

leaving **him crying alone.**
留下他獨自哭泣。
（表伴隨）

⑤ 表結果。

They run out of the money, making them difficult to live in the big city.
他們把錢花完了，這使得他們在大城市裡生活艱辛。

➡ making them difficult to live in the big city 是花完錢的結果。

All the garbage was thrown on the road, making it difficult to pass through.
所有的垃圾都被扔在馬路上，使得馬路很難被通過。

➡ making it difficult to pass through 是垃圾被扔在道路上的結果。

（2）作補語。

現在分詞可以接在一些動詞後面作受詞的補語，這類動詞主要有 see、hear、watch、observe、get、have、look at、notice、listen to……等。

Do you hear somebody singing **in the next room?**
你聽見有人在隔壁房間唱歌了嗎？

➡ singing 作受詞 somebody 的補語。

I saw him calling **someone.**
我看見他在和某人打電話。

➡ calling 作受詞 him 的補語。

Do you hear somebody
你聽見有人

singing **in the next room?**
在隔壁房間唱歌了嗎？
（作補語）

二、過去分詞

860分
文法

過去分詞主要是以 -ed 結尾的動詞，常用在被動語態和完成式中。

1 過去分詞的構成

（1）過去分詞的普通構成。

情況	法則	示例
基本構成	在動詞詞尾加 -ed	started、visited、played play + ed

CHAPTER **12** 分詞

單詞以 e 結尾，且不發音	去掉 e，在詞尾加 -ed	decided、lived、liked live + ed
動詞以子音 + y 結尾	把 y 變為 i，在詞尾加 -ed	studied、tried、cried study + ied
動詞以子音結尾，子音前面有短母音	重複字尾的子音，在詞尾加 -ed	stopped、dropped stop + p + ed

We visited Professor Green last month.
上個月我們拜訪了格林教授。

Something important stopped me from going to meet you.
一些重要的事阻止我去見你。

The baby cried all the time and he must be hungry.
嬰兒一直哭，他肯定是餓了。

（2）過去分詞的特殊構成。

① ABC 型動詞。

ABC 型動指的是原形動詞、過去式和過去分詞互不相同的動詞，這類動詞常用的如下：

變化規則	例子
遵循 i - a - u 的變化規則	begin ➡ began ➡ begun、drink ➡ drank ➡ drunk、sing ➡ sang ➡ sung、swim ➡ swam ➡ swum、ring ➡ rang ➡ rung、sink ➡ sank ➡ sunk、spring ➡ sprang ➡ sprung。
遵循 aw / ow - ew - n 的變化規則	blow ➡ blew ➡ blown、draw ➡ drew ➡ drawn、grow ➡ grew ➡ grown、know ➡ knew ➡ known、throw ➡ threw ➡ thrown。

遵循「i 子音 e」- o - n 的變化規則	drive ➡ drove ➡ driven、write ➡ wrote ➡ written、ride ➡ rode ➡ ridden、rise ➡ rose ➡ risen。
過去分詞在過去式後加 - n	steal ➡ stole ➡ stolen、wake ➡ woke ➡ woken。
過去分詞在過去式後加 -ten	get ➡ got ➡ gotten、forget ➡ forgot ➡ forgotten。
過去分詞在原形後加 -(e)n	eat ➡ ate ➡ eaten、fall ➡ fell ➡ fallen、give ➡ gave ➡ given、see ➡ saw ➡ seen、be ➡ was / were ➡ been。
遵循 ake - ook - n 的變化規則	take ➡ took ➡ taken、mistake ➡ mistook ➡ mistaken。
三態互不相同	do ➡ did ➡ done、lie ➡ lay ➡ lain、show ➡ showed ➡ shown、wear ➡ wore ➡ worn、go ➡ went ➡ gone、fly ➡ flew ➡ flown。
遵循 eak - oke - n 的變化規則	break ➡ broke ➡ broken、speak ➡ spoke ➡ spoken。
遵循「oo 子音 e」或「ee 子音 e」- o - n 的變化規則	choose ➡ chose ➡ chosen、freeze ➡ froze ➡ frozen。

② ABB 型動詞。

ABB 型動詞指的是過去式和過去分詞相同的動詞。這類動詞常用的如下：

變化規則	例子
改變母音字母的動詞	meet ➡ met ➡ met、dig ➡ dug ➡ dug、sit ➡ sat ➡ sat、hold ➡ held ➡ held、win ➡ won ➡ won、feed ➡ fed ➡ fed、find ➡ found ➡ found、spit ➡ spat ➡ spat、shine ➡ shone ➡ shone、hang ➡ hung ➡ hung。
改變子音的動詞	make ➡ made ➡ made、spend ➡ spent ➡ spent、send ➡ sent ➡ sent、build ➡ built ➡ built、lend ➡ lent ➡ lent。
改變母音和子音的動詞	leave ➡ left ➡ left、have / has ➡ had ➡ had、stand ➡ stood ➡ stood、understand ➡ understood ➡ understood。

改變以 eed、ead、eet 結尾的動詞	feed ➡ fed ➡ fed、speed ➡ sped ➡ sped、meet ➡ met ➡ met、lead ➡ led ➡ led。
改變以 eep、eel 結尾的動詞	keep ➡ kept ➡ kept、feel ➡ felt ➡ felt、sweep ➡ swept ➡ swept、sleep ➡ slept ➡ slept
改變以 ell、ill 結尾的動詞	sell ➡ sold ➡ sold、tell ➡ told ➡ told、smell ➡ smelt ➡ smelt、spill ➡ spilt ➡ spilt、spell ➡ spelt ➡ spelt。
原形詞尾加 -t 或 -d 的動詞	mean ➡ meant ➡ meant、learn ➡ learnt ➡ learnt、burn ➡ burnt ➡ burnt、deal ➡ dealt ➡ dealt、dream ➡ dreamt ➡ dreamt、spoil ➡ spoilt ➡ spoilt、hear ➡ heard ➡ heard。
詞尾變 y 為 id 的動詞	say ➡ said ➡ said、pay ➡ paid ➡ paid、lay ➡ laid ➡ laid。
變形後含有 ought 或 aught 的動詞	bring ➡ brought ➡ brought、think ➡ thought ➡ thought、fight ➡ fought ➡ fought、buy ➡ bought ➡ bought、catch ➡ caught ➡ caught、teach ➡ taught ➡ taught。

③ AAA 型動詞。

　AAA 型動詞指的是原形、過去式和過去分詞都相同的動詞。這類動詞常用的主要如下：

　hit ➡ hit ➡ hit、cut ➡ cut ➡ cut、cost ➡ cost ➡ cost、hurt ➡ hurt ➡ hurt、set ➡ set ➡ set、put ➡ put ➡ put、let ➡ let ➡ let、read ➡ read ➡ read、shut ➡ shut ➡ shut。

④ AAB 型動詞。

　AAB 型動詞指的是原形和過去式相同，過去分詞與之不同的動詞。這類動詞如下：

　beat ➡ beat ➡ beaten。

⑤ ABA 型動詞。

　ABA 型動詞指的是過去分詞和原形相同的動詞，這類動詞如下：

　come ➡ came ➡ come、become ➡ became ➡ become。

❷ 過去分詞的用法

這部分只講述過去分詞作動詞性質的用法。過去分詞是動詞性質時，一般用作副詞和補語。

（1）作副詞。

① 表原因。

Caught cheating in the exam, he was disqualified from the examination.
被發現在考試中作弊，他被取消了考試資格。

➡ 過去分詞 caught 所在的分詞片語是 he was disqualified from the examination 的原因。

Trapped by the heavy rain, he caught a cold.
被大雨困住，他感冒了。

➡ 過去分詞所在的分詞片語是 he caught a cold 的原因。

② 表條件。

Given more money, they would have bought the model.
如果多給一些錢，他們就會把那個模型買下了。

➡ Given more money 來自於 If they were given more money。

Supported by most people, they will win.
如果被大部分人所支持，他們就會贏。

➡ Supported by most people 來自於 If they are supported by most people。

③ 表方式。

The teacher came into the class, accompanied by a shy student.
老師在一個害羞的學生的陪伴下走進了教室。

➡ accompanied by a shy student 是老師走進教室的方式。

The teacher walked to us, supported by a crutch.
那位老師被一根拐杖支撐著，向我們走來。

➡ supported by a crutch 是老師向我們走來的方式。

he caught a cold.
他感冒了

The teacher walked to us,
那位老師向我們走來，

supported **by a crutch.**
被一根拐杖支撐著
（表方式）。

④ 表讓步。

Although beaten, the dog is loyal to its owner.
雖然被打了，這隻狗還是對主人很忠心。

➡ Although beaten 來自於 Although it was beaten。

Ignored heavily, he was not angry.
他被忽視得非常厲害，但是他並不生氣。

➡ Ignored heavily 來自於 Although he was ignored heavily。

（2）作補語。

I want to have my hair cut.
我想要剪髮。

➡ 過去分詞 cut 作受詞 hair 的補語。

Can you get the door locked?
你能把門鎖上嗎？

➡ 過去分詞 locked 作受詞 door 的補語。

Can you get the door locked?
你能把門鎖上嗎？
（作補語）

（一）分詞當形容詞使用

現在分詞和過去分詞都有形容詞的性質，所以二者都可以當成形容詞使用。

◼ 分詞作形容詞的區別

（1）**表示情感、情緒的及物動詞的分詞作形容詞。**

這類動詞主要有 worry、surprise、puzzle、disappoint、please、excite、discourage、inspire……等。這類動詞的現在分詞表示「令人……的」，表示一種特性或者事物或人在做的或者將要做的事情。而過去分詞的主詞多是人，表示人的主觀感受等。

Your failure is too disappointing.
你的失敗太令人失望了。

➡ 表示事物的特性。

I'm pleased about playing with kids.
我和孩子們一起玩耍很愉快。

➡ 表示人的感受。

Your failure is too disappointing.
你的失敗太令人失望了。
（現在分詞形容詞的主詞通常是事物）

I'm pleased about playing with kids.
我和孩子們一起玩耍很愉快。
（過去分詞形容詞的主詞通常是人）

（2）現在分詞和過去分詞由不及物動詞轉化而來。

現在分詞表示正在進行或將要進行的動作，而過去分詞表示已經完成的動作。

He is the retiring president.
他就是即將卸任的總統。
➡ 現在分詞表示將要進行的動作。

The fallen leaves have been burnt.
落下來的樹葉已經被燒了。
➡ fallen 表示「落下」的動作已完成；及物動詞的過去分詞表被動。

Goodbye.

the retiring president
即將卸任的總統
（現在分詞表將要進行的動作）

the fallen leaves
落下來的樹葉
（過去分詞表已完成的動作）

② 分詞作形容詞的用法

現在分詞和過去分詞作形容詞時，都可在句中作形容詞和主詞補語。

（1）現在分詞的用法。

① 作形容詞。

The man carrying a suitcase is our customer.
那個拿著行李箱的男子是我們的客戶。
➡ 現在分詞片語 carrying a suitcase 作形容詞修飾 man。

CHAPTER **12** 分詞

The tree growing **well is apple tree.**

那棵長得良好的樹是蘋果樹。

➡ 現在分詞片語 growing well 作形容詞修飾 tree。

② 作主詞補語。

The story is so moving **that I want to cry.**

這個故事如此感人，我想哭了。

➡ 現在分詞主詞補語，位於 be 動詞之後。

The zoo is interesting **and kids like it very much.**

動物園很有趣，孩子們非常喜歡。

（2）過去分詞的用法。

① 作形容詞。

That unknown **insect frightened her.**

那種不知名的昆蟲嚇壞了她。

➡ 過去分詞作前置形容詞。

Her friend called **Cathy had a surgery.**

她那個叫凱西的朋友做了一個手術。

➡ 過去分詞片語作後置形容詞。

that unknown **insect**
那種不知名的昆蟲

her friend called **Cathy**
她那個叫凱西的朋友

② 作主詞補語。

None of them is educated.

他們沒有人受過教育。

➡ 過去分詞作主詞補語表狀態，而被動語態是表動作，如 They are taught by the teacher.（他們被老師教導。）。

The window in the bathroom is broken.

浴室裡的窗戶壞了。

➡ broken 表狀態，作主詞補語。

★ M E M O ★

CHAPTER 13 | 數詞 Numeral

數詞：表示數目或順序的詞。
數詞的分類：

一、基數詞

基數詞是對事物的數目進行描述的數詞，其在句中可充當形容詞、主詞、受詞、主詞補語、同位語。如 three pens（三枝筆）即充當形容詞。

1 基數詞的構成

基數規則	例子
1-12 各自獨立	one、two、three、four、five、six、seven、eight、nine、ten、eleven、twelve
13-19 在詞尾加 -teen	thirteen、fourteen、fifteen、sixteen、seventeen、eighteen、nineteen
十的倍數在詞尾加 -ty	twenty、thirty、forty、fifty、sixty、seventy、eighty、ninety
21-99 用連字號串聯	twenty-three、fifty-six、forty-eight、ninety-nine、seventy-two
101-999 用 and 串聯	one hundred and one、two hundred and fifty、six hundred and seventy-six

★ 全面突破660分必考文法 ★ 660　　　760　　　860

表示大數目的數詞：

① hundred、thousand、million、billion 分別表示「百」、「千」、「百萬」、「十億」。

There are three thousand people in that village.
那個村子有三千人。

★ hundred、thousand、million、billion 前有數詞 one、two 等時，這些數詞沒有複數形式，但是所修飾的可數名詞要用複數形式。

② hundred、thousand、million、billion 和介系詞 of 連用時，要用複數形式，不表示具體的數目，而只是大概的數目，前面不加數詞 one、two 等數詞。

Hundreds of rare plants were transported to the city.
數百種稀有植物被運到這座城市。

hundreds of
數百種

rare plants
稀有植物

③ 在英語中，「萬」、「十萬」、「千萬」等這樣的表達需要通過 thousand 來表示。

Ten thousand soldiers will attend the parade.
一萬名士兵將參加閱兵儀式。

2 基數詞的用法

（1）作形容詞。

Five fingers aren't the same length.
五根手指並不一樣長。

five fingers
五根手指

➡ 數詞作形容詞，一般位於所修飾的名詞前。

Their house is one hundred and twenty squares.
他們的房子有一百二十平方公尺。

（2）作主詞。

The two **are having hot pot.**
這兩個人在吃火鍋。

➡ 數詞具體指代的是人還是物或動物須根據句意來判斷。

The two **of the birds flew somewhere else.**
這些鳥中的兩隻飛往了別處。

➡ 數詞作主詞時，還常和「介系詞 + 名詞」構成的「介系詞形容詞」連用。

（3）作受詞。

If possible, I want two **of the cakes.**
如果可以的話，我想要兩個這種蛋糕。

➡ 數詞作受詞和作主詞的形式相似。

You can't take away three **of the people.**
你不能把這三個人帶走。

（4）作主詞補語。

The number of books in the box is five hundred**.**
箱子裡書的數量是五百本。

I guess you are twenty**, right?**
我猜你二十歲了，對嗎？

➡ twenty 在此處表示「二十歲」，省略了 years old。

（5）作同位語。

We four **are going to have a trip.**
我們四個人要旅行一次。

They two **don't know the truth of the murder.**
他們兩個人對這件謀殺案的真相並不清楚。

we four
我們四個人

they two
他們兩個人

★ 全面突破660分必考文法 ★　660　　760　　860

基數詞的特殊用法：

① 基數詞的複數形式可用作名詞。

They come out of the cinema in twos and threes.
他們三三兩兩地從電影院裡出來。

② odd、plus、something 置於基數詞之後，可表示「大約」、「多於……

的」、「左右」。

I am more than 80 years old.

My grandmother is eighty plus.
我奶奶已經八十多歲了。

③ about、around、near、approximately、

roughly、estimated 用在基數詞之前，表

示「大約」。

eighty plus
八十多歲

There are about three hundred **people in the hall.**
大廳裡大約有三百個人。

④ 表示年齡可用「in one's + 基數詞」的複數

形式。

She got married in her thirties.
她在三十歲的時候結婚了。

★ 注意數詞的複數變化形式。

in her thirties
在三十歲

got married
結婚

⑤ 基數詞表年份，常寫作阿拉伯數字的形式。

Thousands of babies were born in 2016.
數以千計的孩子在二○一六年出生。

★ 2016 可讀作 twenty sixteen。

⑥ 表時間，既可寫作阿拉伯數字的形式，也可寫作英文單字的形式。

We start the class at 7 / seven o'clock **in the morning.**
我們早上七點開始上課。

⑦ 「單數名詞（首字母通常大寫）+ 基數詞」表順序。

There are some distinguished guests in Room 102.
一○二號房間住了一些尊貴的客人。

CHAPTER **13** 數詞

⑧「基數詞 + 表時間、距離、長度的名詞 + 形容詞」，表示具體的時間、距離和長度。

The main road is five hundred meters long.
這條主要道路有五百公尺長。

⑨基數詞還用在一些固定搭配中，如 one by one（一個一個地）、thousands upon thousands （成千上萬地）、by hundreds（數以百計）……等。

These kids left school one by one.
這些孩子一個一個地離開了學校。

二、序數詞

760分
文法

序數詞是對順序進行描述的數詞，其在句中可充當形容詞、主詞、受詞、主詞補語、同位語和副詞，其前一般要加定冠詞 the。如 the first meal（第一頓飯）等。

1 序數詞的構成

敘述詞如何構成	範例
基數詞 + th	sixth、tenth、seventh、eleventh、thirteenth、sixteenth……等
整十的數字將詞尾的 y 變為 i，再加 -eth	twentieth、fiftieth、ninetieth、fortieth、sixtieth、eightieth……等
21 以上的非十序數詞，將結尾的基數詞改為序數詞	twenty-first、thirty-second、fifty-fourth、one hundred and second……等
特殊序數詞	one ➡ first、two ➡ second、three ➡ third、five ➡ fifth、eight ➡ eighth、twelve ➡ twelfth……等

2 序數詞的用法

（1）作形容詞。

There is no bedroom on the first **floor.**
一樓沒有臥室。

You should turn left at the second **crossing.**
你應該在第二個十字路口向左轉。

the second
第二個
（形容詞）

crossing
十字路口

（2）作主詞。

The first **is to have a good rest.**
第一件事是要好好休息一下。

The third **is to start coloring.**
第三件事是開始上色。

the third
第三件事
（主詞）

is to start coloring.
是開始上色

（3）作受詞。

I think the first **too fancy.**
我認為第一個太花俏了。

I'll take the second.
我要買第二個。

I'll take
我要買

the second.
第二個。
（受詞）

（4）作主詞補語。

Who is the first **to understand the meaning of the question?**
誰是第一個理解題意的？

I am the second **to come up with a way.**
我是第二個想到辦法的。

➡ 序數詞作主詞補語，其後常接不定詞。

I am
我是

the second **to come up with a way.**
（主詞補語）
第二個想到辦法的。

（5）作同位語。

Maybe Bob knows the man, the first **from right.**
也許鮑勃認識右邊數來的第一個人。

You can't eat the pear, the second **from left.**
你不能吃左邊數來的第二個梨子。

the second
第二個
（同位語）

from the left
從左邊數來

（6）作副詞。

First**, you have to be extremely resistant to pressure.**
首先，你要有極強的抗壓能力。

Second**, we think our costs are increasing.**
其次，我們認為我方的成本正在增加。

Second,
其次，
（副詞）

we think our costs are increasing.
我們認為我方的成本正在增加

★ 全面突破760分必考文法 ★ 660　　　　　760　　　　　860

序數詞和冠詞的特殊關係：

① 序數詞前如果加不定冠詞，則表示「再一、又一」。

Do you want to try a second **time?**
你想再試一次嗎？

② 所有格或名詞所有格修飾的序數詞前不加冠詞。

This is my first **time to travel in Paris.**
這是我第一次在巴黎旅遊。

my first **time**
我第一次

to travel in Paris
在巴黎旅遊

③序數詞用在含有表示考試或比賽的名詞的句子中，不和冠詞連用。

Unluckily, he is last in the exam.
不幸的是，他在考試中得了最後一名。

④序數詞作副詞不和冠詞連用。

Let's do homework first.
我們先做作業吧。

⑤序數詞用在固定形容詞中不和冠詞連用，如：at first、at last、first of all……等。

First of all, the idea is unrealistic.
首先，這個想法不切實際。

三、其他數詞

數詞主要有基數詞和序數詞這兩大類，但是圍繞這兩大類又可以分為倍數、小數、百分數、數學運算、分數等數詞。

1 倍數

（1）「倍數 + the + 表示比較方面的名詞（size、amount、length……）of」。

The room is three times the size of that one.
這個房間是那個房間的三倍大。

➡ 用 that one 代替 that room 是 為了避免重複。

The tree is twice the height of that one.
這棵樹是那棵樹的兩倍高。

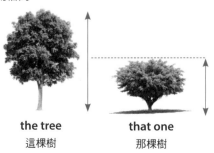

| the tree | that one |
| 這棵樹 | 那棵樹 |

（2）「倍數 + as + 形容詞原級 + as」。

They did three times as much as **we did.**
他們做的事情是我們做的三倍多。

➡ as 後的動詞須與前面動詞的時態一致。

I have half of money as much as **she has.**
我的錢只有她的一半多。

my money	her money
我的錢	她的錢

（3）「倍數 + 形容詞 / 副詞的比較級形式 + than」。

The living room is twice larger than **the bedroom.**
客廳是臥室的兩倍大。

The sofa is four times longer than **the table.**
沙發是桌子的四倍長。

the sofa	the table
沙發	桌子

（4）「增加了……倍」。

Their turnover has increased five-fold **this year.**
他們的營業額今年增加了五倍。

➡「動詞 + 數詞 + -fold」表示「……了……倍」。

Production is expected to increase by **10%.**
生產量有望增加百分之十。

➡「動詞 + by + 百分數」表示「……增加了百分之……」。

2 小數

（1）小數點左邊只有一位。

小數點左邊只有一位時，按照單個基數詞來讀，小數點右邊的數字不管有幾個都按照基數詞單個讀出來。小數點讀作 point。

1.67 ➡ 讀作 one point six seven。　　**6.489** ➡ 讀作 six point four eight nine。

（2）小數點左邊只有兩位。

小數點左邊只有兩位時，按照十位數的基數詞來讀。

10.34 ➡ 讀作 ten point three four。　　**23.15** ➡ 讀作 twenty-three point one five。

（3）小數點左邊有三位及以上。

小數點左邊有三位元及以上的數字時，可按照基數詞單個讀出來也可按照表示的數目含義讀出來。

157.45 ➡ 讀作 one five seven point four five 或 one hundred and fifty-seven point four five。

（4）0 的讀法。

在小數中 0 一般被讀作 nought 或 zero，也可讀作字母 o。

1.08 ➡ 讀作 one point nought / zero / o eight。

3 百分數

Percent 是百分數中的百分號 % 的讀法，沒有複數形式。百分數由「基數詞或小數 + %」構成。

（1）百分數的基本用法。

7% of the iron was melted.
百分之七的鐵被融化了。
➡ 7% 讀作 seven percent。

I'm not 100% sure.
我沒有百分之百的把握。
➡ 100% 讀作 one hundred percent。

（2）百分數的特殊用法。

「百分數 + of + 名詞」時，of 前的內容是整體中的一部分，而 of 的內容是整體；百分數後不接 of 時，百分數相當於形容詞，沒有整體和部分的概念之分。

5% of the composition of this shirt is fiber.
這件襯衫的成分中有百分之五是纖維。
➡ 整體指的是 composition，部分是 5%。

There are only 0.5% possibilities for him to be cured.
他只有百分之零點五的可能性被治癒。
➡ 0.5% 修飾 possibilities。

4 數學運算

數學運算主要包括加、減、乘、除、比例、乘方幾個方面。

（1）加、減、乘、除。

① plus、minus、multiplied by / time、divided by 表加、減、乘、除。

One plus one is two. 一加一等於二。
➡ plus 是介系詞。

One minus one is zero. 一減一等於零。
➡ minus 是介系詞。

Two multiplied by / times two is four. 二乘以二等於四。
➡ multiplied 是過去分詞作後置形容詞。

Nine divided by three is three. 九除以三等於三。
➡ divided 是過去分詞作後置形容詞。

plus	minus	multiplied by / times	divided by
加	減	乘	除

（2）比例、乘方。

①「the ratio of... to...」是比例的表達，其中數位構成的比例中的「：」要讀作 to。

2：5 ➡ 讀作 the ratio of two to five。

2：3：4 ➡ 讀作 the ratio of two to three to four。

②基數詞和指數共同構成指數的表達，如果指數是 2，讀作 squared；指數是 3，讀作 cubic，其它的指數讀法與這兩個不同，讀作 to the fourth / fifth / sixth...（power）of...。

2³ ➡ 讀作 two cubic。

4⁵ ➡ 讀作 to the fifth (power) of four。

3⁻⁴ ➡ 讀作 to the minus fourth (power) of three，如果指數是負數，則讀作「minus + 序數詞」。

5 分數

（1）分母用序數詞，分子用基數詞，這就是分數的基本構成。如果分子表示 1 以上的數字，那麼分母要用複數形式。

1/3 ➡ 讀作 one-third；**3/5 ➡** 讀作 three-fifths。

（2）如果分數裡含有整數，那麼整數在前，分數在後，二者用 and 連接。

$5\frac{3}{4}$ **five and three-fourths** 五又四分之三

$3\frac{1}{2}$ **three and one-second** 三又二分之一

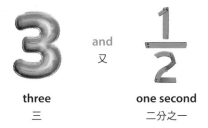

three 三 and 又 **one second** 二分之一

（3）前置形容詞如果是分數，分子不能用不定冠詞，而要用 one，而且分子和分母之間有連字號。

One-third of the river has been drained.
三分之一的河水已經被抽乾了。

Three-fifths of the computers don't work.
五分之三的電腦壞了。

★ M E M O ★

PART2

時 態 篇
Tense

Chapter 01 時態 Tense

CHAPTER 01 | 時態 Tense

時態：時態是動詞的一種形式，不同的時態可以表達不同的時間和方式。

名詞的分類：

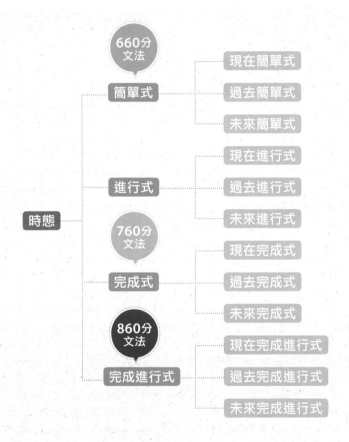

		現在簡單式
	簡單式	過去簡單式
660分 文法		未來簡單式
		現在進行式
	進行式	過去進行式
時態		未來進行式
	760分 文法	現在完成式
	完成式	過去完成式
		未來完成式
	860分 文法	現在完成進行式
	完成進行式	過去完成進行式
		未來完成進行式

一、簡單式

660分 文法

簡單式描述人或物的習慣動作或狀態特點，包含現在簡單式、過去簡單式，以及未來簡單式。

（一）現在簡單式

現在簡單式也叫做一般現在式，一般表示的是人或物的習慣性的動作或特點，經常使用的時間副詞有 often、usually、always、seldom……等。

現在

◼ 現在簡單式的三種形式

（1）肯定形式：「主詞 + 原形動詞」，如果主詞是第三人稱單數，動詞也要用第三人稱單數形式。

We often go home by bus together.
我們經常一起坐公車回家。

His stepfather always complains about him.
他的繼父總是抱怨他。

always complains about him
總是抱怨他

（2）否定形式：動詞如果是 am / is / are，直接在其後加 not。動詞如果是一般動詞，要用 don't / doesn't，然後再加原形動詞。

Jimmy is not a sophomore.
吉米不是大二的學生。

We don't know how to improve our oral English.
我們不知道如何改善英文口說。

（3）一般疑問句形式：動詞如果是 am / is / are，直接將它們放在句首，其他結構不變。動詞如果是一般動詞，要用助動詞 do / does 提問，然後把一般動詞改為原形。

Is he the accounting director of the company?
他是這家公司的會計主管嗎？

Does the pretty girl have a driver's license?
這個漂亮的女孩有駕照嗎？

❷ 現在簡單式的特殊用法

（1）表示科學原理和客觀真理。

This kid doesn't know three times nine is 27.
這個小孩不知道三乘以九等於二十七。

Tom told me that 10 and 9 is 19.
湯姆告訴我十加九等於十九。

The geography teacher told us that the earth is round.
地理老師告訴我們地球是圓的。

the earth is round.
（事實用現在簡單式）

（2）表示俗語。

I knew that practice makes perfect.
我知道，熟能生巧。

（3）表示一些存在的客觀事實。

I never knew that the girl is a dancer.
我從來不知道那個女孩是一名舞蹈家。

My friend told me that she likes the handsome boy.
我的朋友告訴我，她喜歡那個帥氣的男孩。

She said that she doesn't like the doctor.
她告訴我，她不喜歡那位醫生。

she doesn't like the doctor
她不喜歡那位醫生

（4）表示一些自然現象。

I surely knew that diamonds are hard.
我當然知道鑽石是堅硬的。

The marble is more expensive than the ordinary stone.
大理石要比普通的石頭貴得多。

diamonds are hard
鑽石是堅硬的

the marble is more expensive
大理石比較貴

（5）表示習慣性或者經常性的動作。

They often row boats in this park.

他們經常在這個公園裡划船。

Sarah eats a piece of chocolate every morning.

莎拉每天早上都吃一片巧克力。

eats a piece of chocolate
every morning
每天早上都吃一片巧克力

（6）在**時間副詞子句**和**條件副詞子句**中，主句若用一般未來式，子句就用一般現在式。

She won't turn off the TV until her mother falls asleep.
　　　　　　　　　　　　　　　　　時間副詞子句

直到她媽媽睡著，她才會把電視關了。

She won't turn off the TV	until her mother falls asleep.
她不會把電視關掉	直到她媽媽睡著。
（主句用未來式）	（時間副詞子句用現在式）

The team's supervisor will take everyone abroad once they complete the challenging project.
條件副詞子句

一旦團隊完成這個富挑戰性的專案，團隊主管就帶每個人出國。

The team's supervisor will take everyone abroad	once they complete the challenging project.
團隊主管就帶每個人出國	一旦團隊完成這個富挑戰性的專案。
（主句用未來式）	（條件副詞子句用現在式）

Your mother will punish you unless you go to school today.
　　　　　　　　　　　　　　　　條件副詞子句

除非你今天就去上學，否則你媽媽會懲罰你。

If you hand in your homework on time, the teacher will praise you.
<u>條件副詞子句</u>

如果你按時交作業，老師會表揚你。

（7）在句型「the more... the more...」中，**如果**主句用一般未來式，子句就用一般現在式。

The better your grades are, the happier your parents will be.

你的成績越好，你的父母才會越高興。

The more she loses, the more disappointed she will be.

她失去的越多，就會越失望。

The more she loses,
她失去的越多，
（子句用現在式）

the more disappointed she will be.
就會越失望。
（主句用未來式）

（二）過去簡單式

　　過去簡單式也叫做一般過去式，表示在過去的某個時間裡發生的動作或狀態，或者是過去習慣性的動作，並不強調對現在的影響。經常使用的時間副詞有 yesterday、the day before yesterday、last week、ago、then、at that time、before……等。

過去　　　　現在

■ 過去簡單式的三種形式

（1）肯定形式：「主詞 + was / were / 一般動詞的過去式」。

Mr. Smith was a cop last year.

史密斯先生去年還是一名員警。

David fell off his bike last month.

上個月，大衛從自行車上摔下來。

last month   now

fell off his bike last month

上個月從自行車上摔下來

（2）否定形式：如果動詞是 was / were，直接在其後加 not，如果動詞是一般動詞，要用 did not / didn't，然後把一般動詞變為原形。

Jane wasn't a physical therapist five years ago.

五年前，珍還不是一名物理治療師。

He didn't buy any goods the day before yesterday.

他前天沒買到任何商品。

five years ago   now

the day before yesterday   now

wasn't a physical therapist five years ago

五年前還不是一名物理治療師

didn't buy any goods the day before yesterday

前天沒買到任何商品

（3）一般疑問句形式：如果動詞是 was / were，直接把它們放在句首，其他結構不變。如果動詞是一般動詞，要把助動詞 did 放在句首，再把一般動詞變成原形。

Was his father a technician?

他的爸爸曾經是一名技術員嗎？

Did he sign a contract with Amanda at that time?
那個時候，他和艾曼達簽訂合約了嗎？

2 過去簡單式的特殊用法

（1）在條件副詞子句中，若主句用過去未來式，子句用一般過去式。

If he **had** a good job two years ago, he **would** propose to the girl.
如果兩年前他有一份好工作，他就會和那個女孩求婚。

If we **caught** the flight yesterday, we **would** arrive in Japan today.
如果我們昨天趕上了那趟航班，我們今天就會抵達日本。

（2）在「no sooner... than」和「hardly / scarcely... when...」引導的時間副
詞子句中，主句用過去完成式，子句用一般過去式。

No sooner **had** Alice **gone** home than it **began** to snow outside.
愛麗絲才回到家，外面就開始下雪了。

Hardly / scarcely **had** he **arrived** in Italy when his grandfather **died**.
他剛到義大利，他的爺爺就去世了。

（3）used to do sth. 意為「過去常常做某事」，指的是過去的習慣，它和一般
過去式的時間副詞連用。

They **used to be** enemies, but now they're good friends.
他們曾經是敵人，但現在是好朋友。

Peter **used to go** to the gym to play football.
彼得過去常去體育館踢足球。

past   now

used to go to the gym
過去常去體育館踢
（表過去習慣）

★ 全面突破760分必考文法 ★　660　　　　760　　　　860

① used to do sth. 的否定形式是 used not to do sth. 或者是 didn't use to do sth.，後者多用於口語中。

Tom used not to go to the bar.
湯姆過去不經常去酒吧。

They didn't use to work overtime.
他們不經常加班。

② 它的一般疑問句形式是把 used 放在句首，其他結構不變。在口語中，也可以把助動詞 did 放在句首，然後把 used 變成 use。

Used he to read comic books?
他過去經常看漫畫書嗎？

Did they use to go to Japan to see the cherry blossoms?
他們過去經常去日本看櫻花嗎？

（三）未來簡單式

未來簡單式又叫做一般未來式，表示的是在未來的某個時間裡將要發生的動作或者情況。經常使用的時間副詞有 tomorrow、the day after tomorrow、in a few minutes、next week、next month、soon……等。

現在　　未來

■ 未來簡單式的三種形式

（1）肯定形式：「am / is / are going to + V」或者是「will / shall + V」。

Bob is going to the countryside tomorrow.
鮑勃明天要去鄉下。

They will / shall go to a graduation ceremony next weekend.
他們下週末要去參加一場畢業典禮。

now　　　　next weekend

will / shall go to a graduation ceremony
將會去畢業典禮

（2）否定形式：「am / is / are + not going to V」或者是「will / shall + not V」。

He's not going to flatter the officials.
他不會去奉承那些官員。

George won't borrow money from his stepfather.
喬治不會向他的繼父借錢。

（3）一般疑問句形式：「am / is / are」或者「will / shall」放在句首，其他結構不變。

Are you going to Hawaii for your holiday next week?
你下週要去夏威夷度假嗎？

Will you be married this time next year?
明年的這個時候你會結婚嗎？

❷ 未來簡單式的特殊用法

（1）be about to do sth. 表示按計劃或者打算做某事，be to do sth. 表示必須或者計劃將要做某事。

He was about to take a bath when the phone rang.
當電話響起，他正準備去洗澡。

The Smiths are about to travel abroad next year.
史密斯一家人明年打算出國旅行。

I am to make an apology to Tom.
我打算和湯姆道歉。

Sarah is to marry the foreigner next month.
莎拉打算下個月和那個外國人結婚。

（2）在「祈使句 + and / or + 句子」中，and / or 後面的句子經常用一般未來式。

Turn right, and you will see a drugstore.
向右轉，你就會看到一家藥店。

Don't speak loudly, or the teacher will criticize us.
不要大聲說話，否則老師會批評我們的。

二·、進行式

（一）現在進行式

　　現在進行式表示現在正在發生的某個動作或者正在進行的某個活動。經常使用的時間副詞有 now、these days、at this time……等。

現在

1 現在進行式的三種形式

（1）肯定形式：「主詞 + am / is / are + V-ing」。

He is negotiating **with the client.**
他正在和那個客戶協商。

We are discussing **a contract.**
我們正在討論一份合約。

now

are discussing **a contract**
正在討論一份合約

（2）否定形式：「主詞 + am / is / are + not + V-ing」。

They are not fighting.
他們並沒有在吵架。

Thomas is not helping **his wife with the housework.**
湯瑪斯沒有在幫他的妻子做家務。

（3）一般疑問句形式：「am / is / are + 主詞 + V-ing」。

Are you reciting **the text?**
你們在背誦課文嗎？

Is she seeing **a movie with her husband?**
她在和她的丈夫看電影嗎？

2 現在進行式的用法

（1）現在進行式可以表示將來，它一般和動詞 arrive、come、go、leave、
start……等連用。

I am leaving for Italy.
明天我就要去義大利了。

The Halloween is coming.
萬聖節就要到了。

（2）現在進行式還能表示持續性的動作或者經常發生的動作，一般和副詞
always、constantly、forever……等連用。

You are always joking with Klaus.
你總是在和克勞斯開玩笑。

Because I am in a bad mood, Peter is constantly reassuring me.
因為我心情不好，彼得總是不斷安慰我。

（3）現在進行式表示一種逐漸變化的過程，一般和動詞 become、get、go、
grow、turn……連用。

The weather in London is becoming warmer and warmer.
倫敦的天氣變得愈來愈暖和了。

The little boy is getting fatter and fatter. I can barely recognize him.
這個小男孩長得愈來愈胖，我幾乎認不出他了。

（二）過去進行式

過去進行式表示的是過去正在發生的某個動作或者正在進行的某個活動。經常使
用的時間副詞有 this morning、at this time yesterday、at this time、then……等。

過去　　現在

1 過去進行式的三種形式

（1）肯定形式：「主詞 + was / were + V-ing」。

We were playing chess at this time yesterday.
我們昨天的這個時候正在下棋。

He was watering the flowers in the garden this morning.
他今天早上正在花園裡澆花。

this morning　　　now

was watering the flowers
正在澆花

（2）否定形式：「主詞 + was / were + not + V-ing」。

Jimmy wasn't having dinner.
吉米當時沒有在吃晚飯。

They weren't doing the experiment in the lab.
他們當時沒有在實驗室做實驗。

（3）一般疑問句形式：「was / were+ 主詞 + V-ing」。

Were you listening to music?
你們那個時候在聽音樂嗎？

Was Ella reviewing her lessons this time yesterday?
艾拉昨天的這個時候在複習功課嗎？

❷ 過去進行式的用法

（1）過去進行式可用在過去的一件事發生時，另一個動作正在進行中。其中，
延續性動作用過去進行式，非延續性動作用一般過去式。

Kate met her physics teacher when she was shopping yesterday.
昨天凱特逛街的時候遇見了她的物理老師。

The child saw a butterfly when he was playing on the grass.
這個小孩在草地上玩的時候看見了一隻蝴蝶。

（2）過去進行式可以表達一種委婉的語氣。

I was wondering if I am qualified to attend the lecture.
我想知道我是否有資格參加這次講座。

（三）未來進行式

未來進行式表示的將來的某個時間正在發生的某個動作或者正在進行的某個活動。經常使用的時間副詞有 this evening、this time on Monday、tomorrow morning、soon……等。

現在　　　未來

1 未來進行式的三種形式

（1）肯定形式：「主詞 + will be + V-ing」。

He will be taking **care of his grandmother this time on Tuesday.**
週二的這個時候，他會在照顧他的奶奶。

They will be sleeping **on the plane this time tomorrow.**
明天的這個時候，他們會在飛機上睡覺。

（2）否定形式：「主詞 + will not (won't) + be + V-ing」。

It won't be raining **when they get to England.**
當他們到英國的時候應該不會下雨。

We won't be working **overtime this time next week.**
我們下週的這個時候應該不會在加班。

（3）一般疑問句形式：「will + 主詞 + be + V-ing」。

Will he be reading **books in the library this time on Wednesday?**
他週三的這個時候會在圖書館看書嗎？

Will you be working **part-time this time on Saturday?**
你週六的這個時候會在兼職工作嗎？

2 未來進行式的用法

（1）未來進行式能表示按照計畫或者安排，在將來的某一時間將要發生的動作。

We will be spending **our summer vacation in Boston.**
我們將要在波士頓過暑假。

Alice will be participating in a singing contest.
愛麗絲將要參加一場歌唱比賽。

（2）未來進行式還能表達一種委婉的語氣。

Will you be having a cup of black coffee?
你要來一杯黑咖啡嗎？

三、完成式

760分
文法

完成式表已經完成的動作或已經有過的經驗，包含現在完成式、過去完成式，以及未來完成式。

（一）現在完成式

現在完成式表示的是過去的動作已經完成，但對現在還產生著一定的影響。還表示從過去持續到現在的狀態和動作。它經常使用的時間副詞有 already、during、for、just、lately、in the past...、since...、so far、recently、these days、up to now、yet 等。

現在

❶ 現在完成式的三種形式

（1）肯定形式：「主詞 + have / has + 動詞的過去分詞」。

We have been to that deserted island.
我們已經去過那個荒蕪的小島了。

He has spent $2,000 in just three hours.
他在短短的三個小時之內已經花了兩千美元。

three hours ago　　　　now

He has spent $2,000 in just three hours.
他在短短的三個小時之內已經花了兩千美元。

（2）否定形式：「主詞 + has / have + not + 動詞的過去分詞」。

He hasn't seen **his newborn nephew yet.**
他還沒有見過他剛出生的小外甥。

We have not reached **the peak of the mountain.**
我們還沒有到達山頂。

（3）一般疑問句形式：「Has / Have + 主詞 + 動詞的過去分詞」。

Have you booked **the hotel?**
你預訂好酒店了嗎？

Has he handed **in his paper yet?**
他已經上交他的論文了嗎？

2 現在完成式的用法

（1）現在完成式可以表示過去發生的動作或者存在的狀態，到現在為止一直
在持續。

The man has been **the chairman in this company since 2005.**
這個男人從二〇〇五年開始就在這家公司當董事長了。

（2）現在完成式還能表示過去發生的動作到現在已經結束了，一般和 yet、
just、ever、already……等連用。

Miss Wang has not arrived **at the bakery yet.**
王女士還沒有到達那家麵包店。

★ **全面突破860分必考文法** ★   660   760   860

for 和 since 可以用在現在完成式中，for 一般是和時間段連用，而 since
是和時間點連用。

> **They have worked in Japan** for **eight years.**
> 他們已經在日本工作八年了。
>
> **They have worked in Japan** since **2010.**
> 他們從二〇一〇年就已經開始在日本工作了。
>
> **The girl has learned Flamenco dance** for **ten years.**
> 這個女孩學習佛朗明哥舞已經十年了。

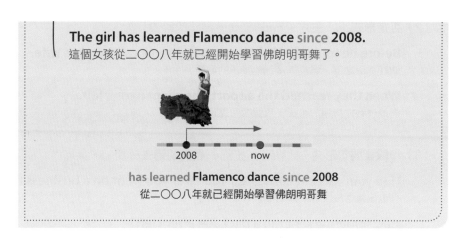

The girl has learned Flamenco dance since 2008.
這個女孩從二○○八年就已經開始學習佛朗明哥舞了。

2008 　　　 now

has learned **Flamenco dance** since **2008**
從二○○八年就已經開始學習佛朗明哥舞

（二）過去完成式

　　過去完成式表示在過去某個時間之前已經完成的動作，也就是說，動作是發生在更早的過去。它經常使用的時間副詞有：after、before、till、until、by the end of last year / term / week / month、when……等等。

過去　　　 現在

❶ 過去完成式的三種形式

（1）肯定形式：「主詞 + had + 動詞的過去分詞」。

Till 2000, there had been three earthquakes in this area.
到二○○○年為止，這個地區已經發生了三次地震。

The couple had gone to more than five countries by the end of last year.
到去年年底為止，這對夫婦已經去了超過五個國家。

the end of last year

had gone **to more than five countries by the end of last year**
到去年年底為止已經去了超過五個國家

（2）否定形式：「主詞 + had + not + 動詞的過去分詞」。

Before he took a bath, he had not gotten **a call from his wife.**
他在洗澡之前，還沒有接到他妻子的電話。

When they reached the airport, the client hadn't left.
當他們到達機場的時候，那個客戶還沒有離開。

（3）一般疑問句形式：「Had + 主詞 + 動詞的過去分詞」。

Had your mother contacted **you after you went on a business trip?**
你去出差之後，你的媽媽和你聯繫了嗎？

Had someone sent **me a package after I left?**
我離開之後，有人給我送一個包裹嗎？

（1）當句中有動詞 expect、hope、mean、intend、suppose、plan、think、want……等，可以用過去完成式來表達沒有實現的願望和打算。

We had intended **to discuss the feasibility of the scheme.**
我們本來打算討論這個方案的可行性。

They had expected **to finish tneir paper as soon as possible.**
他們本來希望儘快完成他們的論文。

（2）句中如果表示「第幾次做某事」時，如果主句用一般過去式，子句就用過去完成式。

It was the second time that Sarah had been **praised by the teacher.**
那是莎拉第二次被老師表揚。

This was the third time that he had cancelled **our appointment.**
這是他第三次取消我們的約會。

This is the second time that Peter has seen such a spectacular scene.
這是彼得第二次看到這麼壯觀的場景。

That is the first time that John and Mary have met each other.
那是約翰和瑪麗第一次遇見對方。

（三）未來完成式

未來完成式表示的是在將來某一時間之前發生的動作，或者也表示另一個將來的動作之前就已經完成的動作。它經常使用的時間副詞有 by the end of...、by then、by this time...、by the time of... 等。

未來

■ 未來完成式的三種形式

（1）肯定形式：「主詞 + will / shall + have + 動詞的過去分詞」。

Nancy will have gotten married by this time next month.
到下個月的這個時候，南茜應該已經結婚了。

They will have written eleven books by the end of this year.
到今年年底，他們應該已經寫十一本書了。

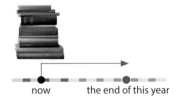

now　　　　the end of this year

will have written **eleven books by the end of this year**
到今年年底應該已經寫十一本書了

（2）否定形式：「主詞 + will / shall + not + have + 動詞的過去分詞」。

We will not have found enough evidence by the end of this week.
到這週末，我們應該找不到足夠的證據。

They shall not have achieved **their goals by the end of this year.**
到今年年底，他們應該還無法完成他們的目標。

（3）一般疑問句形式：「Will / Shall + 主詞 + have + 動詞的過去分詞」。

Will he have signed the contract by the end of next month?
到下個月月底，他能簽訂這份合約嗎？

Will the patient have gone through the discharge procedure by the end of this week?
到這個週末，這位病人能辦理出院手續嗎？

2 未來完成式的用法

（1）未來完成式能表示一種推測，主詞應該要用第二人稱或者是第三人稱。

She will have been **back from the Sahara Desert by next week.**
她可能下週已經從撒哈拉沙漠回來了。

（2）未來完成式還可以表示在將來的某個時間或者是在它之前就完成的動作，並且對將來的某個時間有一定的影響。

They will have been **in New York by this Sunday.**
他們這星期天應該已經在紐約了。

四、完成進行式　860分文法

完成進行式表某動作或狀態已經持續一段時間，並且持續到某一個特定時間為止。包含現在完成進行式、過去完成進行式，以及未來完成進行式。

（一）現在完成進行式

現在完成進行式表示的是動作從一個時間開始一直持續到現在，可能剛停止，也可能繼續下去。它可以和 since 或 for 連用，但是要用連續性動詞。

過去　　現在

1 現在完成進行式的三種形式

（1）肯定形式：「主詞 + have / has + been + 動詞的現在分詞」。

John has been writing a fairy tale book.
約翰一直在寫一本童話故事書。

We have been waiting for Jack for three hours.
我們已經等傑克三個小時了。

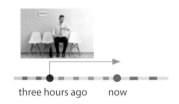

three hours ago　　now

has been waiting **for Jack for three hours**
已經等傑克三個小時了

（2）否定形式：「主詞 + have / has + not + been + 動詞的現在分詞」。

Tom has not been painting in the bedroom.
湯姆沒有一直在臥室裡畫畫。

They have not been discussing that project.
他們沒有一直在討論那個工程。

（3）一般疑問句形式：「Have / Has + 主詞 + been + 動詞的現在分詞」。

Has your son been crying **in the bathroom?**
你的兒子一直在浴室裡哭嗎？

Have they been negotiating **with those employees?**
他們一直在和那些員工協商嗎？

2 現在完成進行式的用法

（1）現在完成進行式可以表示在現在之前一直進行的動作，它強調的是動作的持續性。

It has been snowing for a week.
已經下了一週的雪了。（現在還未停止）

（2）有些現在完成進行式的句子相當於現在完成式。

We have been living **in this village for fifteen years.**
= We have lived in this village for fifteen years.
我們已經在這個村子裡住了十五年了。（還會繼續住下去）

Peter has been working **overtime for 10 hours.**
= Peter has worked overtime for 10 hours.
彼得已經加班十個小時了。（還會繼續加班）

（3）現在完成進行式中不能用表示狀態的動詞，如：like、love、hate、know、think……等。

I have been knowing **her for 20 years.** （×）
I have known **her for 20 years.** （✓）
我已經認識她二十年了。

They have been loving each other for a long time. （×）
They have loved **each other for a long time.** （✓）
他們已經互相喜歡很長一段時間了。

（二）過去完成進行式

過去完成進行式表示過去一直持續到過去某個時刻的動作。

過去

❶ 過去完成進行式的三種形式

（1）**肯定形式**：「主詞 + had + been + 動詞的現在分詞」。

We had been waiting **a piece of good news.**
我們之前一直在等待一條好消息。

My sister had been having **a fever before she went to Japan.**
我的妹妹在去日本之前一直在發燒。

went to Japan

had been having a fever before she went to Japan
她在去日本前一直發燒

（2）否定形式：「主詞 + had + not + been + 動詞的現在分詞」。

The student had not been standing **under the tree.**
這個學生沒有一直站在樹下面。

My father had not been cooking **for the last two hours.**
我爸爸在過去的兩個小時裡沒有一直在做飯。

（3）一般疑問句形式：「Had + 主詞 + been + 動詞的現在分詞」。

Had she been dancing **till six o'clock?**
她一直在跳舞，直到六點鐘嗎？

Had you been remembering **the English grammar that we just learned?**
你一直在記我們剛學過的英文文法嗎？

2 過去完成進行式的用法

（1）過去完成進行式可以表示反復的動作。

He had been remembering **the smile on your face.**
他過去總是在回憶你臉上的笑容。

（2）過去完成進行式可用在間接轉述中。

My grandmother asked what I had been eating.
我的祖母問我吃了什麼。

（3）過去完成進行式後面可以接含有「突然」意義的 when 引導的子句。

I had been doing **my homework when my mother asked me to have dinner.**
我正在寫作業，我的媽媽突然叫我去吃飯。

（三）未來完成進行式

未來完成進行式表示的是在某種情況下一直持續到說話者提到的時間，經常和表示將來的時間詞連用。

未來

1 未來完成進行式的三種形式

（1）肯定形式：「主詞 + shall / will + have + been + 動詞的現在分詞」。

By September this year, he will have been living on this island for thirty years.
到今年九月為止，他將在這個小島上生活三十年了。

September this year

will have been living **on this island for thirty years by September this year**
到今年九月為止，將已經在這個小島上生活三十年了

By Saturday night, George will have been staying at home for five days.
到週六晚上，喬治將在家裡待五天了。

（2）否定形式：「主詞 + shall / will + not + have + been + 動詞的現在分詞」。

We will not have been making experiments with ants.
我們將不會一直用螞蟻做實驗。

She shall not have been helping her mother do the housework.
她將不會一直幫助她媽媽做家事。

（3）一般疑問句形式：「Shall / Will + 主詞 + have + been + 動詞的現在分詞」。

Shall they have been learning English in the classroom?
他們將一直在教室裡學習英語嗎？

Will he have been writing the paper in the study?
他將一直在書房裡寫論文嗎？

2 未來完成進行式的用法

（1）未來完成進行式可以表示某個動作從某個時間開始一直延續到將來的某個時間，是否繼續下去，要根據上下文來決定。

By this time next month, he will have been teaching us English for 3 years.
到下個月的這個時候，他已經教了我們三年英文了。

If they don't hurry up, the school will have been closing.
如果他們不快一點，學校門就會關了。

（2）將來完成進行式還可以表示推測或者猜想，其中 will 是情態動詞，具有情態意義。

They will have been making cake tomorrow morning.
他們明天早上可能是在做蛋糕。

★ M E M O ★

★ M E M O ★

PART 3

句　型　篇

Sentence Pattern

Chapter 01 直述句、轉述句 Direct Speech and Reported Speech

Chapter 02 否定句 Negative Sentence

Chapter 03 疑問句 Interrogative Sentence

Chapter 04 子句 Clause

Chapter 05 被動語態 Passive Voice

Chapter 06 強調句、倒裝句、省略句 Emphatic Sentence, Inverted Sentence and Elliptical Sentence

CHAPTER 01 | 直述句、轉述句
Direct Speech & Reported Speech

直述句：直接引用別人的話。
轉述句：就是把別人的話進行轉述。

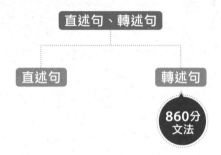

一、直述句

直述句就是直接引用別人的話語。

1 直述句是陳述句

當直述句是陳述句時，變為轉述句時，要變為 that 引導的受詞子句，that 可以省略。that 子句之前用 cry、speak、shout、tell 等動詞，子句中的人稱、時態、時間副詞、地點副詞和指示代名詞要有一定的變化。注意英文要用，來代替中文的：。直述句須要加上 " " ，跟中文的「」一樣。

He said, "I agree with you."
他説：「我同意你的觀點。」

Tom shouted happily, "I pass the English exam."
湯姆高興地喊道：「我通過了英語考試。」

The pretty girl cried, "I just fell off my bike."
這個漂亮的小女孩哭著説：「我剛才從自行車上摔下來了。」

2 直述句是疑問句

（1）直述句是一般疑問句。

My classmate asked me, "Is this your schoolbag?"
我的同學問我：「這是你的書包嗎？」

She asked me, "Do you always go to school on foot?"
她問我：「你總是走路上學嗎？」

**My father asked me, "You have finished your homework, haven't
you?"** 我的父親問我：「你已經完成了你的家庭作業，難道不是嗎？」

（2）直述句是 yes / no 問句。

Ella asked me, "Do you like New York or Boston?"
艾拉問我：「你喜歡紐約還是波士頓？」

Lisa asked me, "Is your father a doctor or a scientist?"
麗莎問我：「你的爸爸是一名醫生還是一名科學家？」

**My co-worker asked me, "Do you like to go shopping or see the
film?"** 我的同事問我：「你喜歡去購物還是看電影？」

（3）直述句是特殊疑問句。

Where is the
nearest library?

**The boy asked the stranger, "Where is the
nearest library?"**
這個男孩問那個陌生人：「最近的圖書館在哪裡？」

He asked his brother, "When do we go to the airport?"
他問他的哥哥：「我們什麼時候去機場？」

Bill asked the teacher, "How can I improve my spoken English?"
比爾問老師：「我怎樣可以改善我的英文口說？」

3 直述句是感嘆句

（1）直述句是有 how / what 引導的感嘆句。

The boy said, "What a beautiful pen!"
這個男孩說：「多麼漂亮的鋼筆啊！」

Emily said, "How clean the bedroom is!"
艾蜜莉說：「多麼乾淨的臥室啊！」

直述句改為轉述句，也可以把 how / what 引導的感嘆句改寫為意思相近的陳述句。

Bob said to me, "How clever your sister is!**"**
鮑勃對我說：「你的妹妹真聰明！」

➡ **Bob** praised me for my clever sister.
鮑勃誇讚我的妹妹聰明。

Kate said, "What a difficult task!**"**
凱特說：「多麼艱難的任務啊！」

➡ **Kate complained** the task was difficult.
凱特抱怨任務很艱難。

（2）直述句是其它形式的感嘆句。

Julia said to him, "Good luck!**"**
茱莉亞對他說：「祝你好運！」

My mother said, "Here comes the train!**"**
我媽媽說：「火車來了！」

Nancy said to me, "Take care of yourself!**"**
南茜對我說：「照顧好你自己！」

The host said to the students, "Congratulations!**"**
主持人對那些學生說：「恭喜你們！」

He said to his wife, "I am so sorry!**"**
他對他的妻子說：「對不起！」

4 直述句是祈使句

（1）直述句是祈使句。

My classmate said, "Let's play basketball after school.**"**
我的同學說：「放學後我們一起去打籃球吧。」

Tina said to her boyfriend, "Please buy me a bouquet of flowers.**"**
蒂娜對她的男朋友說：「請給我買一束花。」

My father said to me, "Hurry up and do your homework."
我的爸爸對我說：「快點去寫作業。」

Hurry up
and do your
homework.

（2）直述句是表示要求、建議或者勸告的祈使句。

Her friend said to her, "Let's go to the cinema together."
她的朋友對她說：「我們一起去看電影吧。」

Selina said to me, "You should fasten your seat belt when you drive."
席琳娜對我說：「你開車的時候應該把安全帶繫上。」

He said, "Let's go to Japan next week."
他說：「我們下週去日本吧。」

★ 全面突破860分必考文法 ★ 　660　　　　760　　　　860

如果直述句是否定的祈使句，轉述句要在不定式之前加 not。

My mother told me, "Don't forget to turn off the light when you leave home."
我的媽媽告訴我：「離開家的時候不要忘記關燈。」

➡ **My mother reminded me not to forget to turn off the light when I leave home.**
我的媽媽提醒我，當我離開家的時候不要忘記關燈。

The teacher said, "Don't go to the bar."
老師說：「不要去酒吧。」

➡ **The teacher warned us not to go to the bar.**
老師警告我們不要去酒吧。

二、轉述句

轉述句就是由某人轉述其他人的話語或者發生在其他人身上的事，直述句轉化為轉述句須要遵循以下規則。

❶ 人稱的轉變

（1）直述句中的第一人稱，在轉述句中要變為第三人稱。

Nancy said, "I am too disappointed." 南茜說：「我太失望了。」

➡Nancy said she was too disappointed. 南茜說她太失望了。

My mother said, "I have a headache." 我母親說：「我頭痛。」

➡My mother said she had a headache. 我母親說她頭痛。

mother
母親

daughter
女兒

（2）直述句中的第二人稱，如果說的話是對轉述人說的，在轉述句中要變為第一人稱。

My teacher said to me, "You should be careful when you take the exam." 我的老師對我說：「你在考試的時候應該細心一點。」

➡My teacher said to me that I should be careful when I take the exam.
我的老師對我說，我在考試的時候應該細心一點。

The manager asked, "Why are you late for work?"
經理問我：「你為什麼上班遲到？」

➡The manager asked why I was late for work.
經理問我為什麼上班遲到。

the manager
經理

the subordinate
下屬

（3）直述句中的第二人稱，如果說的話是對第三人稱說的，在轉述句中要變為第三人稱。

He said to his wife, "I can pick you up."
他對他的妻子說：「我可以去接你。」

➡ **He said to his wife that he could pick her up.**
他對他的妻子說他可以去接她。

I said to my brother, "I will give you a present."
我對我的弟弟說：「我會送你一個禮物。」

➡ **I said to my brother that I would give him a present.**
我對我的弟弟說我會送他一個禮物。

my brother
我的弟弟

I
我

（4）如果子句中的主詞和受詞是第三人稱，或者被第三人稱所修飾，子句中的人稱一般不變。

The chairman said, "He is qualified for this job."
主席說：「他可以勝任這份工作。」

➡ **The chairman said he was qualified for this job.**
主席說他可以勝任這份工作。

The doctor said, "The patient must be operated on as soon as possible." 醫生說：「這位病人必須儘快動手術。」

➡ **The doctor said** the patient **must be operated on as soon as possible.** 醫生說這位病人必須儘快動手術。

the doctor
醫生

the third person
第三個人

2 時態的轉變

（1）各種時態的轉變。

直述句	轉述句	直述句	轉述句
現在簡單式	過去簡單式	過去進行式	過去完成進行式
過去簡單式	過去完成式	現在完成式	過去完成式
未來簡單式	過去未來式	過去完成式	過去完成式
現在進行式	過去進行式	現在完成進行式	過去完成進行式

My brother said, "I am a dentist."
我的哥哥說：「我是一名牙醫。」

➡ **My brother said he was a dentist.**（現在簡單式 ➡ 過去簡單式）
我的哥哥說他是一名牙醫。

brother
哥哥

sister
妹妹

The freshman said, "I asked for leave yesterday."
那名大一新生說：「我昨天請假了。」

➡ **The freshman said he** had asked **for leave last day.**

（過去簡單式 ➡ 過去完成式）

那名大一新生説他昨天請假了。

Lisa said, "We are performing **a play."**

麗莎説：「我們正在表演話劇。」

➡ **Lisa said they** were performing **a play.** （現在進行式 ➡ 過去進行式）

麗莎説他們正在表演話劇。

His friend said, "I have finished **my paper."**

他的朋友説：「我已經完成了我的論文。」

➡ **His friend said he** had finished **his paper.** （現在完成式 ➡ 過去完成式）

他的朋友説他已經完成了論文。

The nurse said, "The baby had caught **a cold."**

那個護士説：「這個嬰兒已經感冒了。」

➡ **The nurse said that the baby** had caught **a cold.** （過去完成式 ➡ 過去完成式）

那個護士説這個嬰兒已經感冒了。

（2）**情態動詞的時態的轉變。**

直述句	轉述句	直述句	轉述句
can	could	shall	should
may	might	must	must / had to

Bill said, "I can **find the thief easily."**

比爾説：「我可以輕易找到那個小偷。」

➡ **Bill said he** could **find the thief easily.**

比爾説他可以輕易找到那個小偷。

Susan said, "Charlie may **go to a party tonight."**

蘇珊説：「查理今天晚上可能去參加一個派對。」

➡ **Susan said Charlie** might **go to a party tonight.**

蘇珊説查理今天晚上可能去參加一個派對。

These youngsters said, "We shall **go to the cinema."**

這些少年説：「我們要去電影院。」

➡ **These youngsters said they** should **go to the cinema.**

這些少年説他們要去電影院。

My friend said, "I must visit my grandparents."
我的朋友說：「我必須去看望我的爺爺奶奶。」

➡ **My friend said he had to visit his grandparents.**
我的朋友說他必須去看望他的爺爺奶奶。

I must visit my grandparents.

My friend said he had to visit his grandparents.

my friend
我的朋友

I
我

❸ 其他部分的轉變

	直述句	轉述句
時間副詞	tomorrow 明天	the next day 第二天
	today 今天	that day 那天
	yesterday 昨天	the day before / last day 前一天
	the day before yesterday 前天	two days before 前兩天
	tonight 今晚	that night 那天晚上
	this week 本週	that week 上週
	last week 上週	the last week 前一週
	next week 下週	next week 下一週
	ago 以前	before 以前
	now 現在	then 那時
地點副詞	here 這裡	there 那裡
指示代名詞	this 這個	that 那個
	these 這些	those 那些
動詞	come 來	go 去

My friend said, "I went to Paris with my boyfriend last week."
我的朋友說：「我上週和我的男朋友一起去了巴黎。」

➡ **My friend said she had gone to Paris with her boyfriend the last week.**
我的朋友說她前一週和她的男朋友一起去了巴黎。

Paul said, "I must leave now."
保羅說：「我現在必須離開了。」

➡ **Paul said he had to leave then.**
保羅說他那時必須離開。

The little boy said, "This apple is not big."
這個小男孩說：「這個蘋果不大。」

➡ **The little boy said that apple was not big.**
這個小男孩說那個蘋果不大。

My roommate said, "I lost my bike the day before yesterday."
我的室友說：「我的自行車前天不見了。」

➡ **My roommate said he had lost his bike two days before.**
我的室友說他的自行車前兩天不見了。

★ 全面突破860分必考文法　　660　　　760　　　860

在某些情況下，時態不用轉變。

① 直述句是自然現象或者客觀真理。

My teacher said, "The earth is round."
我的老師說：「地球是圓的。」

➡ **My teacher said the earth is round.**
我的老師說地球是圓的。

My brother told me: "Four times eight is 32."
我的弟弟告訴我：「四乘以八等於三十二。」

➡ **My brother told me four times eight is 32.**
我的弟弟告訴我四乘以八等於三十二。

The woman said, "I left my hometown two years ago."
這個女人說：「我兩年前就離開了我的家鄉。」

➡ **The woman said she left her hometown two years ago.**
這個女人說她兩年前就離開了她的家鄉。

Peter told me, "My grandmother died on July 15, 2006."
彼得告訴我：「我的奶奶死於二〇〇六年七月十五日。」

➡ **Peter told me his grandmother died on July 15, 2006.**
彼得告訴我說他的奶奶死於二〇〇六年七月十五日。

> My grandmother died on July 15, 2006.

> Peter told me his grandmother died on July 15, 2006.

Peter
彼得

I
我

② 當直述句是現在簡單式，並且表達的是習慣性的或者反復發生的動作時。

Tom said, "I usually go to school by bus."
湯姆說：「我通常坐公車上學。」

➡ **Tom said he usually goes to school by bus.**
湯姆說他通常坐公車上學。

The teacher said to us, "You must hand in your homework every day on time."
老師對我們說：「你們必須每天按時繳交作業。」

➡ **The teacher said to us that we must hand in our homework every day on time.**
老師對我們說我們必須每天按時繳交作業。

> You must hand in your homework every day on time.

> The teacher said to us that we must hand in our homework every day on time.

the teacher
老師

the student
學生

③ 當直述句中的動詞是虛擬語氣的結構時。

Olivia said, "If only I would have a brother."
奧利維亞說：「要是我有一個哥哥就好了。」

➡ Olivia said **if only** she would have a brother.
奧利維亞說要是她有一個哥哥就好了。

④ 當直述句中有情態動詞 could、should、would、need、must、might、ought to、had better、would rather、used to 時。

An old man with a white beard said, "I used to practice **Tai Chi in the park.**"
一位白鬍子的老人說：「我過去經常在公園裡練太極拳。」

➡ An old man with a white beard said he used to practice **Tai Chi in the park.**
一位白鬍子的老人說他過去經常在公園裡練太極拳。

⑤ 當直述句中有 since、while、when 引導的表示過去的時間副詞子句，在轉述句中只要改變**主句**的動詞時態，**子句**的一般過去時態不變。

John said, "I have worked **in this company** since I came to the **United States.**"
約翰說：「自從我來到美國後，就一直在這家公司工作。」

➡ John said he had worked **in this company** since he came to **the United States.**
約翰說自從他來到美國後就一直在這家公司工作。

★ M E M O ★

CHAPTER 02 | 否定句 Negative Sentence

否定句：含有否定詞表示否定意義的句子。

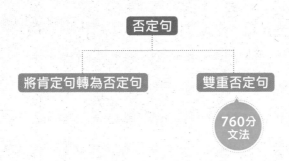

一、將肯定句轉為否定句

否定句的典型特徵是 not，將肯定句轉為否定句時，一般是將句中的動詞變為否定式，如 I want to go to school.（我想去上學。）➡ I do not want to go to school.（我不想去上學。）將肯定句轉為否定句要遵循以下原則。

❶ 動詞後加 not

（1）直接在動詞後加 not。

如果句子中包含 be 動詞或情態動詞，那麼在變為否定句時就直接在 be 動詞或情態動詞後加 not。

She is a librarian.
她是一名圖書管理員。

➡ **She isn't a librarian.**
她不是一名圖書管理員。

➡ not 可以和 be 動詞、情態動詞等變成縮寫。

You should vomit in the bag.
你應該吐在袋子裡。

➡ **You shouldn't vomit in the bag.**
你不應該吐在袋子裡。

should（情態動詞）	should + not
You should vomit in the bag.	**You shouldn't vomit in the bag.**
你應該吐在袋子裡。	(should not = shouldn't)
	你不應該吐在袋子裡。

★ 全面突破660分必考文法 ★　660　　　760　　　860

not 和 no 的比較：

① no 一般相當於 not any。

I have no story books. = I don't have any story books.
我沒有故事書。

②「be 動詞 + not / no」結構。

She is not a singer.
她不是一名歌手。

She is no singer.
她對唱歌一竅不通。

（2）**不直接在動詞後加 not。**

如果句子中沒有 be 動詞或情態動詞，那麼在變為否定句時，根據實義動詞的時態和人稱在其前用 do、did、does 的否定形式。

The bird gets hurt.
這隻鳥受傷了。

➡ **The bird doesn't get hurt.**
這隻鳥沒有受傷。

➡ 前面有助動詞 do 的否定形式時，實義動詞用原形。

We enjoy camping in our free time.
我們在空閒時間喜歡露營。

➡**We don't enjoy camping in our free time.**
我們在空閒時間不喜歡露營。

We enjoy camping in our
free time.
我們在空閒時間喜歡露營。

We don't enjoy camping in our
free time.
我們在空閒時間不喜歡露營。

★ 全面突破760分必考文法 ★ 660　　　　760　　　　860

① 當 have / has / had 作實義動詞「有」解時，其否定形式一般是 don't /
doesn't / didn't + have。

I have a very expensive skirt.
我有一件非常貴的裙子。

➡ **I don't have a very expensive skirt.**
我沒有一件非常貴的裙子。

have
有

don't have
沒有

② 當 have / has 作完成式的助動詞時，其否定形式是在 have / has 後加
not。

The monkey has climbed up the tree.
這隻猴子已經爬上了樹。

➡ **The monkey hasn't climbed up the tree.**
這隻猴子還沒爬上樹。

③have 作「吃飯」解時，其否定形式是在 have 前加 don't / didn't / doesn't。

We had dinner outside last night. 昨天晚上我們在外面用餐。

➡ **We didn't have dinner outside last night.**
昨天晚上我們沒有在外面用餐。

had **dinner**
用餐

didn't have **dinner**
沒用餐

❷ 肯定句轉為否定句的其它情況

（1）複合肯定句轉為否定句。

① 在主句是 I think、I believe 等的主從複合句中，子句的否定形式要轉移到主句中，形式是否定主句，而實際上是在否定子句。這種用法叫作否定轉移。

I think the project should be implemented as soon as possible.
我認為這個專案應該儘早實施。

➡ **I don't think the project should be implemented as soon as possible.**
我認為這個專案不應該儘早實施。

➡ 否定轉移時，通常將否定的含義翻譯在子句中，而不是主句中。

I believe his parents gave him a lot of venture capital.
我相信他父母給了他一大筆創業資金。

➡ **I don't believe his parents gave him a lot of venture capital.**
我相信他父母沒有給他一大筆創業資金。

否定轉移的其它情況

① 主句是 I hope 或 I wish，子句的否定不能轉移。

I hope you make a promise.
我希望你作出承諾。

➡**I hope you don't make a promise.**
我希望你不要作出承諾。

② seem、appear 等連綴動詞之後的肯定子句轉為否定句時，通常進行否定轉移。

It seems that they know where the enemy is.
他們似乎知道敵人在哪。

➡**It doesn't seem that they know where the enemy is.**
他們似乎不知道敵人在哪。

③ 有時會將動名詞片語、介系詞片語或者子句的否定體現在動詞上。

I don't remember eating such awful food.
我記得沒吃過這麼難吃的食物。

★ not 否定動名詞片語 eating such awful food。

It's not a time when anyone wants to watch the guard of honor on TV.
這個時間，人們不會想要從電視上觀賞儀隊。

★ 在子句中如果是 anyone 作主詞，那麼動詞不能用否定形式，需要將否定轉移到主句中。

④ 句子中的副詞或副詞子句的否定有時也會轉移到主句中。

Mom is not making a cake for me.
媽媽不是在為我做蛋糕。

★ not 否定副詞 for me。

② 其它的複合句通常將主句轉為否定句。

They were sleeping when the thief came in.
小偷進來的時候他們正在睡覺。

➡**They weren't sleeping when the thief came in.**
小偷進來的時候他們沒有在睡覺。

I know what you are doing.
我知道你在幹什麼。

➡ **I don't know what you are doing.**
我不知道你在幹什麼。

（2）肯定祈使句轉為否定句。

① 以 Let us 或 Let's 開頭的祈使句在變為否定句時，可在 Let us 和 Let's 後直接加 not。

Let's stop to enjoy the scenery. 讓我們停下來享受風光。

➡ **Let's not stop to enjoy the scenery.** 我們不要停下來欣賞風光。

Let me use the computer. 讓我用電腦。

➡ **Let me not use the computer.** 不要再讓我用電腦了。

let me use the computer
讓我使用電腦

let me not use the computer
不要讓我使用電腦

② 其它的肯定祈使句則是在開頭加 Don't。

Leave at once. 馬上離開。

➡ **Don't leave at once.** 別馬上離開。

Say it again. 再說一遍。

➡ **Don't say it again.** 不要再說了。

I will say it again.

Say it again.
再說一遍。

Don't say it again.
不要再說了。

（3）不改變動詞的情況。

①both、both... and、all 所在的肯定句轉為否定句時不須改變動詞，須將 both 改為 neither，將 both... and 改為 neither... nor。

Both **the trees are apple trees.**

這兩棵樹都是蘋果樹。

➡ Neither **of the trees are apple trees.**

這兩棵樹都不是蘋果樹。

Both he and I will go on a business trip.

他和我都要出差。

➡ Neither **he** nor **I will go on a business trip.**

他和我都不會出差。

Both he and I will go on a	**Neither he nor I will go on a**
business trip.	business trip.
他和我都要出差。	他和我都不會出差。

All of the bricks were wasted.

所有的磚都被浪費了。

➡ None **of the bricks were wasted.**

所有的磚都沒有被浪費。

➡ 「none of + 名詞」作主詞時，動詞可用單數形式，也可用複數形式。

②every- 和 some- 構成的詞所在的肯定句轉為否定句時，將 every 和 some 改為 no 即可。

Something **went wrong.**

有些事情出了差錯。

➡ Nothing **went wrong.**

沒有事情出了差錯。

You can see shared bikes everywhere.

你可以在每一個地方看到共用單車。

➡ **You can see shared bikes** nowhere.

你在任何地方都看不到共用單車。

③「形容詞 + enough to do」所在的肯定句轉為否定句時，將其變為「too +
形容詞的反義詞 + to」。

His son is old enough to **take over the company.**
他兒子足夠大了，可以接管公司了。

➡ **His son is** too young to **take over the company.**
他兒子太年輕了，不能接管公司。

These fruits are cheap enough to **buy.**
這些水果夠便宜，可以買。

➡ **These fruits are** too expensive to **buy.**
這些水果太貴了，不能買。

④ always 和 ever 所在的肯定句轉為否定句時，將 always 和 ever 變為
never 即可。

They always **put others' needs first.**
他們總是把別人的需求放在第一位。

➡ **They** never **put others' needs first.**
他們從不把別人的需求放在第一位。

I have ever **been to the poor country.**
我曾經去過那個貧窮的國家。

➡ **I have** never **been to the poor country.**
我從未去過那個貧窮的國家。

⑤ many 和 much 所在的肯定句轉為否定句時，將 many 變為 few，將 much
變為 little 即可。

Many **samples they sent are of reference value.**
他們寄來的許多樣品有參考價值。

➡ Few **samples they sent are of reference value.**
他們寄來的樣品少有參考價值。

➡ few 有否定的含義，意為「很少」。

He got much **money through the game.**
他透過比賽得到了很多錢。

➡ **He got** little **money through the game.**
他透過比賽得到了很少的錢。

➡ little 有否定的含義，意為「很少」。

⑥ still 所在的肯定句轉為否定句時，將 still 變為 no longer 即可。

The factory is still in operation.
這家工廠仍然在運行。

➡ **The factory is no longer in operation.**
這家工廠不再運行了。

This cell phone is still in production.
這款手機仍然在生產。

➡ **This cell phone is no longer in production.**
這款手機不再生產了。

⑦ nearly、almost 所在的肯定句，將 nearly 和 almost 變為 hardly，可使意思相反。

The building is almost finished.
這座大樓幾乎完工了。

➡ **The building is hardly finished.**
這座大樓幾乎沒有完工。

They nearly get to the destination.
他們幾乎要到達目的地了。

➡ **They hardly get to the destination.**
他們幾乎沒有到達目的地。

（4）不定詞前加 not。

① 動詞後接不定詞所在的肯定句轉為否定句時，須在不定詞 to 前加 not。

My father asked me to get married before 30.
爸爸要求我在三十歲之前結婚。

➡ **My father asked me not to get married before 30.**
爸爸要求我不要在三十歲之前結婚。

The police told the teenagers to keep quiet.
警察請青少年保持安靜。

➡ **The police told the teenagers not to keep quiet.**
警察請青少年不要保持安靜。

told the teenagers

to keep **quiet**

請青少年保持安靜

told the teenagers

not to keep **quiet**

請青少年不要保持安靜

② 使役動詞和感官動詞之後可接不帶 to 的不定詞，其否定式是在使役動詞和感官動詞前加 not。

I saw them play basketball.

我看到他們打籃球。

➡ **I didn't see them play basketball.**

我沒有看到他們打籃球。

He let me give a presentation at the meeting.

他讓我在會議上報告。

➡ **He let me not give a presentation at the meeting.**

他讓我不要在會議上報告。

➡ 使役動詞 let 後只接不帶 to 的不定詞。

3 全部否定和部分否定

（1）全部否定。

句子若含有表達絕對否定含義詞則稱作全部否定，這類否定詞主要有 never、no、none、nobody、nothing、nowhere、neither、not... at all……等。

I can go nowhere.

我哪裡也不能去。

➡ 表任何一個地方都不能去。

I can go
nowhere.

I never know you are such a person.

我從不知道你是這樣一個人。

➡ 之前沒有做過這件事。

（2）部分否定。

句子中動詞是否定式，且句子中含有代名詞或副詞 all、everything、each、both、everywhere、altogether、everybody、always、entirely、often……等時，句子是部分否定句。

Everything is not **going well.**

並不是每件事都進行得很順利。

➡ 部分否定。

Nothing **is going well.**

每件事都不順利。

➡ 完全否定

二、雙重否定句

760分
文法

　　雙重否定句指的是在一個句子中使用兩個否定詞的句子，該句子表示肯定含義。如 He is not a man who isn't polite.（他不是一個不懂禮貌的人。）這句話可理解為：他是一個懂禮貌的人。

He is not a man who isn't polite.
否定 + 否定
他不是一個不懂禮貌的人。

He is a man who is polite.
＝ 肯定
他是一個懂禮貌的人。

1 雙重否定句的主要句型

（1）no、not、never……等否定詞 + without。

We can't **make a kite** without **glue.**

沒有膠水我們做不了風箏。

No **one can get on the stage** without **true skills.**

沒有真本事，沒人敢登上這個舞臺。

（2）no、not 等否定詞 + 否定形容詞。

It's not an uncommon phenomenon.
這不是一個不尋常的現象。＝這是一個尋常的現象。

It's not unnecessary to reserve a hotel in advance.
提前預訂酒店並不是不必要的。＝提前預訂酒店是必要的。

（3）no、not、nobody、never、few……等否定詞 + 表示否定含義的動詞或片語。

No one objected to the board's decision at the meeting.
在會議上沒人反對董事會的決定。

Few people fail to pass the first round.
很少有人在第一關失敗。

2 雙重否定句的主要結構

雙重否定句又可分為強化型雙重否定句，弱化型雙重否定句，強調型雙重否定句和委婉型雙重否定句。

（1）強化型雙重否定句的主要結構。

① 主詞否定 + 副詞否定。
在這種結構中通常由絕對否定詞如 nobody、none、nothing、no one 等來充當主詞，也可以用 not 來否定主詞。

Nobody wants to try without security equipment.
沒有人想要在沒有安全設備的情況下進行嘗試。

Not a flower will bloom without being watered.
沒有澆水，任何一種花都不會開。

② 主詞否定 + 否定動詞。

No one disagrees with him.
沒人反對他。

Not many teachers will fail to finish the task.
大多數老師都會完成任務。

③ 主詞 + 主詞補語否定。

No drug is completely harmless.
沒有一種藥物是完全無害的。

No one is unaware of the matter.
人人都知道這件事。

④ 動詞否定 + 受詞否定。

They don't know how not to offend the grumpy man.
他們不知道要怎麼不冒犯那個暴躁的人。

We can't afford not to believe his prediction.
我們不得不相信他的預言。

⑤ 動詞否定 + 副詞否定。

They won't come to visit you for nothing.
他們不會無緣無故來拜訪你。

They never come without bringing gifts.
他們每次來都帶禮物。

★ 全面突破760分必考文法 ★　660　760　860

強化型雙重否定句的特殊情況：

① 「否定詞 + 動詞 / 名詞 / 形容詞 / 副詞（含有否定意義）」。

I don't doubt he will win in the skating competition.
我不懷疑他會在溜冰比賽中獲勝。

There is no denying that she is one of the greatest players.
不能否認的是，她是最偉大的球員之一。

② 「主句否定 + 子句否定」。

主句和子句都否定的情況下，有時會借助 until、unless。

You can't leave the stage unless you beat him.
除非你打敗他，否則你不能離開舞臺。

I won't leave the office until I have my work done.
直到完成工作以前，我都會在辦公室。

③ 有時子句會用表示否定的形容詞來表達雙重否定。

I never eat fruits that are unripe.
我從來不吃不成熟的水果。

（2）弱化型雙重否定句的主要結構。

　①在含有兩個否定詞的句子中加入一些程度副詞，如 so、very、much、too……等可表示弱化雙重否定。

　　I don't very dislike **my job as an editor.**
　　我並不是非常不喜歡我這份編輯的工作。

　　They're not particularly unfamiliar**.**
　　他們並不是特別不熟。

　②轉移否定句的雙重否定句。

　　I don't **think it's** not important **for them to get support from us.**
　　我認為他們從我們這裡得到支持還是重要的。

　　I don't **suppose that you will** deny **his achievements.**
　　我不認為你會否認他的成就。

you will deny **his achievements**
你會否認他的成就

（3）強調型雙重否定句。

　　句子中的兩個否定詞中有一個否定詞對另外一個否定詞有強調作用，這樣的句子就是強調型雙重否定句。

　①「don't know、can't tell 等表示否定的片語 + 否定的受詞子句」。

　　I don't know **they** didn't **tell you the truth.**
　　我不知道他們沒有告訴你真相。

　　I can't say **that he is an** irrational **man.**
　　我無法說他是一個不理智的人。＝ 我可以說他是一個理智的人。

I can't say	**that he is an** irrational **man.**
我不能說	他是一個不理智的人。

CHAPTER 03 | 疑問句 Interrogative Sentence

疑問句：它是按照句子的語氣分出來的一種類型。
疑問句的分類：

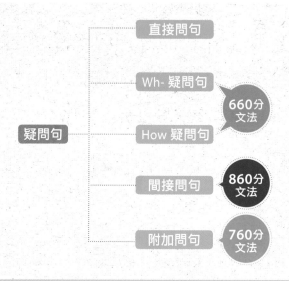

```
          ┌········ 直接問句
          │
          ├········ Wh- 疑問句
          │                    ┌ 660分
          │                    └ 文法
疑問句 ───┤
          ├········ How 疑問句
          │                    ┌ 860分
          │                    └ 文法
          ├········ 間接問句
          │
          └········ 附加問句    ┌ 760分
                               └ 文法
```

一、直接問句

❶ 直接問句的構成

一般疑問句是以 be 動詞、助動詞 do / does / has / have 和情態動詞 can 等引導的疑問句。

Are you a waitress?
妳是一位服務生嗎？

Does your father often go home late?
你的父親經常很晚回家嗎？

Can you make pumpkin lanterns?
你會製作南瓜燈嗎？

Are

you a waitress?
妳是一位服務生嗎？

❷ 一般疑問句的回答

一般疑問句的答句經常用 yes 或者 no。

Is he the tallest student in your class?
他是你們班最高的學生嗎？

– **Yes**, he is.
　是的，他是。

– **No**, he isn't.
　不，他不是。

Do you like camping?
你喜歡露營嗎？

– **Yes**, I do.
　是的，我喜歡。

– **No**, I don't.
　不，我不喜歡。

Can you handle this problem?
你可以處理這個問題嗎？

– **Yes**, I can.
　是的，我可以。

– **No**, I can't.
　不，我不可以。

★ 全面突破760分必考文法 ★　660　　760　　860

① 如果把陳述句變為一般疑問句時，要把第一人稱 I、my、we、our 改為第二人稱 you 和 your，把 some、somebody、something 改為 any、anybody、anything。

I saw someone entering his room.
我看見有人進入他的房間。

➡ **Did you see anyone entering his room?**
　你看見有人進入他的房間了嗎？

I want to tell you something about Lisa.
我想告訴你關於麗莎的一些事。

➡ **Do you want to tell me anything about Lisa?**
　你想告訴我任何關於麗莎的事嗎？

②在否定疑問句中，要把 both 改為 neither；too 改為 either；all 改為 none，但是要注意的是否定形式的疑問句，其答句中的中文意思和英文相反。

Didn't either of you go on a trip?
你們兩個都沒有去旅行嗎？

– Yes, we did.
不，我們去了。（英文裡，有去就用 yes 回答。否定疑問句的答句跟肯定疑問句一樣。）

– No, we didn't.
對，我們沒有去。（英文裡，沒去就用 no 回答。否定疑問句的答句跟肯定疑問句一樣。）

二、Wh- 疑問句

660分
文法

　　Wh- 疑問句主要分為疑問代名詞和疑問副詞引導的疑問句兩種。這類疑問句的基本構成是將疑問詞提前至句首，be 動詞或助動詞、情態動詞等提前至主詞之前，結尾用問號。

❶ 疑問代名詞引導的疑問句

引導疑問句的 Wh- 疑問代名詞有 what、which、who、whom、whose。

What are you going to eat after work?
下班後你打算吃什麼？
➡ 疑問代名詞須放在所修飾的名詞之前。

Who is in charge of the project?
誰負責這個項目？

❷ 疑問副詞引導的疑問句

引導疑問句的 Wh- 疑問副詞有 when、where、why。

How can I repair my bike?
怎樣才能把我的自行車修好？

Where is the most famous museum?
最著名的那間博物館在哪裡？

Why are you here?
你為什麼在這裡？

❸ Wh- 疑問句的構成

（1）對句子的主詞和修飾主詞的詞進行提問，疑問詞後的語序與陳述句一樣。

Who is in the house?
誰在房間裡？

➡ 對主詞提問。

Whose pen is in your hand?
你手裡的筆是誰的？

➡ 對修飾主詞的詞提問。

誰

Is in the house?
在房子裡？

（2）「疑問詞 + 直接疑問句」用來對句子的其它部分進行提問。

What are they discussing?
他們在討論什麼？

➡ 對受詞提問。

Where did you find the fossil?
你在哪裡發現了這塊化石？

➡ 對副詞提問。

★ 全面突破660分必考文法 ★　660　　　760　　　860

Wh- 疑問句的特殊用法：

① 可以有兩個並列的疑問詞。

When and where are they going to give a concert?
他們打算在什麼時間什麼地點舉辦演唱會？

② 如果疑問詞當介系詞的受詞，這個介系詞可以放在句首或者句尾。

What is the big box used for?
= For what is the big box used?
這個大箱子是做什麼的？

三、How 疑問句

660分
文法

How 或者 How 構成的搭配在疑問句中多用作副詞，有時也作主詞補語。

❶ How 單獨引導疑問句的用法

（1）詢問方式、方法。

> How **did you go there?**
> 你怎麼去那裡？
>
> ➡ 詢問交通方式。

> How **did you solve the trouble?**
> 你們怎麼解決這個麻煩？
>
> ➡ 詢問手段、方法。

（2）詢問身體狀況、生活狀況等。

> How **is your grandmother?**
> 你奶奶的身體狀況如何？
>
> ➡ 詢問身體狀況。

> How **is it going?**
> 最近怎麼樣？
>
> ➡ 詢問生活狀況。

How is it going?

（3）詢問天氣。

> How **is the weather tomorrow?**
> 明天的天氣如何？

> How **was the weather in general last week?**
> 上週的天氣大致上如何？

（4）詢問看法。

> How **do you like the gray suit?**
> 你認為這套灰色的西裝怎麼樣？

How do you like this kind of porcelain imported from China?
你喜歡這種從中國進口的瓷器嗎？

How do you like…

this kind of porcelain?
這種瓷器？

❷ How 的搭配用法

How 跟其他詞的搭配	例句
How many 詢問可數名詞的數量	**How many kilos of beans do we need to buy?** 我們需要買多少公斤豆子？
How much 詢問不可數名詞的數量和金錢	**How much water can a three-month-old baby drink?** 三個月大的嬰兒能喝多少水？ **How much is the shirt?** 這件襯衫多少錢？
How often 詢問頻率	**How often do you have a dancing class?** 你多久上一次舞蹈課？
How soon 詢問多久以後（未來式）	**How soon will your father come back from the business trip?** 你爸爸多久出差回來？
How far 詢問距離和路程	**How far is your school from theirs?** 你們學校離他們學校有多遠？
Hong long 詢問做某事花費的時間	**How long will it take us to bake a cake?** 我們烤一個蛋糕須要花多久時間？
How old 詢問年齡	**How old is the professor?** 這位教授幾歲了？
How tall 詢問高度	**How tall is that building?** 那棟大樓有多高？
How about 詢問某個提議如何	**How about having a rest?** 休息一下如何？
How heavy 詢問多重	**How heavy is a bag of grain?** 一袋糧食有多重？

四、間接問句

❶ 定義

間接問句就是在直述句中是疑問句，變成轉述句後，就叫做間接問句。

My sister asked me, "Is it snowing outside?"
我的妹妹問我：「外面在下雪嗎？」

➡ **My sister asked me** if / whether it was snowing outside.
我的妹妹問我外面是否在下雪。

He asked his workmate, "Why are you always late for work?"
他問他的同事：「你為什麼總是上班遲到？」

➡ **He wanted to know** why his workmate was always late for work.
他想知道他的同事為什麼總是上班遲到。

❷ 直接問句怎樣變為間接問句

（1）間接一般疑問句的動詞和附加問句不用倒裝，附加問句可以由 if 或者
whether 引導。whether 可以和 or not 連用，但是 if 不可以。

The lady asked him, "Are you Mr. Smith?"
這位女士問他：「你是史密斯先生嗎？」

➡ **The lady asked him** whether he was Mr. Smith or not.
這位女士問他是否是史密斯先生。

The man asked me, "Is this your report?"
這個男人問我：「這是你的報告嗎？」

➡ **The man asked me** if it was my report.
這個男人問我這個報告是否是我的。

（2）間接特殊疑問句是由特殊疑問詞把主詞和疑問句聯繫起來的。如果疑問詞當受詞，間接特殊疑問句的語序不改變。

She asked her teacher, "Why can't I always remember English words?"
她問她的老師：「為什麼我總是記不住英語單字？」

➡ **She wanted to know** why she couldn't always remember English words.
她想知道她自己為什麼總是記不住英語單字。

I asked him, "Where is the nearest post office?"
我問他：「最近的郵局在哪裡？」

➡ **Please tell me** where the nearest post office is.
請告訴我最近的郵局在哪裡。

五、附加問句

附加問句也叫做反義疑問句。它多用於口語中，由陳述部分和附加問句構成，二者需要用逗號隔開。間接問句的主詞要和陳述部分的主詞保持一致，並且主詞必須是代名詞。

❶ 反義疑問句的用法和結構

（1）陳述部分是肯定形式，附加問句用否定形式。

①陳述部分的動詞為實義動詞，附加問句要用助動詞 don't / doesn't / didn't 加主詞進行提問。

You lost the purse, didn't you?
你弄丟了錢包，不是嗎？

Lucy went to the theatre yesterday, didn't she?
露西昨天去劇院了，不是嗎？

They invited you to have dinner, didn't they?
他們邀請你去吃飯了，不是嗎？

You often go to work by bus, don't you?
你經常搭公車上班，不是嗎？

②陳述部分的動詞為 have / had to 時，附加問句用助動詞 don't / doesn't / didn't 加主詞進行提問。

You have to attend the meeting, don't you?
你必須去參加會議，不是嗎？

I have to visit my friend, don't I?
我必須去拜訪我的朋友，不是嗎？

She has to go to the supermarket, doesn't she?
她不得不去超市，不是嗎？

You had to work overtime at the company last night, didn't you?
你昨天晚上不得不在公司加班，不是嗎？

③陳述部分的動詞是 used to，附加問句用 didn't 加主詞進行提問。

Bill used to be a department manager, didn't he?
比爾以前是個部門經理，不是嗎？

My mother used to be a beautiful woman, didn't she?
我的媽媽曾經是一個很漂亮的女人，不是嗎？

You used to go to the bakery, didn't you?
你以前經常去那家烘焙坊，不是嗎？

Tom and John used to go to the internet café, didn't they?
湯姆和約翰以前經常去網咖，不是嗎？

④ 陳述部分的動詞為 had better，附加問句用 hadn't 加主詞進行提問。

You'd better apologize to your boss, hadn't you?
你最好去向你老闆道個歉，不是嗎？

She had better review the lessons, hadn't she?
她最好去複習功課，不是嗎？

I had better comfort Lisa, hadn't I?
我最好去安慰一下麗莎，不是嗎？

⑤ 陳述部分的動詞為 be 動詞、助動詞 do / does / did 或情態動詞，附加問句用對應的動詞加主詞進行提問。

You are a good biology teacher, aren't you?
你是一位優秀的生物老師，不是嗎？

You can prepare us a dinner, can't you?
你可以為我們準備一頓晚餐，不是嗎？

He is an astronaut, isn't he?
他是一名太空人，不是嗎？

Isn't he?
不是嗎？
（附加問句為否定）

He is an astronaut,
他是一名太空人，
（陳述為肯定）

★ 全面突破660分必考文法 ★ 660   760   860

① 陳述部分的動詞是情態動詞 must，且意為「必須」時，附加問句要用 mustn't 或 needn't，意為「不必、不需要」。

You must water the flowers, mustn't / needn't you?
你必須去澆花，不是嗎？

② 陳述部分的動詞是情態動詞 must，且意為「一定、肯定」，附加問句要用 must 後面的相對應的動詞進行提問。

He must miss his mother, doesn't he?
他一定是想念他的媽媽了，不是嗎？

You must be disappointed, aren't you?
你一定很失望，不是嗎？

③陳述部分如果是 must have done，則附加問句會用 haven't 或者
didn't 加主詞。如果是 haven't 加主詞，則表示過去的動作對現在造
成了影響。如果是 didn't 加主詞，則為單純描述過去的動作。

Peter must have seen the film last Sunday, didn't he?
彼得上週日一定看過這部電影，不是嗎？（此為單純描述過去看電影的動
作）

They must have cleaned up the rooms, haven't they?
他們一定已經整理過房間了，不是嗎？（此表示過去整理房間的動作，造成了現
在房間很乾淨的結果，表過去的動作對現在造成了影響）

④陳述部分如果有 ought to，附加問句用 oughtn't / shouldn't 加主詞。

You ought to pay attention to your feeling, oughtn't /
shouldn't you?
你應該注意你的情緒，不是嗎？

⑤陳述部分如果有 need 當實義動詞，附加問句用 don't / doesn't 加主
詞。如果 need 當情態動詞，附加問句就用 needn't 加主詞。

He needs to buy some daily necessities, doesn't he?（need 是
實義動詞）
他須要買一些日常生活用品，不是嗎？

We need obey the traffic rules, needn't we?（need 是情態動詞）
我們須要遵守交通規則，是嗎？

（2）陳述是否定形式，附加問句用肯定形式。

①陳述部分的動詞為實義動詞，附加問句要用助動詞 do / does / did 加主詞
進行提問。

David didn't go home last night, did he?
大衛昨天晚上沒有回家，是嗎？

Louis and Kate didn't go dancing last weekend, did they?
路易斯和凱特上週末沒有去跳舞，是嗎？

did they?
是嗎？
（附加問句為肯定）

Louis and Kate didn't go dancing last weekend,
路易斯和凱特上週末沒有去跳舞，
（陳述為否定）

② 陳述部分的動詞為 be 動詞，附加問句要用 is / am / are / was / were 加主詞進行提問。

His bicycle is not pink, is it?
他的自行車不是粉色的，不是嗎？

Ella's words are not true, are they?
艾拉的話不是真的，不是嗎？

③ 陳述部分的動詞為情態動詞，附加問句要用情態動詞的肯定形式加主詞進行提問。

Tom can't use the machine, can he?
湯姆不會使用這個機器，不是嗎？

Sarah shouldn't complain her parents, should she?
莎拉不應該抱怨她的父母，不是嗎？

★ 全面突破660分必考文法 ★　660　　　760　　　860

① 陳述部分的動詞是 mustn't，意為「禁止，不能」，附加問句要用 must / may 加主詞。

You mustn't park here, must / may you?
你不能在這裡停車，不是嗎？

You mustn't make fun of others, must / may you?
你一定不要取笑別人，知道嗎？

② 陳述部分的動詞是 needn't，附加問句要用 need / must 加主詞。

You needn't worry about this test, need / must you?
你不必擔心這次測試，不是嗎？

He needn't apologize to Mary, need / must he?
他不必向瑪麗道歉，不是嗎？

③陳述部分含有 few、never、nothing 等表示否定的詞，附加問句要用
肯定句，主詞要和陳述部分保持一致。

Paul seldom cleans his bedroom, does he?
保羅很少打掃他的臥室，不是嗎？

She has never seen my parents, has she?
她從來沒有見過我的父母，不是嗎？

④陳述部分的主詞是 it / this / that / those / they 等指示代名詞，附加問句就
用 it / they 作主詞。

This is her handbag, isn't it?
這是她的手提包，不是嗎？

isn't it?
不是嗎？
（用 it 當代名詞）

This is her handbag,
這是她的手提包，
（This 當主詞，為單數）

These flowers are beautiful, aren't they?
這些花很漂亮，不是嗎？

aren't they?
不是嗎？
（用 they 當代名詞）

These flowers are beautiful,
這些花很漂亮，

⑤陳述部分的主詞是 there be 句型，附加問句用 there 作主詞。

There is something wrong with your computer, is there?
你的電腦壞了，不是嗎？

There are some toys on the ground, are there?
地上有一些玩具，不是嗎？

There is no air conditioning in the living room, is there?
房間裡沒有空調，不是嗎？

⑥ 陳述部分的主詞是 everything / something / anything 等複合不定代名詞，附加問句用 it 作主詞。

Everything was unfair, was it?
一切都是不公平的，不是嗎？

Anything could change, couldn't it?
任何事都有可能改變，不是嗎？

Nothing can affect your mood, can it?
沒有任何事可以影響你的心情，不是嗎？

⑦ 陳述部分的主詞是 somebody / anybody / nobody / no one 等複合不定代名詞，附加問句用 they 或者 he 作主詞。

Everybody passed the English test, didn't they / he?
每個人都通過了英語測試，不是嗎？

Somebody agreed with her, didn't he / they?
有人同意了她的看法，不是嗎？

Everybody in our class is clever, aren't they / is he?
我們班的每個人都是聰明的，不是嗎？

Nobody can understand him, can they / he?
沒有人能夠理解他，不是嗎？

2 反義疑問句的答句

（1）陳述部分是肯定句。

如果答句是肯定的，就用「Yes + 肯定式」，意為「是的，……」。如果答句是否定的，就用「No + 否定式」，意為「不是的，……」。

These students often take part in extracurricular activities, do they?
這些學生經常參加課外活動，不是嗎？

– Yes, they do. 是的，他們經常參加。

– No, they don't. 不是的，他們沒有。

These students often take part in extracurricular activities, don't they?

Yes, they do.

No, they don't.

This is the necklace that your husband buys for you, isn't it?
這是你丈夫買給你的項鍊，不是嗎？

– **Yes, it is.** 是的，它是。

– **No, it isn't.** 不，它不是。

He is a businessman, isn't he?
他是一位商人，不是嗎？

– **Yes, he is.** 是的，他是。

– **No, he is not.** 不，他不是。

They want to go fishing with us, don't they?
他們想和我們一起去釣魚，不是嗎？

– **Yes, they do.** 是的，他們想。

– **No, they don't.** 不是，他們不想。

（2）陳述部分是否定句。

如果答句是肯定的，就用「Yes + 肯定式」，意為「不是的，……」。如果答句是否定的，就用「No + 否定式」，意為「是的，……」。

We never go to the cinema, do we?
我們從來不去電影院，不是嗎？

– **Yes, we do.** 不，我們去過。

– **No, we don't.** 是的，我們從來不去。

He didn't blame you, did he?
他沒有責備你，是嗎？

– **Yes, he did.** 不，他責備過。

– **No, he didn't.** 是的，他沒有。

Our friendship is not important, is it?
我們的友誼不重要，不是嗎？

– **Yes, it is.** 不是，它重要。

– **No, it isn't.** 是的，它不重要。

She needn't wait for us, need she?
她不須要等我們，不是嗎？

– **Yes, she must.** 不，她須要。（注意答句須為 must，而非 need）

– **No, she needn't.** 是的，她不須要。

★ M E M O ★

CHAPTER 04 | 子句 Clause

子句：與主句相對，不能單獨使用的句子。

子句的分類：

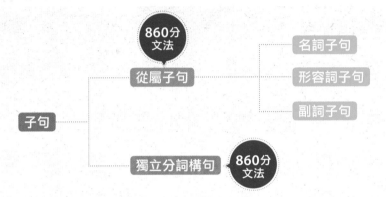

一、從屬子句

860分
文法

　　從屬子句指的是不能獨立使用的句子，但是該句子有主詞、動詞和其它部分。主句和從屬子句之間常用連接詞將二者連接起來。從屬子句主要有名詞子句、形容詞子句和副詞子句這三大類。

1 從屬子句的特徵

Nobody knows the murderer that killed three persons.
沒人知道那位殺了三個人的兇手。

➡ 關係代名詞 that 引導了關係子句，關係子句又可稱為形容詞子句，為從屬子句的一種。

Do you know the reason why he left here?
你知道他離開這裡的原因嗎？

➡ 從屬子句前一般有連接詞、疑問詞、或者代名詞，此句為疑問詞 why 引導的名詞子句，為從屬子句的一種。

the murderer that killed three persons
那位殺了三個人的兇手

the reason why he left here
他離開這裡的原因

❷ 從屬子句和獨立分詞構句的區分

She saw a handsome man whom she wanted to fall in love with.
她看見一個帥氣的人，她想和他談戀愛。

➡ 從屬子句附屬於前面的主句，通常子句開頭會有連接詞、疑問詞、或者代名詞引導。

She falling in love with a handsome man, **her mother feels happy.**
她正在和一個帥氣的人談戀愛，她媽媽感到很高興。

➡ 獨立分詞構句並沒有連接詞、疑問詞、或者代名詞引導。

（一）名詞子句

　　名詞子句，顧名思義，就是在句中充當名詞作用的子句。名詞子句又分為主詞子句、受詞子句、主詞補語子句和同位語子句這四大類。

❶ 主詞子句

　　主詞子句就是充當句子的主詞的子句，可用在句首，也可用在句尾。

（1）主詞子句的引導詞。

　　① 引導詞 that。

It's true that the place is rich in iron mine.
這個地方盛產鐵礦是真的。

➡ that 引導主詞子句時，一般用虛主詞 it 來代替真正的主詞，真正的主詞即 that 引導的子句。

That **the woman has a high degree is important.**
這位女士有高學歷很重要。

➡ that 也可用在句首引導主詞子句，這時 that 不能省略。

is important.
很重要。

That the woman has a high degree
這位女士有高學歷
（that 引導主詞子句）

② 引導詞 whether。

Whether you want to join us or not is up to you.
你是否想加入我們取決於你。

➡ whether 常和 or not 連用。

It doesn't matter whether she will sign the contract.
她是否簽署合約並不重要。

➡ whether 引導的主詞子句也可以用 it 來作虛主詞。

It doesn't matter
這不重要

whether she will sign the contract.
她是否簽署合約。
（whether 引導主詞子句）

③ 引導詞 what。

What they did has nothing to do with me.
他們做的事情和我無關。

➡ what 引導的主詞子句常用在句首。

④ 引導詞 how、when、where、why。

How to finish the order is not my concern.
怎樣完成訂單不是我關心的問題。

When the bank adjusts the interest rate is unknown.
銀行什麼時候調整利率還不知道。

⑤ 引導詞 whatever、whichever、whoever。

Whatever you give him is no use.
無論你給他什麼都沒用。

Whichever pair of shoes that suits you is sold out.
無論是哪一雙適合你的鞋，它們全都賣出去了。

is sold out.
它們全都賣出去了。

Whichever pair of shoes that suits you
無論是哪一雙適合你的鞋，
（whichever 引導主詞子句）

（2）主詞子句的常用句型。

主詞子句常用虛主詞開頭，再將真正的主詞往後放。

① 「It + be 動詞 + 名詞 + that 引導的子句」。

It's a pity that you weren't employed.
可惜的是，你沒有被雇用。

It's a great surprise that you came back suddenly.
你突然回來是一個很大的驚喜。

② 「It + be 動詞 + 形容詞 + that 引導的子句」。

It's strange that no one is at home.
沒有人在家，真是奇怪。

It's great that you get your new identity card.
妳拿到新身分證真是太好了。

It's great
真是太好了

that you get your new identity card.
妳拿到新身分證。
（that 引導主詞子句）

③ 「It + be 動詞 + 過去分詞 + 主詞子句」。

It's said that they have contacted the local government.
據說他們已經和當地政府取得了聯繫。

2 受詞子句

受詞子句是跟在動詞之後或者受詞之後的子句。受詞子句的引導詞有:

① 引導詞 that。

The guide told us (that) Paris is one of the most worthwhile places to go.
導遊告訴我們巴黎是最值得去的地方之一。

➡ that 引導受詞子句時可以省略。

I think (that) a candle is enough to illuminate the whole room.
我認為一支蠟燭足以照亮整個房間。

★ **全面突破860分必考文法** ★   660   760   860

it 作虛受詞的用法。

① 某些動詞後接受詞子句時,it 被置於子句前。

這類動詞主要有 take、hate、have、offer、teach、pay、show、end、hand⋯⋯等。

I hate it that you don't have a sense of responsibility.
我討厭你沒有責任感。

② 某些動詞後有受詞補語時,it 可置於補語之前充當受詞子句的虛受詞,真正的受詞則放在最後。

這類動詞主要有 make、think、consider、feel、find⋯⋯等。

I think it necessary that you have to enroll in a fitness class.
我認為你們必須報名健身課程。

I think it necessary
我認為是必須的

that you have to enroll in a fitness class.
你們必須報名健身課程。
(真正的受詞)

---

② 引導詞 if 和 whether。

I wonder if / whether you can do me a favor.
我不知道你能不能幫我個忙。

➡ if 和 whether 引導受詞子句時，多數情況下可互換。

You'd better make sure if / whether there is such a commodity in the market.
你最好確定一下市場上是否有這種商品。

★ **全面突破860分必考文法** ★　660　　760　　860

if 和 whether 不能互換的情況：

① whether 和 or not 連用時，不能把 whether 替換為 if。

Let me know whether you are free or not.
讓我知道你有沒有空。

② 受詞子句可置於句首，不能把 whether 替換為 if。

Whether he is rich or not **is not the family's concern.**
他是否富有並不是這個家庭的考量。

③ 引導不定詞結構時，不能把 whether 替換為 if。

I haven't thought about whether to go abroad.
我還沒想過是否要出國。

④ 受詞子句位於介系詞之後，不能把 whether 替換為 if。

It depends on whether you will give up the plan.
這取決於你是否會放棄這個計畫。

⑤ 受詞子句位於及物動詞 discuss 後，不能把 whether 替換為 if。

They are discussing whether they should compensate us.
他們正在討論他們是否應該賠償我們。

CHAPTER 04 子句

③ 引導詞 what、who、whom。

I know what you are going to say.
我知道你要說什麼。

We have decided who will be the next director.
我們已經決定了誰是下一任總裁。

④ 引導詞 how、when、where、why。

Someone asked the judge when to sit.
有人問法官什麼時候開庭。

➡疑問副詞也可引導<u>不定詞結構</u>。

I won't tell you where they are holding the party.
我不會告訴你他們在哪裡舉辦派對。

where they are holding the party
他們在哪裡舉辦派對
（where 引導受詞子句）

3 主詞補語子句

主詞補語子句是跟在 be 動詞或連綴動詞之後的子句，是對主詞的性質、狀態或特徵做出說明的子句。主詞補語子句的引導詞如下：

① 引導詞 that。

The trouble is that we don't have enough raw materials.
麻煩的是我們沒有足夠的原料。

➡ that 引導主詞補語子句時，不可省略。

It seems that she has come out of grief.
她似乎已經從悲傷中走出來了。

➡主詞補語子句通常位於 be 動詞或連綴動詞之後，seem 是連綴動詞。

It seems
她似乎

that she has come out of grief.
已經從悲傷中走出來了。
（that 引導主詞補語子句）

② 引導詞 whether。

The question is whether you can repair the computer in an hour.
問題是你能否在一個小時內修好電腦。

➡ whether 引導主詞補語子句，不能替換為 if。

③ 引導詞 as if 和 as though，表「好像、似乎、彷彿」。

It looks as if it is going to snow.
看起來好像要下雪了。

It looks as though the man is in charge of the department.
看起來這個人似乎負責這個部門。

It looks
看起來

as though the man is in charge of the department.
這個人似乎負責這個部門。
（as though 引導主詞補語子句）

④ 引導詞 who、whose、whom、which、what。

This is whom I talked with yesterday.
這是我昨天與之談話的人。

⑤ 引導詞 when、how、where、why、because。

That is why I chose to give up the surgery.
那就是我選擇放棄做手術的原因。

That is where the wild animals find food.
那就是那些野生動物覓食的地方。

★ 全面突破860分必考文法 ★　660　　760　　860

主詞補語子句的特殊情況：

① 主詞是 reason，主詞補語子句只能由 that 而非 because 來引導。

The reason why the plant died was that it lacked water.
這種植物死去的原因是它缺乏水分。

② That is why... 側重指因為某個原因而造成的結果，而 That is because... 側重指造成結果的原因。

That is why this commodity stopped production.
那就是這種商品停產的原因。

★ 側重結果。

That is because young people are full of vigor.
那是因為年輕人充滿了朝氣。

★ 側重原因。

③ 表示建議、勸告、命令等名詞可用來作主詞,而這類名詞作主詞時,
子句的動詞的形式為「should + 原形動詞」,而且 should 可以省略。

His suggestion is that we (should) get there one hour in advance.
他的建議是我們提前一個小時到達那裡。

4 同位語子句

同位語子句是對前面的名詞的內容作出說明的子句,名詞如 advice、idea、demand、fact、hope、information、promise、order、question、problem、request、suggestion、word、wish、truth 等都可以作同位語子句中的名詞。

同位語子句的引導詞:

① 引導詞 that。

His suggestion that we should raise money **got everyone's approval.**
他讓我們募集資金的建議得到了大家的認可。

➡ suggestion 的內容就是 we should raise money。

I have gotten the message that we will cooperate.
我已經得到了消息,我們即將合作。

➡ message 的內容就是 we will cooperate,而 that 引導同位語子句時不可省略。

I have gotten the message.

that that we will cooperate.
我們即將合作。
（that 引導同位語子句）

② 引導詞 whether。

Are you still discussing the question whether you should hold a party?

你們還在討論是否應該舉辦派對的問題嗎？

➡ question 的內容就是 whether you should hold a party。

③ 引導詞 what、whatever、who、whoever、whom、which。

I have no idea what I should do to ask for her forgiveness.

我不知道怎麼做才能請求她的原諒。

➡ idea 的內容就是 what I should do to ask for her forgiveness。

what I should do to ask for her forgiveness
怎麼做才能請求她的原諒
（what 引導同位語子句）

④ 引導詞 how、when、where、why。

I have no idea when a baby can have milk.

我不知道嬰兒什麼時候可以喝奶。

➡ idea 的內容就是 when a baby can have milk。

Please answer my question why you didn't accept his confession.

請回答我的問題，你為什麼不接受他的表白。

➡ question 的內容就是 why you didn't accept his confession。

（二）形容詞子句

　　形容詞子句是在句中起形容詞作用的子句，也就是修飾名詞、代名詞或主句的子句。形容詞子句通常修飾的是表示人或物的名詞、代名詞以及表示事物的主句。如 He is the headmaster who has thick beard.（他就是有濃密鬍子的那位校長。）其中 who 是引導形容詞子句的關係詞。

1 關係代名詞引導的形容詞子句

（1）**修飾人的關係代名詞引導的形容詞子句。**

① 這類關係詞有 who、whom、that，而 who 在形容詞子句中作主詞，whom 作受詞，that 兼作主詞和受詞。

She is the singer whom / that my parents like.
她就是我父母喜歡的那位歌手。

➡ whom / that 是子句的受詞。

Did you see a man who is in a black suit?
你看見一位穿黑色西裝的男子了嗎？

➡ who 是子句的主詞。

a man who is in a black suit
穿黑色西裝的男子

② whom 和 that 在形容詞子句中用作受詞時，可省略。

I never heard of the person you talked about just now.
我從沒聽過你剛才談論的那個人。

Don't be jealous of David the teachers always praise.
不要嫉妒總是被老師們表揚的大衛。

（2）**修飾物的關係代名詞引導的形容詞子句。**

① 這類關係代名詞有 which、that。

Mrs. Smith is on a diet that is helpful for her to lose weight.
史密斯夫人正在節食，那有助於她減肥。

a diet that is helpful for her to lose weight
有助於她減肥的飲食

② which 和 that 在形容詞子句中用作受詞時，可省略。

This is the toy (which / that) I bought for my nephew.
我就是我為我侄子買的玩具。

I got the ginger (which / that) you put in the soup.
我吃到了你放進湯裡的薑。

（3）whose 引導的形容詞子句。

whose 既可指人的，又可指物的。

There is a cup on the table whose handle is broken.
桌子上有一個杯子，它的握把壞了。

I haven't seen the foreign teacher whose eyes are blue.
我從沒見過那位藍眼睛的外籍老師。

（4）修飾時間、地點和原因的關係代名詞引導的形容詞子句。

這類關係代名詞主要有 when、where 和 why。

I don't know the time when this tree blooms.
我不知道這棵樹開花的時間。

Do you know the city where there are a lot of old buildings?
你知道那座有很多古老建築的城市嗎？

Can you give me the reason why you didn't show up?
你能給出你沒有出面的原因嗎？

★ 全面突破860分必考文法 ★　　660　　　　　760　　　　　860

when、where 和 why 和介系詞的用法。

They were forced to find all the materials in three months, during which they all got hurt.
他們被迫在三個月內找到所有的材料，在這期間他們都受傷了。

★ when 相當於 on / in / during which。

It's the basket in which there is a small cat.
就是在這個籃子裡有一隻小貓。

★ where 相當於 in / at / on which。

Maybe your partner knows the reason for which they canceled the investment.
也許你的搭檔知道他們取消投資的原因。

★ why 相當於 for which。

2 形容詞子句和同位語子句的比較

（1）that 引導形容詞子句和同位語子句的不同。

關係代名詞 that 引導形容詞子句，that 在子句中作主詞或受詞；從屬連接詞 that 引導同位語子句 （名詞子句的一種），that 在子句中不作組成句子的要素。

You should wash your face with warm water that is helpful.

你應該用溫水洗臉，那很有幫助。

➡ that 在子句中作主詞，是形容詞子句。

Your suggestion that I should wash face with warm water **is really helpful.**

你讓我用溫水洗臉的建議真的有幫助。

➡ that 在子句中不作組成句子的要素，是同位語子句。

warm water that is helpful
有幫助的溫水
（that 在子句中當主詞）

your suggestion that I should wash face with warm water
你讓我用溫水洗臉的建議
（that 在子句中不當任何要素）

（2）when、where 和 why 引導形容詞子句和同位語子句的不同。

when、where 和 why 在引導的形容詞子句中並不強調疑問的成分，而在引導的同位語子句中則強調疑問的部分。

I still remember your campus where there are many cherry trees.

我仍然記得你們的校園，那裡有很多櫻花樹。

➡ where 修飾 campus，不強調疑問，是形容詞子句。

The problem when human can move to other planets **has been bothering scientists.**

人類什麼時候可以遷居其它星球，這個問題一直困擾著科學家。

➡ when 強調「人類遷居其它星球的時間」，是同位語子句。

（3）形容詞子句和同位語子句的先行詞有所不同。

形容詞子句可以修飾整個句子，而同位語子句只能對名詞作出解釋。

He never passed math, which is why he hates math.

他的數學從沒及格過，這是他討厭數學的原因。

➡ 形容詞子句可以修飾整個主句。

The fact that someone was mistaken has been public.

有人錯了，這個事實已經公開了。

➡ 同位語子句只能修飾前面的名詞。

（三）副詞子句

副詞子句是在句中起副詞作用的子句，主要有八個類別，即時間副詞子句、地方副詞子句、條件副詞子句、原因副詞子句、結果副詞子句、目的副詞子句、讓步副詞子句和情態副詞子句。副詞子句在複合句的句首時，一般用逗號與主句隔開；如果位於句尾，則不用逗號。

1 時間副詞子句

（1）when、while 和 as 引導的時間副詞子句。

①when 引導的時間副詞子句中的動詞可以是延續性動詞和瞬間動詞。

When I passed the corner, I saw them fighting.

當我路過街角的時候，我看見他們在打架。

➡ 子句中動詞是瞬間動詞，表瞬間動作。

When the monkey is two years old, it will be sent into the forest.

當這隻猴子兩歲的時候，牠會被送進森林裡。

➡ 子句中的動詞是延續性動詞。

②while 引導的時間副詞子句中的動詞只能是延續性動詞。

While we were sleeping, they broke into our house.

我們在睡覺的時候，他們潛入了我們的房子。

➡ sleep 需要過程和時間，是延續性動詞。

While you are playing volleyball, he is answering a call.

你在打排球的時候，他在接電話。

➡ playing volleyball 需要過程和時間，是延續性動詞。

While you are playing volleyball,
你在打排球的時候，
（while 接延續性動詞）

he is answering a call.
他在接電話。

③ as 引導的時間副詞子句中的動詞可以是延續性動詞和瞬間動詞。

I was having dinner as the fire happened.
火災發生的時候我正在吃飯。

➡ 瞬間動詞表瞬間動作。

My mother is cooking as my father is watching TV.
我媽媽在做飯，爸爸在看電視。

➡ 延續性動詞表延續性動作。

★ 全面突破660分必考文法 ★　660　　760　　860

引導詞互換的情況：

① when 和 while 互換。

時間副詞子句的動詞是延續性動詞，而且主句和子句的動作在同一時間進行，那麼 when 和 while 可以互換。

She feels upset when / while the cat is on her bed.
當那隻貓在她的床上時，她感到很煩躁。

★ cat is on her bed 表狀態的延續性動作。

② when 和 as 互換。

時間副詞子句的動詞是瞬間動詞，而且主句和子句的動作在同一時間進行，那麼 when 和 as 可以互換。

There was a car accident when / as the car turned right.
那輛車向右轉時發生車禍。

★ the car turned right 表動作的瞬間動詞。

（2）before 和 after 引導的時間副詞子句。

① 主句的動作先發生，before 引導的時間副詞子句後發生。

I will do nothing before the order comes.

命令傳來之前我什麼也不會做。

➡ 主句是一般未來式，子句是一般現在式。

They had left before it rained.

他們在下雨之前就離開了。

➡ 主句是過去完成式，子句是一般過去式。

先離開   後下雨

They had left before it rained.
他們在下雨之前就離開了。

② 主句的動作後發生，after 引導的時間副詞子句先發生。

I had lunch after I finished writing the report.

寫完報告我才吃午餐。

➡ have lunch 後發生，finish writing the report 先發生。

They had a drink in the bar after they had the meeting.

他們開會後在酒吧裡喝了一杯。

➡ they have a drink 後發生，they have the meeting 先發生。

先開會   後喝酒

They had a drink in the bar after they had the meeting.
他們開會後在酒吧裡喝了一杯。

（3）until 和 till 引導的時間副詞子句。

這兩者經常可互換。

The lion kept roaring until / till it saw its child.

直到那隻獅子看見了牠的孩子之前，牠一直在咆哮。

The grounds weren't **dry** until the sun came out.
直到太陽出來之前，地面一直沒乾。

➡ 當主句中有否定詞時，子句通常只用 until 來引導，而不用 till。

（4） since 引導的時間副詞子句。

① since 引導的時間副詞子句常和現在完成式連用。

I have been looking for you since you were missing.
你失蹤後我一直在找你。

➡ 子句是一般過去式，主句是現在完成進行式。

I've taken over most of your work since you resigned.
自從你辭職，我接手了你大部分的工作。

➡ 子句是一般過去式，主句是現在完成式。

② since 還常用在「It has been + 一段時間 + since 子句」的句型中。

It has been three months since you got hurt in the game.
自從你在比賽中受傷以來已經三個月了。

It has been two weeks since the necklace was bought.
距離買這條項鍊已經兩週了。

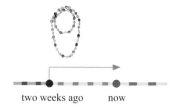

two weeks ago　　　 now

It has been two weeks since the necklace was bought.
距離買這條項鍊已經兩週了。

引導時間副詞子句的其它情況：

① 除了 as soon as 外，the minute、hardly...when、no sooner...than、the moment、directly 等詞也可以表示「一……就……」。

Hardly had we entered the house when our youngest son ran towards us.
我們一進屋，我們最小的兒子就向我們跑來。

★ hardly 用在句首時，要用部分倒裝，when 後的子句不用倒裝；相同用法的還有 no sooner... than。

②以 time 結尾的連接詞如 every time、last time、by the time、any time 等也可以引導時間副詞子句。

By the time I knew the news, they had divorced.
我知道消息的時候，他們已經離婚了。

★ by the time 引導的時間副詞子句常用一般過去式，而主句則用過去完成式。

❷ 地方副詞子句

（1）where 引導的地方副詞子句。

①where 引導的普通地方副詞子句。

Can you take me where there is the sea?
你能把我帶到有大海的地方嗎？

You'd better not smoke where there is the sign "No Smoking".
你最好不要在有「禁止吸煙」標語的地方吸煙。

②where 引導的特殊地方副詞子句。

Where there are stars, there are fans.
有明星的地方就有粉絲。

➡「where + 地方副詞子句，（there）+ 主句」，該句型通常被譯為「哪裡有……哪裡就有……」。

Where there are people, there's a dispute.
有人的地方就有紛爭。

Where there are people, there's a dispute.
有人的地方就有紛爭。
（where 引導地方副詞子句）

（2）anywhere、wherever 引導的地方副詞子句。

I believe you can have a good future wherever you are.
我相信無論你在哪裡都可以前程似錦。

I took pictures wherever I went.
我在每一個去的地方都拍了照。

❸ 條件副詞子句

（1）if 引導的條件副詞子句，表「如果」。

① if 引導的條件副詞子句的動詞只能用一般現在式或者現在完成式，不能用其它時態。主句一般用一般現在式、一般未來式或者祈使句。if 引導的條件副詞子句可在主句之前，也可在主句之後。

If you don't work hard, **you will have no money to live the life you want.**
如果你不努力工作，你就沒錢過你想要的生活。

➡ if 引導的條件副詞子句是一般現在式，主句是一般未來式。

★ **全面突破760分必考文法** ★   660   760   860

if 引導的條件副詞子句的時態用法：

① 條件副詞子句表示可能，主句用一般未來式。

If he doesn't punish you, **you will be very lucky.**
如果他不懲罰你，你就是非常幸運了。

★ 有兩種可能，懲罰和不懲罰。

② 條件副詞子句表示事實，主句常用 can / might / may。

If it doesn't rain, **we can go boating.**
如果不下雨，我們可以去划船。

★ 這種情況下，子句通常用一般現在式，主句也是一般現在式。

③ 條件副詞子句表示一個將要發生的或者預示要發生的事情。

If there is a fire, **people will be in panic.**
如果有火災，人們就會慌亂。

★ 這種情況下，子句通常用一般現在式，主句通常用一般未來式。

④ 條件副詞子句用一般現在式，主句用情態動詞 must 或 should。

If they want to get married, **the man must buy a house.**
如果他們想結婚，男方必須要買房子。

---

② if 引導的條件副詞子句，主句用一般未來式，子句則為一般現在式。if 引導的受詞子句要根據具體的情況來確立時態。if 在條件副詞子句中意為「如果」，在受詞子句中意為「是否」。

If you have a good sales performance, you'll be promoted.
如果你的銷售業績不錯，你就會升職。

➡ 該句是 if 引導的條件副詞子句，主句是一般未來式，子句是一般現在式。

The father wonders if his son brushed his teeth this morning.
這個爸爸想知道他的兒子今天早上是否刷牙了。

➡ 該句是 if 引導的受詞子句，子句中有明顯的時間詞 this morning，所以子句要用一般過去式。

CHAPTER 04 子句

The father wonders
這個爸爸想知道

if his son brushed his teeth
this morning.
他的兒子天早上是否刷牙了。

（2）unless 引導的條件副詞子句，表「除非」。

I won't tell anyone about your secret unless you ask me to.
除非你讓我說出去，不然我不會把你的祕密告訴任何人。

Water has no taste unless you put something in it.
水沒有味道，除非你往裡面添加一些東西。

★ 全面突破760分必考文法 ▶ 660   760   860

unless 相當於 if... not，可互換。

① **I don't want to eat out unless you stand the treat.**
除非你請客，不然我不想在外面吃飯。

② **I don't want to eat out if you don't stand the treat.**
如果你不請客，我就不想在外面吃飯。

（3）as long as 和 so long as 引導的條件副詞子句，表「只要……」。

I'll pay you back as long as I have money.
只要我有錢我就還你。

He pays so long as we're dating.
只要我們約會，都是他買單。

（4）only if 引導的條件副詞子句，表「只有在……的情況下」。

only if 引導的條件副詞子句通常位於句首表示某種現實情況，主句要倒裝，而子句不須要倒裝。

Only if **they tell me when they arrive can I pick them up.**
只有他們告訴我抵達時間，我才能去接他們。

Only if **you water the flower once a day can it grow.**
只有每天幫這花澆一次水，它才能生長。

（5）if only 引導的條件副詞子句，表「要是……多好」。

if only 引導的條件副詞子句一般表示感嘆或假設條件。

If only **we didn't get married.**
要是我們沒有結婚就好了。

If only **I knew someone who is generous.**
要是我認識慷慨的人就好了。

（6）on condition（that）、provided（that）、 providing（that）、supposing（that）等引導的條件副詞子句，表「如果、假如」。

I'll give you a raise on condition that **you win an order within one month.**
如果你在一個月內拿到訂單，我就為你加薪。

Provided that **your price is fair, we will consider the cooperation.**
如果你們的價格很公道，我們會考慮合作的事。

4 原因副詞子句

（1）because 引導的原因副詞子句。

because 可回答 why 提出的問題，有最強的語氣，解釋人們所不知的緣由。

She always drinks honey water because it's good for her skin.
她總是喝蜂蜜水因為那對皮膚很好。

He was worried because his car broke down.
因為他的車子故障了，他很擔心。

He was worried
他很擔心，

because his car broke down.
因為他的車子故障了。
（because 引導原因副詞子句）

（2）as 和 since 引導的原因副詞子句。

as 和 since 一般引導人們已知原因的原因副詞子句。

① as 引導的原因副詞子句多放在句首，語氣較弱。

As winter is coming, **it's time to buy scarves, hats and gloves.**
由於冬天要來了，是時候買圍巾、帽子和手套了。

As you're hurt, **you don't have to come to work.**
因為你受傷了，不必來上班。

② since 表示對方已經得知的原因。

Since you can't do it, **I will give you a hand.**
既然你不會做，我就幫你一把。

Since they're not in the office, **let's call.**
既然他們不在辦公室，我們就打電話吧。

（3）for 引導的原因副詞子句。

because 引導的原因副詞子句位於句首，後加逗號與主句隔開；若位於句中則不須逗號，because 和 for 可以互換。若是對某種情況推斷出的原因，那麼不能用 because，只能用 for。

They bought a villa with a garden because / for she liked flowers.
他們買了有花園的別墅，因為她喜歡花。

The project must have failed for his face was serious.
這項專案肯定失敗了，因為他的表情很嚴肅。

➡ 表推測，不能用 because。

（4）now that 和 in that 引導的原因副詞子句。

now that 意為「既然」，in that 意為「因為」。

You should ask for a leave now that **you're sick.**
既然你病了，你應該請假。

They objected to his scheme in that **it required huge investment.**
他們反對他的方案，因為那需要巨額投資。

5 結果副詞子句

（1）so... that... 引導的結果副詞子句，表「如此……以至於」。

① 「so + 形容詞 / 副詞 + that 子句」。

She is so young and beautiful that many young men want to marry her.
她是如此年輕貌美以至於很多年輕男士都想娶其為妻。

He runs so fast that no one can catch up with him.
他跑得如此快以至於沒有人趕得上他。

② 「 so + 形容詞 + a / an + 名詞單數 + that 子句」。

It is so lovely a dog that the little girl has been touching it all the time.
這隻狗如此可愛以至於小女孩一直在摸牠。

It is so sour an apple that I doubt it can be eaten.
這顆蘋果很酸，以至於我懷疑它無法下嚥。

③ 「so + much / little + 不可數名詞 + that 子句」。

They got so little time that they had to stay up late.
他們的時間如此稀少以至於他們必須熬夜。

so sour an apple
蘋果很酸

There is so much money in her pocket that you don't have to worry about her.
她口袋裡有這麼多錢，你不必為她擔心。

④ 「so + many / few + 名詞複數 + that 子句」。

I saw so many colorful sweets that I was dazzled.
我看到這麼多五顏六色的糖果以至於眼花撩亂。

I have so few story books that I have to buy.
我有這麼少的故事書，以至於我必須再買。

★ 全面突破760分必考文法 ★ 660 ——— 760 ——— 860

① so 與 much、little、many、few 這類表數量的詞形成了固定用法，因此 so 不能被 such 代替。

There are so many leaves on the ground that it takes them a long time to clean.
地上有這麼多落葉以至於他們花費了很長時間來打掃。

② 結果副詞子句的主詞和主句的主詞一致，那麼可以用 so as to 來代替結果副詞子句。

They are quite busy so as to forget to have dinner.
他們相當忙碌以至於忘記要吃晚餐。

CHAPTER 04 子句

（2）such... that... 引導的結果副詞子句，表「如此……以至於」。

　　① 「such + a / an + 形容詞 + 名詞 + that 子句」。

　　　There is such a strange boy on the street that everyone is watching him.
　　　大街上有一個很奇怪的男孩，大家都在看他。

　　　There is such a fragile bottle in the box that I have to be careful.
　　　箱子裡有一個如此易碎的物品，我不得不小心。

6 目的副詞子句

（1）so that 引導的目的副詞子句，表「如此……以至於」。
　　只能將 so that 引導的目的副詞子句置於主句之後，而且子句中一般會使用情態動詞 can、could、will、would、may、might……等。

He walked fast so that he could finally get rid of the stalker.
他走得如此快速以至於終於能擺脫跟蹤者。

I prepared many medicines so that I could prevent a cold.
我準備了很多藥，因此得以預防感冒。

★ 全面突破860分必考文法 ★ 660   760   860

---

so that 和 so... that 的比較：

① so that 引導的副詞子句既可以是目的副詞子句，也可以是結果副詞子句。

The dish was very salty so that I drank a lot of water.
菜非常鹹以至於我喝了很多水。
★ 表結果。

The wild geese are flying south so that they will spend a warm winter.
大雁正在向南飛，牠們將度過一個溫暖的冬天。
★ 表目的。

② so... that 只引導結果副詞子句。

He was so tired that he fell asleep while standing up.
他太累了，以至於站著睡著了。

（2）in order that 引導的目的副詞子句，表「以便……，為了……」。

Clients are suggested to book a single room with bathroom in order that they can take a hot bath.
建議客人應該訂一間單人套房以便洗熱水澡。

➡ in order that 和 so that 一般可互換，只是 so that 常用在一般場合，in order that 常用在正式場合。

You should go to bed early so that you can have dewy skin.
你應該早點睡，以便擁有水潤肌膚。

（3）in case、for fear that、lest 引導的目的副詞子句，表「以免、以防、以備」。
in case、for fear that、lest 引導的目的副詞子句的動詞要用虛擬語氣，即「should + 原形動詞」的結構，should 可省略。

Don't leave the child alone in case he should be missing.
別讓孩子一個人，以免他失蹤。

The teacher encouraged him lest he should lose heart.
老師鼓勵了他一番，以防他灰心。

⑦ 讓步副詞子句

（1）though 和 although 引導的讓步副詞子句，表「儘管」。

在引導讓步副詞子句時，though 和 although 都可以和 still 連用，但不能和 but 連用。

Though / Although they didn't have much money, they still planned a perfect activity.
儘管他們沒有很多經費，他們還是策劃了一場完美的活動。

Though / Although he is young, we can't underestimate his ability.
儘管他很年輕，我們不能小看他的能力。

Though / Although he is young,
儘管他很年輕，
（though 和 although 引導讓步副詞子句）

we can't underestimate his ability.
我們不能小看他的能力。

（2）as 和 though 引導的讓步副詞子句，表「雖然、儘管」。

as 和 though 引導的讓步副詞子句，可以將作為主詞補語和副詞的形容詞、副詞、分詞、實義動詞置於句首，造成倒裝子句。

Though / As the suitcase is a small one, it can hold all your luggage.
➡ **Small though / as the suitcase is, it can hold all your luggage.**
雖然這個行李箱很小，它卻裝得下你所有的行李。
➡ 主詞補語前的不定冠詞在主詞補語被提前至句首時可以省略。

Though / As he would try another time, the game had ended.
➡ **Try another time though / as he would, the game had ended.**
雖然他想再試一次，但是比賽已經結束了。

（3）even if 和 even though 引導的讓步副詞子句，表「即使」。

Even though they weren't the lead roles, their performance was wonderful.
即使他們不是主角，表演也很精彩。

Even if they sell their house, **they can't pay the debt.**
即使他們把房子賣了，也無法償還債務。

（4）whether... or not **引導讓步副詞子句，表「無論……都……」。**

Whether you believe it or not, **I'll go abroad.**
無論你信不信，我要出國了。

Whether the coat is expensive or not, **I'll take it.**
無論這件外套貴不貴，我都要買。

（5）**「no matter + 疑問詞」和「疑問詞 + -ever」引導的讓步副詞子句。**

no matter + 疑問詞	疑問詞 + -ever	中文翻譯
no matter what	whatever	無論什麼
no matter where	wherever	無論在哪
no matter which	whichever	無論哪一個
no matter who	whoever	無論是誰
no matter how	however	無論如何
no matter when	whenever	無論何時

No matter which book you like, **I'll send it to you.**
無論你喜歡哪一本書，我都會把它送給你。

➡「no matter + 疑問詞」可用「疑問詞 + -ever」替換，兩者皆可引導讓步副詞子句。

Whenever I ask him for help, **he agrees.**
無論何時我找他幫忙，他都答應。

8 情態副詞子句

（1）as **引導的情態副詞子句，表「按照；像……一樣」。**

Eventually, they did as the boss said.
最終，他們按照老闆所說的那樣做了。

I don't want to become a teacher as my friends are.
我不想像我的朋友們那樣成為一名老師。

（2）as if 和 as though **引導的情態副詞子句，表「好像，就像」。**

as if 和 as though 引導的情態副詞子句的動詞一般要用假設語氣。表示與現在情況相反，子句要用一般過去式。

She treats me as if I were her sister.
她待我就像對待妹妹一樣。

He looks upset as though he had a problem.
他看起來很苦惱，好像他遇到了難題一樣。

★ 全面突破860分必考文法 ★　　660　　　　760　　　　860

① （just） as... so 引導的情態副詞子句位於句首，表「正如、就像」，so 前要加逗號。

As we can't live without nature, so **we can't live without money.**
就像我們活著離不開大自然，我們也離不開金錢。

As we can't live without nature,
就像我們活著離不開大自然，

so **we can't live without money.**
我們也離不開金錢。

② （just） as... so 有時可以和「... is to... what... is to...」互換。

Dignity is to us what food is to animals.
尊嚴之於我們就像食物之於動物。

dignity

Dignity is to us
尊嚴之於我們

what **food is to animals.**
就像食物之於動物。

CHAPTER **04** 子句

二、獨立分詞構句

獨立分詞構句由如 when、if、because、after、before 等引導的副詞子句轉變而來，獨立分詞構句的主詞與主句的主詞不同。如 It raining, I didn't go out for a walk.（正在下雨，所以我沒有外出散步。）。

❶ 獨立分詞構句的特點

（1）獨立分詞構句和主句之間沒有連接詞，只是用逗號隔開。

The boss coming, **everyone is encouraged to work harder.**
老闆來了，每個人都被激勵地更認真工作。

Housework done, **we went shopping.**
家事做完，我們就去購物了。

（2）獨立子句的邏輯主詞和主句的不同。

Their house to be decorated, **they have to rent an apartment.**
他們的房子要裝修了，他們不得不租了一間公寓。
➡ 獨立子句的邏輯主詞是 their house，而主句的主詞是 they。

The last class over, **students left the classroom.**
最後一堂課結束了，學生們離開了教室。
➡ 獨立子句的邏輯主詞是 the last class，而主句的主詞是 students。

❷ 獨立分詞構句的構成

（1）「名詞 / 代名詞 + 名詞」，第一個名詞多用作邏輯主詞，第二個名詞多用作邏輯主詞補語。

They now a successful team, **many companies are willing to work with them.**
他們現在是一個成功的團隊，很多公司願意和他們合作。
➡ 獨立子句的邏輯主詞是 they，主句的主詞是 companies。

There are four glasses of juice on the table, most of them sweet ones .
桌上有四杯果汁，大多數是甜的果汁。

（2）「名詞 / 代名詞 + 現在分詞」，表主動和正在進行。

Conditions permitting, I will visit you.
條件允許的話，我會去拜訪你。

➡ 表主動。

Someone watching, the thief dared not to steal from an old man.
有人在看著，這個小偷不敢向一位老人下手。

➡ 表正在進行。

（3）「名詞 / 代名詞 + 過去分詞」，表被動和完成。

His head lowered, he didn't see the expression on his wife's face.
他把頭低下去了，沒有看到妻子臉上的表情。

➡ 表完成。

The equipment improved, the production efficiency increased.
設備完善了，生產效率提高了。

➡ 表被動。

（4）「名詞 / 代名詞 + 不定詞」，表將來發生的動作。

These flowers to be planted, they need a lot of water.
要種這些花，他們需要很多水。

He left, his work to be handed over to Mike.
他離開了，他的工作要被移交給麥可。

（5）「名詞 / 代名詞 + 形容詞」，表性質、特徵或狀態。

He left the manager's office room, his face black.
他離開了經理的辦公室，臉色鐵青。

➡ 表狀態。

The machine cheap, they bought 2,000 at a time.
這種機器很便宜，他們一次購買了兩千台。

➡ 表特徵。

（6）「名詞 / 代名詞 + 副詞」，表性質、特徵或狀態。

The TV off, we began to have dinner.
電視關了，我們開始吃晚飯。

➡ 表狀態

Someone in, they decided not to enter right now.

有人在，他們決定不馬上進去。

➡ 表狀態。

（7）「名詞 / 代名詞 + 介系詞片語」，多表狀態。

The baby fell asleep, many tears on her face.

嬰兒睡著了，臉上有很多淚。

➡ 表眼淚在臉上的狀態。

The hostess entered the house, her shoes off.

女主人進了屋，鞋子脫了。

➡ 表鞋子脫下來的狀態。

The hostess entered the house,
女主人進了屋，

her shoes off.
鞋子脫了。
（表狀態）

★ 全面突破860分必考文法 ★　　660　　　760　　　860

獨立子句的特殊構成：

① 獨立分詞構句由介系詞 with 或 without 引導，作副詞。

The butcher came, with a knife in his hand.
屠夫來了，手裡拿著一把刀。

② 獨立分詞構句中含有 being。

There being a shelter, they avoided the storm.
有一個遮蔽處，因此他們閃避了暴風雨。

❸ 獨立分詞構句的用法

　　獨立分詞構句在句中通常用作副詞，相當於一個副詞子句，表某一動作發生的時間、原因、條件、伴隨以及狀態等。

（1）作伴隨副詞。

The young gentleman entered the hall, his eyes on a beautiful girl.
年輕的紳士走進大廳，他的眼睛注視著一位漂亮的女孩。

The policeman stood there, his hair messy.
員警站在那裡，他的頭髮凌亂。

（2）作時間副詞。

Samples passing through the quality inspection, **they started mass production.**
樣品通過質量檢查之後，他們開始大量生產。

Everyone being here, **the meeting is to begin.**
所有人都到了，會議就要開始了。

（3）作原因副詞。

The weather bad, **their travel plan fell through.**
天氣不好，他們的旅行計畫泡湯了。

The phone dead, **he couldn't get in touch with his family.**
手機沒電了，所以他無法和家人聯繫。

（4）作條件副詞。

Time permitting, **she will make a present by herself.**
如果時間允許，她會親手做一個禮物。

➡ Time permitting 可以用作 If time permits。

Weather allowing, **I often go out for a walk.**
天氣允許的話，我會經常外出散步。

➡ Weather allowing 可用作 If weather allows。

4 獨立分詞構句和分詞片語、不定詞片語

獨立分詞構句有自己的主詞，而分詞片語沒有主詞，通常被視為一種固定用法。

（1）獨立分詞片語的分類。

① 獨立分詞片語。

英文	中文翻譯	英文	中文翻譯
generally speaking	一般而言	frankly speaking	坦白說
judging by	根據……判斷	strictly speaking	嚴格來說
judging from	從……判斷	generally considering	一般認為

Generally speaking, these people are pragmatic.
總體來說，這些人都很務實。
➡ Generally speaking 常用在句首，是一個獨立分詞片語，沒有邏輯主詞。

Frankly speaking, I don't think it's a good idea.
坦白說，我認為這不是一個好主意。
➡ Frankly speaking 常用在句首，是一個獨立分詞片語，沒有邏輯主詞。

② 不定詞片語。

英文	中文翻譯	英文	中文翻譯
to tell you the truth	說實話	to be short	簡言之
to be honest	老實說	to be sure	確實
to be frank	坦白說	to put it mildly	委婉來說
to cut a long story short	長話短說	to make matters worse	更糟的是
to sum up	總之		

To be honest, we have a lot of debt.
老實說，我們欠了很多債。
➡ To be honest 常用在句首，是一個不定詞片語，沒有邏輯主詞。

To make matters worse, we don't have much cash.
更糟的是，我們的現金不多了。
➡ To make matters worse 常用在句首，是一個不定詞片語，沒有邏輯主詞。

（2）區分獨立分詞構句和獨立分詞片語。

獨立成分，即分詞、分詞片語和不定詞片語，其主詞和句子的主詞一樣；獨立分詞構句的主詞和句子的主詞不一樣。

The little girl was beaten by her mother, crying all the time.

小女孩被媽媽打了，一直在哭。

➡ 沒有主詞，分詞或分詞片語作伴隨副詞。

The little girl was beaten by her mother, her crying not stopped.

小女孩被媽媽打了，她的哭聲沒有停止。

➡ 邏輯主詞是 her crying 和句子的主詞 little girl 不一樣，是獨立分詞構句。

CHAPTER 04 子句

★ M E M O ★

CHAPTER 05 | 被動語態 Passive Voice

被動語態：是動詞的某種形式，用來說明主詞和動詞之間的關係，它說明主詞是動作的承受者。被動語態是由 be 動詞和及物動詞的過去分詞片語組成的，一般把動作的執行者省去。如果想強調動作的執行者，要借助介系詞 by 來表示。

被動語態的分類：

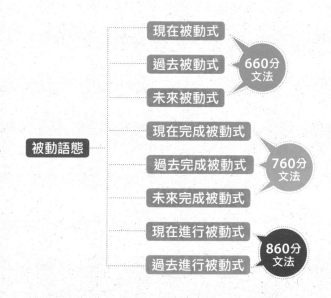

被動語態
- 現在被動式
- 過去被動式
- 未來被動式
> 660分 文法

- 現在完成被動式
- 過去完成被動式
- 未來完成被動式
> 760分 文法

- 現在進行被動式
- 過去進行被動式
> 860分 文法

一、現在被動式

> 660分 文法

構成：「am / is / are + 過去分詞」。

I am invited to her house by the hostess.
我被女主人邀請去她家作客。

The door is opened by John.
門被約翰打開了。

The child is amused by me.
這個小孩被我逗笑了。

They are criticized by the headmaster.
他們被校長批評了。

Come to my house party.

now

二、過去被動式

660分
文法

構成：「was / were + 過去分詞」。

The student was sent to a boarding school.
這個學生被送到了一所寄宿學校。

My plan was rejected by the department manager.
我的方案被部門經理否決了。

The patient was saved by the most famous doctor of this hospital.
這位病人被這家醫院最著名的醫生救活了。

These books were donated by us to Project Hope.
這些書被我們捐給希望工程。

Your plan is not good enough.

past　　　　now

my plan was rejected
我的方案被否決了

CHAPTER 05 被動語態

三、未來被動式

660分
文法

構成：「will / shall be + 過去分詞」或者「am / is / are going to be + 過去分詞」。

Our library will be cleaned by the cleaner.
我們的圖書館將會被清潔工打掃。

The data will be put into the computer by Lisa tomorrow morning.
這些資料將在明天早上被麗莎輸入電腦。

This document will be kept by my secretary.
這份檔案將會被我的祕書保管。

The meeting will be cancelled by the chairman.
這次會議將被董事長取消。

now　　　　future

四、現在完成被動式

760分
文法

構成：「has / have been + 過去分詞」。

The computer has been put on the table by the salesman.
這台電腦已經被售貨員放在桌上。

past　　　　now

His keys have been found **by George.**
他的鑰匙已經被喬治找到了。

The air conditioner has been repaired **by the repairman.**
空調已經由修理工人修好了。

Tom has been woken **up by his mother.**
湯姆已經被他媽媽叫醒了。

五、過去完成被動式

760分
文法

構成：「had been + 過去分詞」。

The phone had been used **by the man for two hours before I asked him to hang up.**
在我請那個人掛斷電話以前，電話已經被他使用了兩個小時。

the man started to
use the phone

I asked him
to hang up

Many pictures had been drawn **by the artist till last week.**
到上週為止，這位畫家已經畫了許多幅畫。

I heard that the building had been demolished.
我聽說那棟大廈已經被拆除。

Five thieves had been sent **to prison by the police until yesterday evening.**
到昨天晚上為止，已經有五名小偷被警察送進監獄。

六、未來完成被動式

760分
文法

構成：「will / shall have been + 過去分詞」。

His book will have been published **by next Tuesday.**
他的書將在下週二前出版。

By the end of next month, the meeting room will have been built.
下個月月底之前，這間會議室就會被蓋好了。

By this time tomorrow, the design will have been modified **by him.**
明天的這個時候，他就已經改好設計方案了。

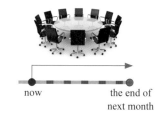

now

the end of
next month

By the end of next year, he shall have been elected **the president.**
明年年底之前,他應該已經被選為總統。

★ 全面突破760分必考文法 ★   660   760   860

一般過去未來式的被動語態是「would be + 過去分詞」。而過去未來完成式的被動語態是「would have been + 過去分詞」。

① **He assured us that the idea he came up with** would be adopted **by the manager.**
他向我們保證,他提出的想法將被經理採用。

② **The technician told me the computer** would be put **in my study.**
技師告訴我電腦會被放在我的書房裡。

③ **It's said that Linda** would have been dismissed **by next week.**
據說琳達在下週之前將會被解雇。

④ **I heard that his paper** would have been finished **by next Sunday.**
我聽說他的論文將在下週日前完成。

CHAPTER 05 被動語態

七、現在進行被動式

860分
文法

構成:「am / is / are being + 過去分詞」。

The flowers are being watered **by Mr. White.**
懷特先生正在澆花。

The story is being told **by the boy.**
這個男孩正在講故事。

Some sentences are being translated **by me.**
我正在翻譯一些句子。

The golf clubs are being carried **by the man.**
這個人正在揹著高爾夫球桿。

now

八、過去進行被動式

構成：「was / were being + 過去分詞」。

The dinner was being prepared **by my wife at that time.**
當時，我的妻子正在準備晚飯。

The corns were being harvested **by the farmer this time yesterday.**
昨天的這個時候，這個農民正在採收玉米。

The homework was being done **by my brother this time last Friday.**
上週五的這個時候，我弟弟正在寫作業。

The contract was being discussed **by them at that time.**
當時他們正在討論那個合約。

（一）情態動詞 + 過去分詞

如果主動語態中含有「情態動詞 + 原形動詞」，那麼在改為被動語態時，情態動詞不須改變，而主動語態中的原形動詞要改為「be + 過去分詞」，如下表所示：

主動語態	被動語態
have / had to V	have / had to be + 過去分詞
can / could V	can / could be + 過去分詞
may / might V	may / might be + 過去分詞
must do	must be + 過去分詞
shall / should V	shall / should be + 過去分詞
ought to V	ought to be + 過去分詞
will / would V	will / would be + 過去分詞

We have to prevent **the transmission of the disease.** （主動語態）
我們必須預防這種疾病的傳染。

➡ **The transmission of the disease** has to be prevented **by us.** （被動語態）
這種疾病的傳染必須要被我們預防。

They must pick up **the foreigner at the airport.** （主動語態）
他們現在必須去機場接那個外國人。

➡ **The foreigner** must be picked up **at the airport by them.** （被動語態）
 那個外國人在機場，現在必須被他們接走。

We should stay **away from the wild animals.** （主動語態）
我們應該遠離那些野生動物。

➡ **The wild animals** should be stayed **away from.** （被動語態）
 那些野生動物應該被遠離。

You ought to care **about your parents.** （主動語態）
你應該關心你的父母。

➡ **Your parents** ought to be cared **about.** （被動語態）
 你的父母應該被關心。

（二）be 動詞 + 過去分詞

1 「主詞 + 動詞 + 間接受詞 + 直接受詞」

（1）把指人的間接受詞放在句首充當主詞。

Her mother taught her Korean. （主動語態）

➡ **She** was taught **Korean by her mother.** （被動語態）
 她的媽媽教她學韓語。

Susan's husband promised her a romantic wedding. （主動語態）

➡ **Susan** was promised **a romantic wedding by her husband.** （被動語態）
 蘇珊的丈夫承諾給她一個浪漫的婚禮。

Sarah bought me a pair of sunglasses. （主動語態）

➡ **I** was bought **a pair of sunglasses by Sarah.** （被動語態）
 莎拉買給我一副太陽眼鏡。

His friend gave us a surprise. （主動語態）

➡ **We** were given **a surprise by his friend.** （被動語態）
 他的朋友給了我們一個驚喜。

（2）把指物的直接受詞放在句首充當主詞，但間接受詞中經常由相應的介系詞 to、for、of **搭配使用**，在英文中可以省略 to。

His roommate bought a comic book for him.（主動語態）

➡ **A comic book** was bought for **him by his roommate.**（被動語態）
= **He** was bought **a comic book by his roommate.** （被動語態）
他的室友給他買了一本漫畫書。

The manager offers some advice to me.（主動語態）

➡ **Some advice** is offered to **me by the manager.**（被動語態）
= **I** am offered **some advice by the manager.**（被動語態）
經理為我提供了一些建議。

2「 主詞 + 動詞 + 受詞 + 受詞補語」

（1）把主動語態的受詞放在句首充當主詞，把受詞補語充當被動語態的主詞補語。

They elected me the president of student union.（主動語態）

past   now

➡ **I** was elected **the president of student union by them.** （被動語態）
他們選我當學生會主席。

He thinks the trainee mature.（主動語態）

➡ **The trainee** is thought **mature by him.** （被動語態）
他認為那名實習生很成熟。

（2）一些使役動詞和感官動詞，例如 hear、see、watch、make、notice、observe、listen to 等在主動語態中後面接原形動詞作受詞補語。但在被動語態中，要在原形動詞之前加上 to。

Lucy heard some strangers talk with her neighbor.（主動語態）

➡ **Some strangers** were heard to **talk with Lucy's neighbor.**（被動語態）
露西聽見了一些陌生人在和她的鄰居說話。

Bill saw his wife enter a hotel.（主動語態）

➡ **Bill's wife** was seen to **enter a hotel.** （被動語態）
比爾看見他的妻子進了一家旅館。

The teacher made me buy an airplane model.（主動語態）

➡ **I** was made to **buy an airplane model by the teacher.** （被動語態）
老師讓我買一個飛機模型。

3 祈使句

（1）肯定形式的祈使句，它的被動語態的結構是「Let + 受詞 + be 過去分詞」。

Park your car in the underground garage.（主動語態）

➡ **Let your car be parked in the underground garage.** （被動語態）
把你的車停到地下車庫。

Please put these books on the shelf.（主動語態）

➡ **Let these books be put on the shelf.** （被動語態）
請把這些書放到書架上。

Turn down the TV in the living room.（主動語態）

➡ **Let the TV in the living room be turned down.** （被動語態）
把客廳裡的電視聲音調小一點。

（2）否定形式的祈使句，它的被動語態結構是「Don't + let + 受詞 + be + 過去分詞」或者是「Let + 受詞 + not be + 過去分詞」。

Don't miss the first interview.（主動語態）

➡ **Don't let the first interview be missed.**（被動語態）
= **Let the first interview not be missed.** （被動語態）
不要錯過第一次面試。

Don't lie to your heart.（主動語態）

➡ **Don't let your heart be lied.**（被動語態）
= **Let your heart not be lied.** （被動語態）
不要欺騙你的內心。

Don't affect my mood.（主動語態）

➡ **Don't let my mood be affected.**（被動語態）
= **Let my mood not be affected.** （被動語態）
不要影響我的心情。

Don't let my mood be affected.

4 受詞子句

（1）主動語態中的受詞子句內容不變，被動語態中用先行詞 it 當被動語態的虛主詞，在語法上，主動語態中的受詞子句變成了被動語態中後置的主詞子句。

They believed that the weather in Mexico would become warmer and warmer. （主動語態）
他們認為，墨西哥的天氣會變得愈來愈暖和。

➡ It is believed that **the weather in Mexico would become warmer and warmer.** （被動語態）
大家相信，墨西哥的天氣會變得愈來愈暖和。

We think that Peter is the most hard-working man in our company. （主動語態）
我們認為，彼得是我們公司最努力工作的人。

➡ It is thought that **Peter is the most hard-working man in our company.** （被動語態）
大家認為，彼得是我們公司最努力工作的人。

Peter
彼得

（2）把受詞子句的主詞直接改成被動語態的主詞，子句的動詞部分改成不定詞片語。

We believe that his new book will sell well. （主動語態）
我們相信他的新書會很暢銷。

➡ **His new book** is believed to **sell well.** （被動語態）
他的新書被相信會很暢銷。

The manager said that the company would hold a tug of war. （主動語態）
經理說，公司將要舉辦一場拔河比賽。

➡ **The company** was said to **hold a tug of war.** （被動語態）
據說，公司將要舉辦一場拔河比賽。

❺ 一些特殊結構

（1）固定的動詞片語組成的被動語態。

一些由不及物動詞和介系詞或者副詞等組成的、具有固定用法的動詞片語，它相當於及物動詞，後面可以接受詞。這些動詞片語變成被動語態時，不及物動詞和介系詞或者副詞是一個整體，不能分開或者省略。

常用的動詞片語有：

英文	中文翻譯	英文	中文翻譯
arrive at	到達	deal with	處理
attend to	處理	get rid of	去除
come up with	提出，想到	make for	補償
look after	照顧	put off	延後
pick up	撿起	make fun of	取笑
turn off	關掉	put up with	容忍、忍受

Linda should attend to some urgent business.（主動語態）
琳達須要處理一些緊急的事務。

➡ **Some urgent business should** be attended to **by Linda.**（被動語態）
一些緊急的事務須要琳達處理。

Zack often takes care of his sick brother.（主動語態）
柴克經常照顧他生病的哥哥。

➡ **Zack's sick brother** is often taken care of **by Zack.**（被動語態）
柴克生病的哥哥經常被柴克照顧。

Zack's sick brother is often taken care of
柴克生病的哥哥經常被照顧

（2）主動語態中含有「be going to V」和「be to V」的結構。

這種情況在改為被動語態時，要用「be going to + be + 過去分詞」和「be to + be + 過去分詞」。

Jimmy is going to host this graduation ceremony.（主動語態）
吉米將會主持這次畢業典禮。

⇒ **This graduation ceremony** is going to be hosted **by Jimmy.** （被動語態）
這次畢業典禮將會由吉米主持。

The manager is going to arrange the content of the meeting. （主動語態）
經理將會安排這次會議的內容。

⇒ **The content of the meeting** is going to be arranged **by the manager.** （被動語態）
這次會議的內容將會被經理安排。

They are to visit the orphans in the afternoon. （主動語態）
他們下午要去孤兒院探望那些孤兒。

⇒ **The orphans** are to be visited **by them in the afternoon.** （被動語態）
下午那些孤兒將會被他們探望。

（3）雙重被動結構。

在「動詞 +（sb）+ 不定詞」結構中，也就是「to + 及物動詞 + 受詞」，不定詞結構中的受詞，一般是動詞的動作承受者和不定詞中及物動詞的動作承受者。在改為被動語態時，一般將這個受詞放在句首充當主詞，然而原句中的動詞和後面的不定詞，都要用作被動結構，也就是所謂的雙重被動結構。

Everyone wants to learn some communication skills. （主動語態）
每個人都想學習一些溝通技巧。

⇒ **Some communication skills** are wanted to be learned. （被動語態）
想要學習一些溝通技巧。

People needed to apply for the housing allowance. （主動語態）
人們須要申請住宿津貼。

⇒ **The housing allowance** was needed to be applied for. （被動語態）
有人須要申請住宿津貼。

Someone asks to buy some cold medicine from the drugstore. （主動語態）
有人要求從藥店買來一些感冒藥。

⇒ **Some cold medicine** is asked to be bought **from the drugstore.** （被動語態）
有人要求從藥店買來一些感冒藥。

cold medicine is asked
to be bought
要求買感冒藥

★ MEMO ★

CHAPTER
05
被動語態

CHAPTER 06 強調句、倒裝句、省略句
Emphatic Sentence, Inverted Sentence and Elliptical Sentence

強調句：它是一種修辭手法，用來強調句子中的某個部分。
倒裝句：把句子原來的順序顛倒，也就是主詞跟動詞顛倒。
省略句：省略句子的某些部分，使之簡單明瞭。

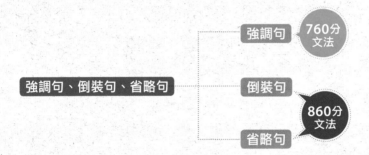

一、強調句

760分
文法

　　強調句，是為了表達自己的意願或者感情而用的一種形式。它可以通過很多方式來強調對句子的某個部分。

1 強調句的組成

（1）強調句的基本句型。

　　「It is / was + 被強調部分 + that + 其他要素」，在這個句型中，被強調的句子部分只能是子句中的主詞、受詞和副詞。It 在句中用來引出被強調的部分，沒有實際意義。

It was a pearl necklace that his wife bought in the jewelry shop last week.（強調的是受詞）
上週他的妻子在珠寶店買的是一條珍珠項鍊。

It was 　 that...
是

a pearl necklace
一條珍珠項鍊

It was Mary that / who turned on the lamp in the bedroom last night. （強調的是主詞）
昨天晚上是瑪麗打開了臥室的檯燈。

It is Henry that / who will take part in the English speech contest. （強調的是主詞）
將會參加那個英語演講比賽的是亨利。

It was a very special café that Lisa went to yesterday afternoon.
（強調的是受詞）
昨天下午麗莎去的是一家很特別的咖啡館。

It was at the new restaurant that we had dinner. （強調的是地點副詞）
我們是在那家新開的餐廳吃晚餐的。

It was the day before yesterday that Michael went to the bar.
（強調的是時間副詞）
麥可是前天去酒吧。

（2）強調句的一些特點。

想要知道一個句子是否是強調句，可以去掉句子中的 it、be、that，然後把被強調的部分還原到原來的位置。如果剩餘的部分是一個完整的句子，那麼該句子就是強調句。如果不是一個完整的句子，那麼該句子就不是強調句。

It was my roommates that / who **went hiking with me last weekend.**

➡ **My roommates went hiking with me last weekend.** （還原被強調部分後，
是一個完整的句子）
上週末是我的室友和我一起去遠足。

It was the day before yesterday that **John left Hong Kong.**

➡ **John left Hong Kong the day before yesterday.** （還原被強調部分後，是
一個完整的句子）
約翰是在前天離開香港的。

It was his new neighbor that / who **he just quarreled with.**

➡ **He just quarreled with his new neighbor.** （還原被強調部分後，是一個完整的句子）
他剛才在和他的新鄰居在吵架。

It was
是

that...

his new neighbor
他的新鄰居

It is the third room upstairs that **he cleaned yesterday.**

➡ **He cleaned the third room upstairs yesterday.** （還原被強調部分後，是一個完整的句子）
他昨天打掃的是樓上的第三個房間。

It is a pity that **Tom can't come to my birthday party.**

➡ **A pity Tom can't come to my birthday party.**
（去掉 it is 和 that 後不是一個完整的句子，所以原句不是強調句，是主詞子句）
遺憾的是湯姆不能來參加我的生日聚會。

（3）強調句要注意的一些重點。

① 在強調句型「It is / was... that...」中，句子的開頭只能是 it，不能是其他指示代名詞 that、this 或者是 there 等。

It is next Sunday that Hank will go to India. （是強調句）
漢克將要在下週日去印度。

This is the briefcase that his fiancée sent to him. （不是強調句）
這個公事包是他的未婚妻送給他的。

That is the watch that Tina bought last week. （不是強調句）
那隻手錶是蒂娜上週買的。

There is some shredded paper that can be seen on the ground. （不是強調句）
在地上能看到的是一些碎紙片。

② 強調句的連接詞常用的是 that，如果被強調部分是人時，也可以用 who。但如果被強調部分是時間副詞或者地點副詞時，不能用 when 或者 where，只能用 that。

It was <u>Cindy</u> that / who bought an umbrella on the rainy day. （強調的是人）

在那個下雨天是辛蒂買了一把雨傘。

It was
是

that / who...
（強調的是人，用 that 或 who）

Cindy
辛蒂

It was <u>an old man</u> on crutches that / who I helped on the road last week. （強調的是人）

上週我在馬路上幫助的是一位拄著拐杖的老人。

It was the <u>on the rainy day</u> that Cindy bought an umbrella.
（強調的是時間副詞）

辛蒂是在那個下雨天買了一把雨傘。

It was <u>on the road</u> that I helped an old man on crutches last week. （強調的是地點副詞）

上週我是在馬路上幫助了一位拄著拐杖的老人。

③ 在強調句型中，不管被強調部分是人還是物，是單數還是複數，it 後面只能接單數動詞 is 或者 was，不能接 are 或者 were。使用 it 還是 was 要根據動詞的時態來決定。

It was a little child that got lost at Time's Square last night.

昨天晚上是一個小孩在時代廣場迷路了。

It is a lovely dog that my mother will give me.

我媽媽將要送給我的是一隻可愛的小狗。

It is
是
（it 後面只能接單數動詞）

that...

a lovely dog
一隻可愛的小狗

It was some gifts that Eric brought from Japan.

艾瑞克從日本帶回來的是一些禮物。

④ 如果被強調部分是人稱代名詞，在強調主詞時要用主格形式，連接詞可以用 that 或者 who；在強調受詞時用受格形式，連接詞可以用 that，也能用 who 或者 whom。

It is I that / who always water the flowers. （強調的是主詞）
我就是那個總是澆花的人。

It was she that / who opposed my travel plan. （強調的是主詞）
是她反對了我的旅行計畫。

It was
是

she
她
（強調主詞時，用主格形式）

that / who...

It is you that / who must take care of your parents and sister.
（強調的是主詞）
必須照顧你父母和你妹妹的人是你。

It is him that / who / whom the head teacher always criticizes.
（強調的是受詞）
班主任總是批評的就是他。

⑥ 在強調句型中，如果被強調部分是主詞，在 that 後面的動詞在單複數的形
式上要和主詞保持一致。

It is his mother that / who sends him to school every day.
是他的媽媽每天送他去上學的。

It is her grandparents that / who wake her up every morning.
是她的爺爺奶奶每天早上叫她起床的。

It is those birds that sing in the trees every summer.
是那些小鳥每年夏天在樹上唱歌。

It is the chef that / who cooks great meals.
煮出美味餐點的是那位廚師。

It is
是

the chef
那位廚師
（主詞是第三人稱單數）

that / who cooks...
煮出……
（cook 用第三人稱單數動詞 cooks）

❷ 非強調句型的強調結構

（1）「not until...」結構表示的強調句。

在含有 not until 強調句中，引導時間副詞時，not until 不能分開，句子結構為「It is / was not until... that...」，that 後面接的句子必須用陳述句的肯定形式。

It is not until Tom comes back that I know this accident.
直到湯姆回來，我才知道這場事故。

It is not until the bell rings that those boys leave the classroom.
直到鈴聲響起，那些男孩子們才離開教室。

It was not until twenty years old that Ella knew her parents were divorced.
直到艾拉二十歲，才知道她的父母離婚了。

It was not until Mary told me that I found myself in the hospital.
直到瑪麗告訴我，我才發現自己在醫院裡。

It was not until I saw her that I knew she had a fever.
直到我看見她，我才知道她發燒了。

（2）用「助動詞 do / does / did + 原形動詞」可以表示強調。

We did pay the rent on time.
我們確實是按時繳清了房租。

Sarah does care about you.
莎拉的確很關心你。

You did put a lot of effort into your dreams.
你的確為你的夢想付出了很多的努力。

Do remember to send e-mails to me when you get to Iraq.
當你到達伊拉克的時候，一定要寄電子郵件給我。

Do turn off the TV when you leave home.
你離開家裡的時候一定要關電視。

（3）用重複表示強調。

Why? Why? My computer crashed again!
為什麼？為什麼？我的電腦又當機了！

Why? Why? My computer crashed again!

CHAPTER **06** 強調句、倒裝句、省略句

The student made the mistake again and again.
這個學生一遍又一遍地犯錯。

Jasmine sang the song over and over.
賈斯敏反復地唱著這首歌。

He waits for his daughter to go home day after day.
他日復一日地等著他的女兒回家。

（4）用形容詞和副詞表強調。

形容詞 last、single、such、very、only⋯⋯ 等修飾名詞和形容詞，用 badly、carefully、happily、hardly、really 等以 -ly 結尾的副詞修飾動詞，用來加強句子的語氣。

Emma is the only **person that I hate.**
艾瑪是唯一一個我討厭的人。

This is the last **test paper.**
這是最後一張試卷。

John is such **a successful businessman.**
約翰是如此成功的一名商人。

Tony is reviewing his lessons carefully.
湯尼正在認真地複習功課。

He really **cares about your life and your studies.**
他真的很關心你的生活和學業。

（5）倒裝句來表示強調語氣。

Not until Tina **told me did I know they got married.** （強調人物）
直到蒂娜告訴我，我才知道他們結婚了。

In the river **are many turtles.** （強調地點）
河裡有很多烏龜。

Only in this way **can our society become more and more harmonious.** （強調方式）
只有這樣，我們的社會才會變得愈來愈和諧。

Three times **have I seen the film.** （強調頻率）
這部電影我已經看過三遍了。

（6）用破折號和粗體字也能表示強調語氣。

This is my employee—the most responsible employee. （強調程度）
這是我的員工──最負責任的員工。

Betty and Tony are on a trip—the honeymoon trip. （強調性質）
貝蒂和湯尼在旅行──蜜月旅行。

There will be an English speech contest next Thursday**.** （強調時間）
下週四有一場英語演講比賽。

I'll be waiting for you at the cinema gate on Saturday**.** （強調地點）
週六我會在電影院門口等你。

（7）if 引導的子句表示強調。

① 「if 子句 + it be 主句」，把要強調的內容放在 it be 的後面，把剩餘的內容放在 if 引導的子句中。

If there is a man Emma wants to help, it is Eric.
如果艾瑪想要幫助一個人的話，那個人就是艾瑞克。

If there was one sentence I must say to Tom, it was "I am so sorry."
如果我必須對湯姆說一句話，那就是：「對不起。」

If...
如果……

it was "I am so sorry."
那就是：「對不起。」

If anyone can help me deal with this problem, it is my mother.
如果有人可以幫助我解決這個問題，那個人就是我的媽媽。

② 「if 子句 + 主句」，主句可以用「nobody does /（is / has……）、everybody does /（is / has……）」等來代替。

If you can't be elected the class leader, I don't know who else can.
如果你不能被選為班長，我不知道還有誰能當選。

If you can work out the problem, everybody can.
如果你可以解決這個問題，那麼每個人都可以。

If John is a handsome man, everybody is.
如果約翰是一個帥氣的男人，那麼每個人都是。

If Kate is a careless girl, nobody is careful.
如果凱特是一個粗心的女孩，那麼就沒有細心的人了。

（8）強調句的疑問句形式。

① 強調句的一般疑問句形式，句型結構為：「Was / Is it + 被強調部分 + that / who + 其他要素」。

Was it **this sweater** that **you wore yesterday?**
這件毛衣是你昨天穿的那件嗎？

Is it **the girl** whom **you want to make a proposal?**
這就是你想求婚的那個女孩嗎？

Was it **Brian** that / who **is enjoying the sunshine?**
正在享受陽光的那個人是布萊恩嗎？

② 強調句的特殊疑問句形式，句型結構為：「被強調部分的相應疑問詞 + is / was + it + that + 其他要素」。

What is it that **you will buy on Sunday?**
你星期天要去買什麼東西？

Where was it that **you travelled last year?**
去年你是去哪裡旅行了？

When was it that **you married with the Korean?**
你是什麼時候和那個韓國人結婚的？

★ 全面突破660分必考文法 ★　660　　　　　760　　　　　860

介系詞片語 at all、in the world、on earth 一般用在疑問句中，用來加強語氣，也可以表示強調。

① **Who does he want to give the movie tickets to** at all**?**
他究竟想把電影票給誰？

② **How could you go to the countryside** in the world**?**
你到底是怎麼去農村的？

③ **What** on earth **do you want to buy?**
你究竟想買什麼？

二、倒裝句

倒裝句就是把原來的句子結構順序變換，也就是動詞在前，主詞在後，這就叫做倒裝語序句，它可以用來表示特定的句意，也可以表示強調，或者是平衡句子的結構。倒裝句可以分為部分倒裝和完全倒裝。

1 部分倒裝

部分倒裝也叫做半倒裝，它是把動詞的一部分，比如助動詞或者情態動詞放在主詞的前面。如果句子的動詞沒有助動詞或者情態動詞，就要用助動詞 do / does / did 放在主詞的前面。

（1）把否定詞 barely、few、hardly、little、never、no、not、rarely、seldom 等放在句首，一般表示部分倒裝。

Hardly had the teacher praised him.
老師很少表揚他。

Never has Helen seen such a stubborn man
海倫從未見過這樣固執的人。

Seldom does Bob go to Shanghai by plane.
鮑勃很少坐飛機去上海。

Seldom does　　　　　go to Shanghai by plane.
　　　　　　　　　　坐飛機去上海。

Bob
鮑勃很少

（2）把 no more（也不）、no longer（不再）、nowhere（無處），放在句首，一般表示部分倒裝。

No more is Kate fond of painting than Alice is.
凱特和愛麗絲都不喜歡畫畫了。

No longer does Tom work here.
湯姆已經不在這裡工作了。

Nowhere can Bill see such a moving scene.
比爾到哪裡都看不到這麼感人的場景。

（3）把 by no means（絕不）、on no account（絕不可）、on no condition（絕不）、in / under no circumstances（無論如何都不）、in no case（無論如何不）、in no way（絕不），放在句首時，一般表示部分倒裝。

By no means **should you agree with Tom.**
無論如何，你都不能同意湯姆的觀點。

In no way **should you quarrel with your grandparents.**
無論怎樣，你都不該和你的爺爺奶奶吵架。

In / Under no circumstances **should you go to the night club alone.**
無論如何，你都不能獨自去夜店。

（4）把 not until 放在句首，主句倒裝，子句不倒裝。

Not until **the telephone rang did Mark leave home.**
直到電話鈴聲響起，馬克才離開家。

Not until **my son came home did I begin to cook.**
直到我的兒子回到家，我才開始做飯。

Not until **we called him did he promise to go to Japan with us.**
直到我們打給他，他才答應和我們一起去日本。

★ **全面突破660分必考文法** ★　660　　　　　760　　　　　860

如果 not until 不是放在句首，就用正常的語序，不須要倒裝。那麼以上的句子就可以改為：

① **Mark did**n't **leave home** until **the telephone rang.**
直到電話鈴聲響起，馬克才離開家裡。

② **I did**n't **begin to cook** until **my son came home.**
直到我的兒子回到家，我才開始做飯。

③ **He did**n't **promise to go to Japan with us** until **we called him.**
直到我們打給他，他才答應和我們一起去日本。

（5）把 not a（一個……也沒有）、not for a minute / moment（一點也不）、not in the least（一點也不），放在句首時，一般是表示部分倒裝，但除了 not a 後面的名詞作主詞時不用倒裝。

Not for a minute / moment **did he object to our vacation in Hawaii.**
他根本不反對我們去夏威夷度假。

Not for a minute / moment **did they care about my life.**
他們根本就不關心我的生活。

Not in the least **did his workmate want to travel abroad.**
他的同事一點也不想出國旅行。

（6）把副詞 only 放在句首，修飾副詞或者受詞時，一般需要部分倒裝。

Only **then was the successful man willing to share his happiness with me.**
只有那時候，那個成功的人才願意和我分享他的快樂。

Only **in her garden can we see such beautiful roses.**
只有在她的花園裡，我們才可以看到這麼漂亮的玫瑰花。

Only **then did Henry want to call me.**
只有那時候，亨利才想打電話給我。

Only **then**
只有那時候

did Henry want to call me.
亨利才想打電話給我。

★ 全面突破660分必考文法 ★ 660　　　760　　　860

當副詞 only 放在句首，如果是修飾主詞，就不需要倒裝。

① Only **the reporter was born in New York.**
只有那位記者出生於紐約。

② Only **Judy can persuade the child to go to bed.**
只有茱蒂可以說服這個小孩去睡覺。

③ Only **Michael would believe me.**
只有麥可會相信我。

④ Only **Gina is willing to be my partner.**
只有吉娜願意當我的搭檔。

（7）「so + be 動詞 / 助動詞 / 情態動詞 + 主詞」和「neither / nor + be 動詞 /
助動詞 / 情態動詞 + 主詞」，是比較常見的部分倒裝。前者表示「和前
面的肯定情況相同」，後者表示「和前面的否定情況相同」。

Tina is fond of collecting the stamps. So am I.
蒂娜喜歡集郵。我也是。

Maggie went to the cinema last Friday. So did Tom.
瑪姬上週五去了電影院。湯姆也去了。

My mother isn't a surgeon. Neither / Nor is my father.
我的媽媽不是一名外科醫生。我的爸爸也不是。

John doesn't like the Japanese writer. Neither / Nor does his
girlfriend.
約翰不喜歡那個日本作家。他的女友也不喜歡。

★ 全面突破860分必考文法 ★　660　　　760　　　860

「so + 主詞 + be 動詞 / 助動詞 / 情態動詞」，意為「的確如此、就是這
樣」。

① **He is a famous astronaut.** So he is.
他是一個著名的太空人。的確如此。

② **His wife bought a lot of strawberries yesterday.** So she did.
他的妻子昨天買了很多草莓。的確如此。

③ **The manager asked Alice to revise the contract.** So she did.
經理要求愛麗絲去修改這個合約。她就去修改了。

（8）在含有「not only... but also...」的句型中，not only 後面的句子要部分
倒裝，but also 後面的句子不倒裝，句子結構為：「not only + 動詞 + 主
詞 + 其他要素 + but（also）+ 主詞 + 動詞 + 其他要素」。

Not only can Linda speak Japanese, **but she** also **speaks Spanish.**
琳達不但會說日語，而且還會說西班牙語。

Not only are they neighbors, **but they** also **are workmates.**
他們不但是鄰居，而且還是同事。

Not only does David like fairy tales, **but he** also **likes scary stories.**
大衛不但喜歡童話故事，而且他還喜歡恐怖故事。

①當 not only... but (also) 在連接兩個主詞時，動詞的單複數形式要遵守「就近原則」，也就是動詞的單複數形式取決於和它最近的主詞，而且 not only 和 but also 後面的名詞或代名詞的數要保持一致。

Not only Tina but also Emma is a nurse.
不只蒂娜，艾瑪也是一名護士。

Not only he but also his brother went to the amusement park.
不只他，他的哥哥也去遊樂園了。

②當 not only 沒有放在句首時，句子要用陳述語序，而且 not only 和 but also 連接的是兩個對等的要素。

Emily is not only an actress but also a singer.
艾蜜莉不僅是一名演員，還是一名歌手。

Tony is not only patient, but also responsible.
湯尼不僅有耐心，而且還有責任心。

2 完全倒裝

完全倒裝，也叫做全部倒裝，它是把句子中的動詞放在主詞前面，一般用於一般現在式和一般過去式。

（1）**表示地點的介系詞片語放在句首，並且後面跟不及物動詞 be、come、exist、lie、live、stand 等，一般用完全倒裝。**

On the shelf are my brother's books.
書架上是我弟弟的書。

On the shelf
書架上
（表示地點的介系詞片語放句首）

are my brother's books.
是我弟弟的書。
（完全倒裝）

From the classroom came a burst of applause.
教室裡傳來了一陣掌聲。

In front of the garden lies a big stone.
花園的前面有一塊大石頭。

（2）表示地點、方向和時間的副詞放在句首時，一般用完全倒裝。

Down **jumped the elvish boy from the bicycle.**
那個淘氣的男孩從自行車上跳了下來。

Now **comes Tina's turn.**
現在輪到蒂娜了。

Surprise!

Here **is a surprise for Joan.**
這是給瓊的驚喜。

（3）直接引語放在句首時，一般用完全倒裝。

"What I said is important," said the doctor.

➡ **The doctor said, "What I said is important."** （正常語序）
醫生說：「我說的話很重要。」

"Where on earth do you want to travel?" asked his parents.

➡ **His parents asked, "Where on earth do you want to travel?"** （正常語序）
他的父母問：「你到底想要去哪裡旅行？」

"Keep quiet," shouted our teacher.

➡ **Our teacher shouted, "Keep quiet!"** （正常語序）
我們的老師喊道：「保持安靜！」

（4）there be 句型也要用完全倒裝。

There are **several comic books on the table.**
桌子上有幾本漫畫書。

There is **a single bed in Ella's bedroom.**
艾拉的臥室裡有一張單人床。

There is **a parrot on that tree.**
那棵樹上有一隻鸚鵡。

當 there 放在句首，動詞是 come、happen to be、seem、seem to be、stand、lie、live、occur、used to be 等，也要用完全倒裝。注意動詞須跟著主詞的單複數變化。

① **There sits a frog.**
那裡坐著一隻青蛙。

There sits
那裡坐著

a frog.
一隻青蛙。

② **There live many Africans in this village.**
在這個村子裡住著很多非洲人。

（5）當擬聲詞 bang、click、fizz、meow、tick-tock 等放在句首時，要用完全倒裝。

Bang broke the vase.
砰地一聲花瓶打碎了。

Meow cries a white cat.
喵地一聲一隻白色的貓叫了。

Click closes the door of the bedroom.
碰地一聲臥室的門關了。

（6）主詞補語放在句首時，也要用完全倒裝。它的句子結構為：「主詞補語 + 繫動詞 + 主詞 + 其他要素」。

① 「形容詞 + 繫動詞 + 主詞」。

Mature was the man in his teenage years.
這個人在他的青少年時期是成熟的。

Present at the graduation ceremony were the teachers and the students of our school.
出席那場畢業典禮的有我們學校的老師和學生。

Successful is the deal.
這次交易是成功的。

② 「過去分詞 + 繫動詞 + 主詞」。

Left has the successful businesswoman.
這位成功的女商人已經離開了。

Finished has the graduation thesis.
畢業論文已經完成了。

Awake has been the child.
這個小孩已經醒來了。

③ 「介系詞片語 + 繫動詞 + 主詞」。

On the ground are some watermelons.
地上有一些西瓜。

Out of the window is an enchanting prairie.
窗外是一片迷人的草原。

On the ground are colorful paper bags.
地上是彩色的紙袋。

On the ground are
地上是

colorful paper bags.
彩色的紙袋。

3 四種句型的倒裝

（1）陳述句。

陳述句一般都用的是正常語序，但是在某種情況下，為了強調和渲染氣氛、或者是句子結構的需要，又或者是上下文的意思銜接，就要使用倒裝。

① 主動倒裝。

There comes the last bus.
末班公車來了。

➡ The last bus comes.（正常語序）

There are many wild animals in the primitive forest.
原始森林裡有很多野生動物。

➡ Many wild animals are in the primitive forest.（正常語序）

there are
有

many wild animals
很多野生動物

② 受詞倒裝。

Not any mistakes did Mark make in this experiment.

在這次實驗中，馬克沒有犯任何錯誤。

➡ Mark didn't make any mistakes in this experiment.（正常語序）

An English dictionary **did the freshman borrow from the library.**

這個大一新生從圖書館借了一本英文字典。

➡ The freshman borrowed an English dictionary from the library.（正常語序）

③ 主詞補語倒裝。

On his desk **is a story book.**

他的課桌上是一本故事書。

➡ A story book is on his desk.（正常語序）

Such a sweet lollipop **it is.**

它是如此甜的一枝棒棒糖。

➡ It is such a sweet lollipop.（正常語序）

it is.

Such a sweet lollipop
它是如此甜的一枝棒棒糖。

④ 在陳述句的複合句中使用倒裝，是為了平衡句子的結構，讓上下文緊密連接，或者是強調句中的主詞補語、受詞或副詞等要素。

Hardly had **his son gotten home when he turned off the TV.**

他的兒子剛到家，他就把電視關了。

I would not have become a policeman had it not been **for your help.**

要不是你的幫助，我不可能成為一名員警。

（2）疑問句。

① 一般疑問句。

一般疑問句要把助動詞或情態動詞放在句首，也就是主詞的前面，才能構成部分倒裝。

May I help you?
有什麼可以幫忙的嗎？

Do you run in the park every day?
你每天都在公園裡跑步嗎？

Is your uncle a lawyer?
你的叔叔是一名律師嗎？

② wh- 疑問句。

wh- 疑問句可以部分倒裝，也可以全部倒裝。

What did you hear just now?（部分倒裝）
你剛剛聽到了什麼？

Where did they go on holiday last month?（部分倒裝）
他們上個月去哪裡度假了？

Who is the innocent girl?（完全倒裝）
那個天真的女孩是誰？

What is your age?（完全倒裝）
你幾歲？

★ 全面突破660分必考文法 ★　660　　　760　　　860

在 wh- 疑問句中，如果疑問詞充當句子主詞，就要用陳述語序。

① **Who was standing at the door of the manager's office?**
剛才是誰站在經理辦公室的門口？

② **Who took you to the airport yesterday afternoon?**
是誰昨天下午送你去機場？

③ **Who went to Mary's wedding instead of you?**
是誰代替你去參加瑪麗的婚禮？

（3）感嘆句。

①what 引導的感嘆句。

What a cute pet dog it is! （主詞補語在主詞之前）
多麼可愛的一隻寵物狗啊！

What a clever son David has! （受詞在主詞之前）
大衛的兒子真聰明啊！

What　　　　　　　　David has!

a clever son
大衛的兒子真聰明啊！

What an expensive necklace my husband gave me!
（間接受詞在主詞之前）
我的丈夫送給我一條多麼昂貴的項鍊啊！

②how 引導的感嘆句。

How loudly the neighbor speaks! （副詞在主詞之前）
這個鄰居說話聲音真大啊！

How bitter the coffer is! （主詞補語在主詞之前）
這杯咖啡真苦啊！

How bitter

the coffee is!
這杯咖啡真苦啊！

③副詞放在句首引導的感嘆句。

Here is his application for admission!
這是他的入學申請書！

➡ His application for admission is here!（正常語序）

⑤其它形式的感嘆句。

For seven years haven't we been in touch!
我們已經七年沒有聯絡了！

➡ We haven't been in touch for seven years.（正常語序）

Isn't **it an unforgettable memory!**
多麼難忘的一個回憶啊！

➡ It is an unforgettable memory!（正常語序）

Never **has Bill been so lucky!**
比爾從來沒有這麼幸運過！

➡ Bill has never been so lucky!（正常語序）

Never has Bill

been so lucky!
比爾從來沒有這麼幸運過！

（4）祈使句。

① 在祈使句的否定形式中，如果有主詞出現，可以看作是部分倒裝。

Don't you try **to persuade him to play football.**
你不要試著去勸他踢足球。

➡ You don't try to persuade him to play football.（正常語序）

Never can I agree **with her.**
我絕不會同意她的觀點。

➡ I can never agree with her.（正常語序）

Don't you make fun of **other students.**
你永遠不要取笑其他學生。

➡ You don't make fun of other students.（正常語序）

② 如果祈使句中含有情態動詞 may 意為「祝願」，可以看作倒裝。

May **you pass the English test!**
祝你通過英文考試！

Long may **your grandparents live!**
願你的爺爺奶奶長命百歲！

May **you have a happy time!**
祝你們玩的高興！

May **you be prosperous!**
恭喜發財！

May you be prosperous!

三、省略句

省略句，就是為了讓句子看起來簡潔明瞭或者是讓上下文緊密銜接，從而省去某些句子要素，但是句意保持不變。

１ 並列複合句的省略

在並列句中，後面分句中若有與前面分句中相同的要素，則後面分句中的相同要素可以省略。

My friend bought a pair of shoes and (my friend) **sent them to me.**
我的朋友買了一雙鞋，並把它們送給我。

Henry was born in London and Mary (was born) **in New York.**
亨利出生在倫敦，瑪麗出生在紐約。

Daniel made me sad but (Daniel) **made Betty happy.**
丹尼爾使我很難過，但是使貝蒂很開心。

２ 主從複合句中的省略

（１）形容詞子句中的省略。

① 在限制性形容詞子句中，充當受詞的關係代名詞 that、which 和 whom 可以省略。

Is this the reason (that) **Jimmy made mistakes in the exam?**
這就是吉米在考試中犯錯的原因嗎？

② 在一些口語和非正式用語中，關係副詞 why、when、where 可以用 that 替代，也可以省略。

This is the first time (when / that) **Rita sings on the stage.**
這是麗塔第一次在舞臺上唱歌。

Will wants to go to a city (where / that) **nobody knows him.**
威爾想去一個沒有人認識他的城市。

（２）受詞子句中的省略。

① which、when、where、why 和 how 引導的受詞子句，可以全部或者部分省略。

I know that his brother will go to Italy but I don't know when (he will go to Italy).
我知道他的哥哥要去義大利,但我不知道他什麼時候去。

Tony was very sad yesterday but we don't know why (he was very sad yesterday).
湯尼昨天很難過,但是我們都不知道為什麼。

② 如果及物動詞後面接受詞子句,連接詞 that 可以省去。如果及物動詞後面接 that 引導的兩個或兩個以上並列的受詞子句,只能省略第一個 that。

I think (that) **reviewing the lessons before the exam is very important.**
我認為在考試之前複習功課是很重要的。

My mother said (that) **her book had been published and** that **a reporter had interviewed her.**
我的媽媽說她的書已經出版了,而且已經有一個記者採訪過她了。

3 副詞子句中的省略

時間副詞子句、讓步副詞子句、比較副詞子句、方式副詞子句和條件副詞子句在省略時要注意的是,如果副詞子句的主詞和主句的主詞一致時,可以省略子句的主詞和 be 動詞。

Learn some skills when (you are) **young, or you will regret.**
你年輕時要學習一些技能,否則你會後悔的。

The English speech is more successful than (it was) **imagined.**
這次英語演講要比想像中的更成功。

Amanda looked everywhere as if (she was) **looking for a lady.**
艾曼達在四處看,好像在找一位女士。

Once (Nancy was) **a customer service staff, Nancy now becomes a famous model.**
南茜曾經是一名客服人員,現在變成了一位有名的模特兒。

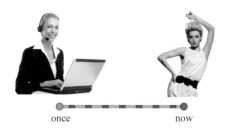

once　　　　　　now

❹ 名詞子句中的省略

在名詞子句中，如果 recommend、advise、suggest、request、order、ask、demand、require、propose、insist、urge、instruct、maintain、reject 等動詞充當動詞，要用假設語氣「should + 原形動詞」，should 可以省略。

The teacher suggested **that Kevin (**should**) read some English magazines.**
老師建議凱文看一些英文雜誌。

The boss requests **that I (**should**) buy a cup of coffee for him.**
老闆要求我為他買一杯咖啡。

❺ 主句中的省略

（1）主句中的省略一般多用於句首。

(It is a) **Pity that I didn't go to the concert with you the day before yesterday.**
很遺憾我前天沒有和你一起去聽音樂會。

（2）在答句中，主句能全部省略。

– **Why did you ask for leave last week?**
上週你為什麼請假了？

– (I asked for leave last week) **Because I need to take care of my sick daughter.**
因為我須要照顧我生病的女兒。

Why did you ask for leave last week?

(I asked for leave last week) Because I need to take care of my sick daughter.

6 簡單句中的省略

（1）省略主詞。

　　① 在祈使句中，一般省略主詞。

　　　　(You) Turn off the tap, please.
　　　　請關一下水龍頭。

　　② 在一些固定句子中，一般省略主詞。

　　　　(It) Doesn't matter.
　　　　沒關係。

　　　　(I) Thank you for your concern.
　　　　謝謝你的關心。

（2）省略受詞。

　　– Do you know the foreigner?
　　你認識那個外國人嗎？

　　– I don't know (him).
　　我不認識他。

（3）省略主詞補語。

　　– Is he a repairman?
　　他是一個修理工嗎？

　　– Yes , he is (a repairman).
　　是的，他是。

（4）省略 there 跟 be 動詞。

　　(There is) No parking.
　　禁止停車。

　　(Is there) Anyone else in the room?
　　還有其他人在房間嗎？

（5）同時省略幾個要素。

– **How are you feeling now?**
你現在感覺怎麼樣？

– (I am feeling) **Not very good** (now).
不是很好。

🔟 動詞不定詞 to 的省略

（1）主詞中如果有 to do，to do 可以省略，主詞補語中的不定詞通常省略 to。

All we need (to do) **is** (to) **persuade her to go to the hospital.**
我們須要的就是說服她去醫院。

（2）句中有「would rather... than...」等結構，可以省略不定詞。

Nancy would rather **go to Japan** than **go to America.**
南茜寧願去日本也不願意去美國。

（3）如果 feel、have、hear、listen to、look at、let、see、notice、make、observe、watch 等動詞後作受詞補語時，可以省略不定詞 to。

I saw **the man steal a purse.**
我看見這個男人偷了一個錢包。

He noticed **the teacher criticize me.**
他注意到老師批評了我。

🔠 動詞不定詞的省略，只保留 to

（1）不定詞作動詞的受詞。

這類動詞一般有：advise、afford、agree、care、forget、expect、hope、love、like、manage、mean、try、refuse、remember、persuade、prefer、want、wish 等。

You can go to the cinema if you like to (go to the cinema).
你可以去電影院，如果你喜歡的話。

– **You should have said goodbye to Ella.**
你本應該和艾拉告別的。

  – I meant to (say goodbye to Ella), but she wouldn't forgive me.
    我本來打算這樣做，但是她還是不肯原諒我。

（2）不定詞作動詞的主詞補語或者受詞補語。

這類動詞一般有：advise、ask、allow、expect、forbid、force、permit、order、tell、warn 等。

I want to buy a new bicycle, but my mother asks **me not to** (buy a new bicycle).
我想買一輛新自行車，但是我的媽媽不讓我買。

The little boy wanted to play baseball after school, but his father forbade **him to** (play baseball after school).
這個小男孩想在放學後去打棒球，但是他的爸爸禁止他去。

forbade **him to**
(play baseball after school)
禁止他去

（3）不定詞在句中作形容詞的副詞。

這類形容詞一般有：anxious、eager、glad、happy、ready、willing 等。

  – **Would you like to go to the cinema with me?**
    你願意和我一起去看電影嗎？

  – **Of course. I would be** happy **to** (go to the cinema with you).
    當然，我很高興和你一起去看電影。

（4）不定詞作複合動詞。

這種結構有：be able to、be going to、have to、ought to、used to 等。

My sister doesn't play tennis, but she used to (play tennis).
我姊姊現在不打網球，但是她以前打。

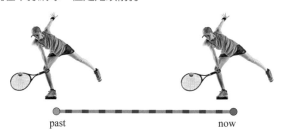

used to (play tennis)   doesn't play tennis
以前打   現在不打網球

PART 4

語　氣　篇
Grammatical Mood

Chapter 01　祈使語氣 Imperative Mood
Chapter 02　假設語氣 Subjunctive Mood

CHAPTER 01 | 祈使語氣 Imperative Mood

祈使語氣：表示命令、要求、禁止、許可、勸告等的直接語氣。
祈使語氣的分類：

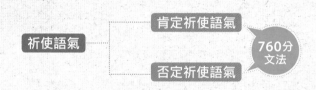

祈使語氣 —— 肯定祈使語氣

否定祈使語氣

760分 文法

一、肯定祈使語氣

760分 文法

肯定的祈使語氣包括第一人稱、第二人稱和第三人稱的祈使語氣。

❶ 第一人稱的肯定祈使語氣

祈使對象是説話本人，句子的構成是：「Let + me / us + 原形動詞」。

Let me go to the restroom.
讓我去一趟廁所
➡ 表請求。

Let me go to the restroom.

Let's have coffee in the afternoon.
我們下午去喝咖啡吧。
➡ 表建議。

Let's have coffee in the afternoon.

❷ 第二人稱的肯定祈使語氣

祈使的對象是說話的對象，這類祈使句往往會省略主詞 you，多半用原形動詞開頭。

Go to bed right now!
現在去睡覺！

Take care of yourself.
保重。

Go to bed
right now!

❸ 第三人稱的肯定祈使句

祈使的對象是第三個人，常用的句子結構是「Let + him / her / them + 原形動詞」。

Let your father come to school tomorrow.
讓你爸爸明天到學校來一趟。

Keep them alert tonight.
讓他們今晚保持警醒。

Keep them
alert tonight.

★ 全面突破660分必考文法 ★　660　　　　760　　　　860

祈使句的特殊肯定句型：

① 「Be + 名詞 / 形容詞（作主詞補語）」。

　Be a polite man.
　做一個有禮貌的人。

② 省略動詞的祈使句。

　This way, please. 這邊請。
　★ This way 來自於 Go this way。

This way,
please.

③ 「Do + 以 let 為首的第一人稱和第三人稱肯定祈使語氣」表強調。

　Do let me know your news.
　務必讓我知道你的消息。

④「Do + 第二人稱肯定祈使語氣」表強調。

Do ask for his consent.
務必要徵求他的同意。

⑤ 在祈使句句首或句尾加 please，
表委婉。

Please give me a cup of coffee.
請給我一杯咖啡。

二、否定祈使語氣

760分
文法

1 第一人稱和第三人稱的否定祈使語氣

第一人稱和第三人稱的否定祈使語氣一般是在肯定祈使句前加 Don't 或 Do not，也可以在 Let me 或 Let's 後加 not。

Don't let them destroy the trees in the yard.
不要讓他們破壞院子裡的樹。

Let's not waste time making sense with the rascal.
我們不要浪費時間和這個無賴講道理。

2 第二人稱的否定祈使語氣

第二人稱的否定祈使語氣是在第二人稱的肯定祈使句前加 Don't 或其它的否定詞，主詞 you 通常被省略。

Don't help him to cheat.
不要幫他作弊。

Never annoy that man again.
再也不要惹惱那個人了。

❸ 其它的否定祈使語氣

以 No 為首的否定祈使句一般表禁止，多使用兩種結構形式：「No + 名詞」和「No + V-ing」。這種句型中，名詞或 V-ing 的首字母常用大寫。

No Parking!
禁止停車！

No Entry!
禁止入內！

★ MEMO ★

CHAPTER 02 | 假設語氣 Subjunctive Mood

假設語氣：表示說話者提出的一種主觀想法、願望、猜測、假設、
建議或懷疑等非現實的表達。

假設語氣的分類：

假設語氣

| 可能實現的語氣 | 與現在事實相反的假設 | 與過去事實相反的假設 |

660分 文法　　760分 文法　　860分 文法

一、可能實現的假設

660分 文法

　　表示可能實現的假設通常是與將來事實相反的假設，而且這種可能性非常小，幾乎是不可能發生的。主要是用 if 來引導，子句用一般過去式，主句用「should / would / might / could + 原形動詞」。而 wish 引導的可能實現的假設的結構則是「I wish + 主詞 + 動詞的過去式」。

1 if 引導的可能實現的假設

（1）「if + 主詞 + were to V, 主詞 + should / would / might / could + 原形動詞」。

If they were to take risks, I would dissuade them.
如果他們要冒險，我會勸阻他們。

➡ take risks 的可能性很小。

If the tiger were to rush out of the cage, I would call the zoo man.
<u>單數名詞</u>　<u>動詞</u>
如果老虎要從籠子裡出來，我會打電話給動物園管理員。

➡ 即使子句的主詞是單數名詞，動詞也要用 were。

（2）「if + 主詞 + should + 原型動詞 , 主詞 + should / would / might / could
　　　+ 原形動詞 .」。

If the plane should be late, I would cancel the trip.
如果飛機誤點了，我會取消行程。
➡ 飛機誤點的可能性非常小。

If you shouldn't agree, I would run away.
如果你不同意，我就離家出走。
➡ 不同意的可能性非常小。

（3）「if + 主詞 + 動詞的過去式（be 動詞用 were）, 主詞 + should / would /
　　　might / could + 原形動詞 .」。

If they had dinner, I would not invite them.
如果他們吃過飯了，我就不邀請他們了。
➡ 吃過飯的可能性非常小。

If there were a soccer game tomorrow, we would cheer for you.
如果明天有一場足球賽，我們會為你們加油。
➡ 有足球賽的可能性非常小。

If there were

a soccer game tomorrow,
如果明天有一場足球賽，

we would

cheer for you.
我們會為你們加油。

2 wish 引導的可能實現的假設

I wish I could be a famous boxer.
我希望我可以成為一位出名的拳擊手。
➡ 表願望，主句常含有 could。

I wish I could be
我希望我可以成為

a famous boxer.
一位出名的拳擊手。

I wish my father could recover from the surgery soon.
我希望我父親儘快從手術中恢復。

➡ 表願望。

二、與現在事實相反的假設

760分
文法

1 與現在事實相反的假設的構成

與現在事實相反的假設，其構成是：「if + 主詞 + 動詞的過去式（be 動詞用 were），主詞 + should / would / might / could + 原形動詞」。

If I were you, I would order Japanese dish.
如果我是你，我會點日本菜。

➡ 我不是你，與現在事實相反。

If I had cash in my wallet, I wouldn't borrow it from you.
如果我錢包裡有錢，就不會跟你借了。

➡ 錢包裡沒錢，與現在事實相反。

If I were you,
如果我是你，

I would order...
我會點……

If there were water, I could water the trees.
如果有水，我可以把這些樹澆一澆。

➡ 沒水，與現在事實相反。

三、與過去事實相反的假設

860分
文法

1 與過去事實相反的假設的構成

與現在事實相反的假設，其構成是：「if + 主詞 + 過去完成式，主詞 + should / would / might / could + have + 過去分詞」。

If you had told me in advance, I wouldn't have gone for nothing.
如果你提前告訴我，我就不會白跑一趟了。

➡ 沒有提前告知，與過去事實相反。

If we had cooperated earlier, we would have had more to gain.
如果我們早點合作，我們就會有更多的收益了。

➡ 沒有早點合作，與過去事實相反。

★ 全面突破760分必考文法 ★   660   760   860

引導與過去事實相反的假設的情況：

① **But for you, I would have failed to pass the exam.**
要不是你，我就無法通過考試。（言下之意，過去的事實為有你的幫忙並且我通過了考試。）

★ but for 可引導與過去事實相反的假設，相當於 if it had not been。

② **But for the firefighter, I wouldn't have escaped from the fire.**
要不是有消防隊員，我無法從火災中逃生。（言下之意，過去的事實為有消防隊員的幫忙並且我成功逃過火災。）

★ but for 可引導與過去事實相反的假設，相當於 if it had not been。

But for   I wouldn't have...
要不是   我無法……

the firefighter,
消防員，

2 假設語氣的特殊用法

（1）在表示條件的假設語氣中，子句和主句的動作有可能不是同時進行的，那麼假設語氣的形式要隨之發生變化。

If I were free, I would have gone to the cinema.
如果我現在有空，我就會去電影院看電影了。

➡ 子句表示與現在事實相反，主句表示與過去事實相反。

（2）含有省略結構的假設語氣。

① 省略 if 引導的假設條件子句。

You should have arrived.
你早就應該到了。

➡ 省去了 if 引導的假設條件子句，如 if you had come by plane（如果你坐飛機來）。

② 省略主句的假設語氣表願望。

If we knew how to irrigate the crops!
如果我們知道如何灌溉農作物就好了！

➡ 這種情況下，通常句尾用驚嘆號。

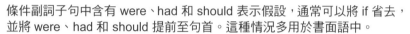

If only I could have pizza!
如果我可以吃披薩就好了！

➡ 這類句型可用 if only 來引導。

③ 省略 if 的假設語氣。

條件副詞子句中含有 were、had 和 should 表示假設，通常可以將 if 省去，並將 were、had 和 should 提前至句首。這種情況多用於書面語中。

Were I a pilot, I could be able to fly a jet every day.
= If I were a pilot, I could be able to fly a jet every day.
如果我是一名飛行員，我就可以每天駕駛噴射機了。

❸ 特定句式中假設語氣

（1）名詞子句中的假設語氣。

① 主詞子句中的假設語氣。

該句型常用「it is / was + 形容詞 + that 子句」的結構，而能夠引導假設語氣的有 necessary、important、essential、natural、strange、impossible、possible……等。子句的動詞要用「should + 原形動詞」，should 可以省略。

It is important that you (should) respect the elders.
尊重長輩很重要。

It's necessary that we (should) eat fruit every day.

我們必須每天吃水果。

It's necessary that we (should) eat fruit every day.

② 受詞子句中的假設語氣。

受詞子句中的假設語氣體現在子句的動詞要用「should + 原形動詞」的結構，其中 should 可省略；但主句中的動詞是 wish 時，子句的動詞則用過去式。

假設語氣種類	例句
wish 後的假設語氣	**I wish he wasn't hurt.** 我希望他沒有受傷。
表「建議」後的假設語氣	**My friends suggest** that we (should) buy **some more special local products.** 我的朋友們建議我們多買一些當地特產。
表「命令」後的假設語氣	**The general ordered** that all the soldiers (should) be **prepared.** 將軍命令所有士兵做好準備。
表「要求」後的假設語氣	**The doorman asked** that the beggar (should) **leave.** 看門的人要求那個乞丐走開。
表「堅持」後的假設語氣	**They insist** that the meeting (should) be held **two days later.** 他們堅持兩天後開會。

★ 全面突破860分必考文法 ★   660   760   860

受詞子句的特殊情況

① insist 表「堅持」，如表示的是已經發生的動作或事情，則不用假設語氣；如表示的是尚未發生或變成事實，就要用假設語氣。

The man insisted that he didn't lie.

這個人堅持說他沒有說謊。

★ lie 是發生過的事情，所以此處不用假設語氣。

The man insisted that he (should) write an invitation card.

這個人堅持他應該寫一封邀請函。

★ write an invitation card 表尚未發生的事實，所以要用假設語氣。

②suggest 表「建議」，其後的受詞子句的動詞用假設語氣；suggest 若表「說明」，其後的受詞子句用陳述語氣。

Their outfits suggest that they are going to attend **a banquet.**
他們的服裝說明了他們將要參加一場宴會。

★ suggest 表「說明」。

Many people suggest that the mayor (should) be reappointed.
不少人建議市長應該連任。

★ suggest 表「建議」。

③ 主詞補語子句中的假設語氣。

Their proposal is that all the income (should) be donated.
他們提議應該捐出所有收入。

④ 同位語子句中的假設語氣。

No one dared to ignore his order that everyone (should) work **overtime.**
沒人敢忽視他讓每個人加班的命令。

（2）形容詞子句中的假設語氣。

① 「It is / was + (high) time + that 子句」，子句的動詞用「should + 原形動詞」，切記 should 不可省略。

It was time that everyone should give full play **to their strength.**
每個人都該發揮所長了。

It is high time that we should cooperate.
我們是時候合作了。

It is high time that we should cooperate.

② 子句和主句的主詞一致，而且子句中包含 be 動詞，那麼可省略 be 動詞。

If supported by more leaders, he wouldn't have resigned.
如果他被更多的領導人支持，他就不會辭職了。

➡ If supported by more leaders 來自於 If he had been supported by more leaders。

③ 省略 it + be 動詞。

If possible, we would have solved the problem.
如果可能的話，我們已經解決了這個問題。

➡ If possible 來自於 If it had been possible。

（3）副詞子句中的假設語氣。

① 目的副詞子句中的假設語氣。

in case、for fear、that 引導的目的副詞子句，假設語氣的動詞用「should + 原形動詞」，但是 in case 不能省略。

I keep a dog in case that a thief should come in.
我養了一隻小狗以防小偷進來。

I keep a dog　　　　in case that a thief should come in.
我養了一隻小狗　　　　以防小偷進來。

② 情態副詞子句中的假設語氣。

as if 和 as though 引導的情態副詞子句，假設語氣體的動詞一般用過去式（be 動詞用 were）或 had + 過去分詞。

She behaves as if she were a fair maiden.
她表現得好像是一位淑女。

③ 條件副詞子句中的假設語氣。

whatever、however、whoever、whenever、even if / though、if、whether、so long as……等引導的條件副詞子句中的假設語氣，子句的動詞用情態動詞「may + 原形動詞」。

I won't be afraid however terrible it may be.
不管那多麼糟糕，我都不會害怕的。

假設語氣的特殊情況：

① had rather、would rather、would sooner 等接的受詞子句使用假設語氣，表與客觀事實不相符的願望。在主句與子句的主詞不同時，表與現在或將來事實相反的假設，子句的動詞要用一般過去式；表與過去事實相反的假設，子句的動詞要用過去完成式。

I would rather we didn't regret.
我寧願我們不會後悔。

★ 主句主詞為 I，子句主詞為 we，主句與子句的主詞不同，would rather 表與將來事實相反的假設時，子句的動詞要用一般過去式。

She would rather the accident hadn't happened.
她寧願意外不曾發生。

★ 主句主詞為 She，子句主詞為 the accident，主句與子句的主詞不同，would rather 表與過去事實相反的假設時，子句的動詞要用過去完成式。

② 「may + 主詞 + 原形動詞」，表祝福。

**May happiness be with you
all the time.**
希望快樂永遠與你同在。

May you have a good time!
祝你們玩得高興！

May you have a good time!

③ should 表「本該」。

He should be my best friend.
他本該是我最好的朋友。

★ M E M O ★

現在就加入▶

我識出版教育集團　專屬網站
I'm Publishing Edu. Group

w w w . 1 7 b u y . c o m . t w

一起買
購物網站

17buy 一起買

現在就加入**17buy一起買購物網站會員！**只要是會員購物就能享有**最特別的優惠！**你買、我買、一起買，買愈多愈便宜！

www.17buy.com.tw

facebook

現在就加入**我識出版教育集團**的**粉絲團！**每天都有最新的學習資訊，並不定期有**17buy一起買購物網站**的優惠活動喔！

www.facebook.com/ImPublishing

訂閱 You Tube

現在就訂閱**懶鬼子學Language**的**影音頻道**，定期有新書資訊、語言學習資源、最新學習法分享！

www.youtube.com/channel/
UCpYaLPuCihOWw0FabmBOGug

我識出版教育集團
I'm Publishing Edu. Group

我識客服：（02）2345-7222　http://www.17buy.com.tw
我識傳真：（02）2345-5758　iam.group@17buy.com.tw

國家圖書館出版品預行編目（CIP）資料

全面突破全新制多益TOEIC必考文法 / Dean
Liao著. -- 初版. -- 臺北市：不求人文化,
2018.07

面；　公分

ISBN 978-986-96161-5-7 (平裝)

1.多益測驗 2.語法

805.1895　　　　　　　107006035

全面突破多益
TOEIC
必考文法

書名 / 全面突破全新制多益TOEIC必考文法

作者 / Dean Liao

發行人 / 蔣敬祖

出版事業群總經理 / 廖晏婕

銷售暨流通事業群總經理 / 施宏

總編輯 / 劉俐伶

主編 / 黃凱怡

執行編輯 / 彭湘琇

校對 / 曾慶宇

視覺指導 / 姜孟傑、鍾維恩

內文排版 / 黃雅芬

內文圖片 / www.shutterstock.com

法律顧問 / 北辰著作權事務所蕭雄淋律師

印製 / 皇甫彩藝印刷股份有限公司

初版 / 2018年7月

初版五刷 / 2019年9月

出版 / 我識出版教育集團──不求人文化有限公司

電話 / (02) 2345-7222

傳真 / (02) 2345-5758

地址 / 台北市忠孝東路五段372巷27弄78之1號1樓

網址 / www.17buy.com.tw

E-mail / iam.group@17buy.com.tw

facebook 網址 / www.facebook.com/ImPublishing

定價 / 新台幣399元 / 港幣133元

總經銷 / 我識出版社有限公司出版發行部

地址 / 新北市汐止區新台五路一段114號12樓

電話 / (02) 2696-1357 傳真 / (02) 2696-1359

地區經銷 / 易可數位行銷股份有限公司

地址 / 新北市新店區寶橋路235巷6弄3號5樓

港澳總經銷 / 和平圖書有限公司

地址 / 香港柴灣嘉業街12號百樂門大廈17樓

電話 / (852) 2804-6687 傳真 / (852) 2804-6409

版權所有・翻印必究

⭑ 常考的抽象名詞如下，沒有複數形式，不能被不定冠詞 a、an 修飾：

英文	中譯	英文	中譯
equipment	設備	success	成功
discussion	討論	amity	友好
confidence	信心	information	資訊；信息
significance	意義	experience	經驗；經歷

⭑ 注意有些名詞可以當可數名詞或不可數名詞，並且意義不同。如：

單字	interest	paper	glass	time
可數名詞	利益、興趣	論文	玻璃杯	次數
不可數名詞	利息	紙	玻璃	時間
單字	work	light	room	exercise
可數名詞	作品	燈	房間	練習
不可數名詞	工作	光	空間	鍛鍊

⭑ 不定冠詞「a、an + 抽象名詞」，或「a、an + 形容詞 + 抽象名詞」，表示具體的表現形式。如：reach a height of（達到……的高度）；It's a pity that...（遺憾的是……）。

- **The tower reaches a height of 300 meters.**
  這座塔高達三百公尺。

⭑「of + 抽象名詞」相當於形容詞，在句中主要用作形容詞、主詞補語和補語。常用在這種結構中的抽象名詞有 use、value、help、significance、importance、difference 等。

- **Their experiments showed that much information that had been published was of little use.**
  他們的實驗表明，已經發表的許多資訊幾乎沒有用處。

⭑ 複合名詞是指兩個或以上的片語形成的名詞。注意以下複合名詞的單複數變化：

中文	英文單數	英文複數	中文	英文單數	英文複數
男同事	man colleague	men colleagues	女同事	woman colleague	women colleagues
岳父	father-in-law	fathers-in-law	岳母	mother-in-law	mothers-in-law
成人	grown-up	grown-ups	硬體	hardware	X
路人	passerby	passersby	旁觀者	bystander	bystanders
安眠藥	sleeping pill	sleeping pills	突破	breakthrough	breakthroughs

| 多益模擬小測驗 |

1. At least two years of working _____ is needed for the accountant position.
   (A) background　　(B) culture　　(C) experience　　(D) evaluation

2. Your major must be _____.
   (A) computer　　(B) drawer　　(C) doctor　　(D) athlete

3. The Letter of Credit can be sent to the exporter for _____.
   (A) ship　　(B) boat　　(C) pack　　(D) shipment

| 中譯與解答 |

1. 應聘會計至少要有兩年的工作_____。
   (A) 背景　　(B) 文化　　(C) 經驗　　(D) 評價
   答 (C)
   解 working experience 是固定搭配，表示「工作經驗」。background 表示「背景」，culture 表示「文化」，evaluation 表示「評價」，通常都不與 working 連用，故正確答案選 (C) experience。

2. 你的主修科目一定是_____。
   (A) 電腦　　(B) 畫家　　(C) 醫生　　(D) 運動員
   答 (A)
   解 major 在這裡是名詞，表示「主修科目」，所以空格處應為表示主修科目的名詞，選項 (B)、(C) 和 (D) 都是表示職業的名詞，與題幹不符，故正確答案選 (A) computer。

3. 信用狀可以寄給出口商來＿＿＿＿＿。

(A) 船舶　　　　(B) 小船　　　　(C) 包裝　　　　(D) 裝貨

答 (D)

解 出口商一般憑藉信用狀來裝貨上船，選項 (A)、(B) 和 (C) 與不符合此意。故
正確答案選 (D) shipment。

PART 01 | Chapter 2：動詞 Verb

★使役動詞主要意為「使、令、讓」，這類動詞有 have、make、let 等，
須要接原形動詞或過去分詞。原形動詞表主動，過去分詞表被動。

- **The landlord has the tenant pay the rent.**
  房東讓房客繳交房租。

- **The tenant has the rent transferred into the landlord's account.**
  房客將房租轉進房東的帳戶。

★情緒動詞的過去分詞形式一般用來修飾人，而現在分詞形式一般用
來修飾事物。但也有現在分詞形容人的情況，表示這個人「讓人感
到……」。

- **The interesting comedian is interested in the show.**
  這個有趣的喜劇演員對這場表演感到很有興趣。

★片語動詞，是動詞和其他詞語組成的片語。在英語中，經常把片語
動詞看作一個整體。常考的如 break down（故障）、take pride in
（以……為傲）、take advantage of（利用）等。

- **The consumers choose to take advantage of the company's high-quality services despite the higher prices.**
  儘管價錢較高，消費者仍然選擇利用公司的高品質服務。

★通常 be 動詞沒有進行式，但表示短暫反常的狀態時，be 動詞有進
行式。

- **The candidate is just being polite, and he has no intention of**

making friends with his rival.
候選人只是出於禮貌，他並不打算跟他的對手交朋友。

★ 若句子中有 be likely to、be certain to、seem to 等出現，可以轉換為「It + …… + that 引導的子句」，其中 It 是虛主詞。

- **The government is certain to pass the new regulation.**
= **It is certain that the government will pass the new regulation.**
政府肯定會同意新規定。

★ 情態動詞可表對現在的推測、對過去的推測、對將來的推測。

- **You couldn't be the one to blame.**
你不可能是該被責備的那個人。➡ 表對現在的推測

- **You couldn't have been serious yesterday.**
你昨天不可能是認真的。➡ 表對過去的推測

- **Someday, you could become the headmaster of this prestigious school.**
有一天，你可能會成為這家著名學校的校長。➡ 表對將來的推測

★ dare 可以當情態動詞，還可以當實義動詞，用法同一般實義動詞。

- **The pupil dare not ask a question of his teacher.**
這個小學生不敢向老師提問。➡ 情態動詞

- **The pupil doesn't dare to ask a question of his teacher.**
這個小學生不敢向老師提問。➡ 實義動詞。

│ 多益模擬小測驗 │

1. Special packing materials will _____ to our transportation cost.
   (A) add   (B) adds   (C) addition   (D) adding

2. The first day of your deposit is due to take _____.
   (A) measures   (B) effect   (C) action   (D) advice

3. I decided to _____ the flight because of the bad weather.
   (A) be cancelled   (B) cancel   (C) putting off   (D) be put off

1. 特殊的包裝材料將會_____我們的運輸成本。
   (A) 增加　　　　(B) 增加　　　　(C) 增加　　　　(D) 增加
   答 (A)
   解 add to 是固定用法，表示「增加，加入」，且助動詞 will 後須接原形動詞，
   故正確答案選 (A) add。

2. 您辦理存款的第一天就開始_____。
   (A) 措施　　　　(B) 效果　　　　(C) 行動　　　　(D) 建議
   答 (B)
   解 take 的搭配用法中，take measures 表示「採取措施」，take effect 表示「生
   效」，take action 表示「採取行動」，take advice 表示「接受建議」。根據
   句意：辦理存款的第一天就開始_____，可判斷 take effect 更加符合題意，
   故正確答案選 (B) effect。

3. 由於天氣惡劣，我決定_____航班。
   (A) 被取消　　　　(B) 取消　　　　(C) 延後　　　　(D) 被延後
   答 (B)
   解 to 後接原形動詞，且主詞和受詞之間不是被動關係，所以排除選項 (A) 和 (D)，
   故正確答案選 (B) cancel。

PART 01 | Chapter 3：主詞和動詞一致
Subject-Verb Agreement

★語法一致原則：主詞若是單數，動詞用單數；主詞若是複數，動詞用複
  數。

- **Something in the kitchen has caught fire.**
  廚房裡的某件東西已經著火了。

★注意主詞補語是複數時，動詞用複數。

- **What the manager announced the other day were the company's new rules.**
  那天經理宣佈的是公司的新規則。

★意義一致原則：主詞表示複數的意義，卻是單數的形式，此時動詞
  也要用複數形式。主詞表示單數的意義，卻是複數的形式，此時動
  詞也要用單數形式。

- **All are here and all is under control.**
  所有人都在這裡，一切都在控制之中。

☆就近原則：連接詞如 or、either... or...、neither... nor...、whether... or...、not only... but also...、not... but... 等連接多個並列主詞，動詞跟最接近的主詞一致。

- **Whether you or I am to attend the ceremony is still uncertain.**
  尚未確定是你還是我要出席典禮。

| 多益模擬小測驗 |

1. The number of products in European market _____ for 40%.
   (A) accounts　　(B) accountant　　(C) account　　(D) accounting

| 中譯與解答 |

1. 歐洲市場的商品數量占了百分之四十。
   (A) 把……視為　　(B) 會計師　　(C) 把……視為　　(D) 會計學
   答 (A)
   解 空格處應為動詞，account for 是固定搭配，意為「占……比例」。the number of products 作主詞時視為單數，應搭配單數動詞，故正確答案選 (A) accounts。

PART 01 | Chapter 4：形容詞 Adjective

☆限定形容詞是對名詞或代名詞起限定作用的詞，有比較級跟最高級的變化。如：wet ➡ wetter ➡ wettest 或 suitable ➡ more suitable ➡ most suitable。

☆敘述形容詞，是對人或事物的狀態進行描述的形容詞，只能用作主詞補語，又稱為主詞補語形容詞，沒有比較級和最高級，而且不能

被程度副詞，如：deeply、slightly 等所修飾。常考的敘述形容詞如：

英文	中譯	英文	中譯
ashamed	羞愧的	aware	意識到的
alike	相同的	alive	活著的
content	滿意的	ill	生病的

★注意，比較 pleased、pleasing 和 pleasant 的用法。

- **The group leader is pleased to see his group members discuss enthusiastically.**
  組長很開心看到組員們熱烈討論。➡ pleased 作主詞補語

- **The group leader wears a pleased smile when seeing his diligent members.**
  當看到他勤奮的組員時，組長帶著開心的微笑。➡ pleased 作限定形容詞

- **The group members' diligent working attitude is pleasing.**
  組員勤奮的工作態度令人高興。➡ pleasing 作主詞補語

- **The group member's pleasing working attitude is worthy of praise.**
  組員令人開心的工作態度可圈可點。➡ pleasing 作限定形容詞

- **May you have a pleasant journey.**
  祝您旅途愉快。➡ pleasant 作限定形容詞

多益模擬小測驗

1. You'd better make sure you have _____ time to catch the train.
   (A) few　　(B) less　　(C) enough　　(D) least

2. Her high salary makes her colleagues _____.
   (A) jealous　　(B) envy　　(C) confident　　(D) sympathetic

3. I have a _____ toothache. I can hardly eat.
   (A) slight　　(B) severely　　(C) seriously　　(D) terrible

| 中譯與解答 |

1. 你最好確保你有_____時間趕火車。
   (A) 很少的　　　(B) 較少的　　　(C) 足夠的　　　(D) 最少的

   答 (C)

   解 趕火車一般需要比較多的時間,即足夠的時間,故正確答案選 (C) enough。

2. 她的高薪讓同事們_____。
   (A) 嫉妒的　　　(B) 嫉妒　　　　(C) 自信的　　　(D) 同情的

   答 (A)

   解 空格處應為形容詞作受詞 colleagues 的補語,envy 表示「嫉妒」,是動詞,可排除;根據句意:她的高薪讓同事們_____,自信和同情均不符合句意,故正確答案選 (A) jealous。

3. 我牙疼得_____,幾乎不能吃飯。
   (A) 輕微的　　　(B) 嚴重地　　　(C) 嚴肅地　　　(D) 嚴重的

   答 (D)

   解 空格處應為形容詞修飾名詞 toothache,slight 雖然也是形容詞,但是根據題幹中後半句的內容可知,應該是嚴重的牙疼,故正確答案選 (D) terrible。

PART 01 | Chapter 5:副詞 Adverb

★情態副詞常放於動詞之後,說明某事進行的方式,是對疑問詞 how 的回答,常以 ly 為結尾。如:disappointedly、accidentally、alone。

- **The files have been accidentally deleted or corrupted.**
  文件已經被無意中刪除或者毀損了。

★連接副詞常放句首,後加逗號;用以連接句子或子句時,其前面通常用分號;如果用逗號,則要在連接副詞前加 and。如:besides、therefore、why、how、when 等。

- **Many poor countries do not have access to information; therefore, they lack the learning and development opportunities.**
  許多貧困的國家沒有得到資訊的管道,因此缺乏學習以及發展的機會。

1. As a matter of fact, I can speak English _____ than I write.
   (A) well   (B) good   (C) better   (D) best

2. Your salary is paid _____ with three months of probation.
   (A) month   (B) months   (C) monthly   (D) days

| 中譯與解答 |

1. 事實上，我的英文口說比英文寫作_____。
   (A) 很好地   (B) 好的   (C) 更好的（地）   (D) 最好的（地）
   答 (C)
   解 句子中出現了比較級的標誌 than，空格處應填入副詞 well 的比較級，故正確答案選 (C) better。

2. 你的工資是_____支付的，有三個月的試用期。
   (A) 月份   (B) 月份   (C) 每月地   (D) 日子
   答 (C)
   解 空格處應為副詞，修飾動詞 paid。monthly 既可以作形容詞，也可以作副詞，在這裡表示「按月支付」，故正確答案選 (C) monthly。

PART 01 | Chapter 6：冠詞 Article

★不定冠詞 a 放在子音發音的單詞前，an 放在母音發音的單詞前。

- **The global financial crisis threatened to be an unprecedented catastrophe.**
  這場全球性的金融危機是前所未有的大災難。

★定冠詞 the 有明確的指示意義，可修飾可數或不可數名詞。

- **The successful implementation of the strategy pleased the director.**
  這項策略的成功執行讓總監非常高興。

| 多益模擬小測驗 |

1. The patient requested _____ from the doctor.
   (A) an advice   (B) a advice   (C) some advices   (D) advice

| 中譯與解答 |

1. 病人請求醫生的_____。
   (A) 一個建議   (B) 一個建議   (C) 一些建議   (D) 建議
   答 (D)
   解 advice 為不可數名詞，故前面不能加不定冠詞 a、an，也不能加 s，故正確
   答案選 (D) advice。

PART 01 | Chapter 7：介系詞 Preposition

★ 雙重介系詞由兩個分開的介系詞組成，如：as for、as to、out of 等。

- **As for the complaint, the customer service staff should address it immediately.**
  至於這則投訴，客服人員應該立即處理。

★ 分詞介系詞由現在分詞或過去分詞組成，常考的如：

英文	中譯	英文	中譯
concerning	關於	considering	關於
given	考慮到	including	包括
regarding	關於	respecting	關於

- **Activities that assisted the victims of the earthquake include projects concerning food supply.**
  援助地震災民的活動包括關於食品供應的計畫。

★ 片語介系詞由片語組成，常考的如：

英文	中譯	英文	中譯
according to	根據	except for	除了

in spite of	儘管	regardless of	不管
on behalf of	代表	by all means	當然可以
by no means	絕不	at fault	有過錯
at times	有時	at large	逍遙法外

▪ **The company remains optimistic about the product's performance in spite of some bad news.**
儘管傳出不好的消息，公司仍然對產品的表現保持樂觀。

｜多益模擬小測驗｜

1. I went to the supermarket and chose a pretty gift _____ you.
   (A) to   (B) for   (C) in   (D) by

2. I want to ask the manager _____ my salary.
   (A) regard   (B) regards   (C) regarded   (D) regarding

3. The good man took the old man _____ the arm to cross the road.
   (A) in   (B) on   (C) by   (D) at

｜中譯與解答｜

1. 我去超市_____你選了一個很漂亮的禮物。
   (A) 給   (B) 為了   (C) 在……裡   (D) 透過
   答 (B)
   解 choose something for somebody 是固定搭配，故正確答案選 (B) for。

2. 我想問一下經理_____我的工資。
   (A) 把……看作 (B) 問候 (C) 把……看作 (D) 關於
   答 (D)
   解 regarding 在這裡是介系詞，表示「關於」，意思相當於 about，與 my salary 構成介系詞片語。故正確答案選 (D) regarding。

3. 這位好心人拉著老人的手臂過馬路。
   (A) 在……裡   (B) 在……上   (C) 透過；藉由   (D) 在
   答 (C)
   解 此題考介系詞，take somebody by the arm 表拉著某人的手臂，故正確答案選 (C) by。

PART 01 | Chapter 8：代名詞 Pronoun

★ 人稱代名詞：

人稱代名詞	第一人稱		第二人稱		第三人稱			
單複數	單數	複數	單數	複數	單數	單數	單數	複數
主格	I	we	you	you	he	she	it	they
受格	me	us	you	you	him	her	it	them

★ 注意 it 可以當虛主詞或虛受詞。

- **It is essential to strengthen our partnership in hard times.**
  在艱難時期，加強我們的夥伴關係是必要的。➡ It 當虛主詞

- **Without a quality rest, you will find it difficult to concentrate on your studies.**
  沒有良好的睡眠，你會發現很難專心在課業上。➡ it 當虛受詞

★ 所有格代名詞：

單複數	單數	複數	單數	複數	單數			複數
意思	我的	我們的	你的	你們的	他的	她的	它的	他們的
所有格	my	our	your	your	his	her	its	their
所有格代名詞	mine	ours	yours	yours	his	hers	its	theirs

- **The renowned writer is a trustworthy friend of mine.**
  那位名作家是我其中一個值得信任的好友。

★ 不定代名詞為指代不特定的人、事物、數量的代名詞。如：

普通不定代名詞	some、any、no、no one、none、one、someone、something、anything、nothing、somebody、anybody、anyone、nobody 等。
數量不定代名詞	few、a few、little、a little、many、much、more、certain、enough、half、several 等。
個體不定代名詞	all、both、each、every、either、other、neither、another、everybody、everyone、everything 等。

- **Some of the their attempts have succeeded.**
  他們的某些嘗試已經成功了。

★neither 單獨作主詞時，動詞要用單數，而「neither... nor...」作主詞時，動詞根據就近原則判斷。

- **Neither the customer nor the clerks see the robbers.**
  該名客人以及店員們都沒有看到搶劫者。

｜多益模擬小測驗｜

1. I don't have a camera, but Linda has _____. She just bought __ the other day.
   (A) one; one　　(B) it; it　　(C) it; one　　(D) one; it

2. If you need help, _____ here will help you.
   (A) no one　　(B) everyone　　(C) someone　　(D) one

3. We are a team, it is necessary to cooperate with _____.
   (A) the other　　(B) all　　(C) others　　(D) either

｜中譯與解答｜

1. 我沒有照相機，但是琳達有_____，她那天剛買的。
   (A) 一個；一個　　(B) 一個；一個　　(C) 一個；一個　　(D) 一個；一個
   答 (D)
   解 one 泛指某一物，it 是特指某一物。第一句指 Linda 有一台照相機，但沒有指特定哪一台，用不定代名詞 one；第二句指 Linda 那天買那台照相機，這裡特指前一句提到的照相機，用代名詞 it。故正確答案選 (D) one; it。

2. 如果你需要幫助，這裡的_____都會幫你的。
   (A) 沒有人　　(B) 每個人　　(C) 某個人　　(D) 一個人
   答 (B)
   解 此題考代名詞的詞意辨析，one 是泛指，everyone 指每個人，someone 指某個人，no one 指沒有人 = nobody，根據句意，正確答案選 (B) everyone。

3. 我們是一個團隊，和_____合作是必要的。
   (A) 另一個　　(B) 所有　　(C) 其他人　　(D) 也不
   答 (C)
   解 the other 指兩者中的一個，all 指全部，others 指其他所有人，either 指也不，不用於肯定句中。依據句意，應表「與其他所有人合作」，故正確答案選 (C) others。

PART 01 | Chapter 9：關係代名詞
Relative Pronoun

★「名詞 + 主格關係代名詞 + be + 過去分詞」=「名詞 + 過去分詞」，因為這種情況下的「主格關係代名詞 + be 動詞」可省略。

- **Let's welcome the chief executive officer** (who was) **interviewed by the press about his early retirement.**
  讓我們歡迎執行長，他被新聞界採訪到提前退休的議題。

★「名詞 + 主格關係代名詞 who + have」=「名詞 + having / with」。

- **He is a successful businessman** who has / having / with **powerful connections.**
  他是一位擁有強大關係網的成功商人。

★「名詞 + 主格關係代名詞 + V.」=「名詞 + V-ing」。

- **Do you know the architect** who receives / receiving **the award?**
  你認識得獎的建築師嗎？

★ as 和 which 引導的關係子句，都可指代整個主句。但 as 引導的關係子句可放句首，而 which 引導的關係子句只能位於主要子句後。

- **The appetizer should be tasted before the main dish,** which / as **is known by everyone.**
  就像每個人都知道的，開胃菜必須在主餐前吃。

- **As the figures show, the staff with better career prospects is more motivated in their learning.**
  數據顯示，職業前景較好的員工更有動力學習。

| 多益模擬小測驗 |

1. I have a deep empathy with the people _____ are in trouble.
   (A) who　　(B) whom　　(C) why　　(D) when

| 中譯與解答 |

1. 我對_____陷入困境的人深表同情。

(A) 誰　　　　(B) 誰　　　　(C) 為什麼　　　(D) 什麼時候

答 (A)

解 此題考關係子句,即形容詞子句,先行詞為人,關係代名詞在子句中作主詞,只能用 who 或者 that。whom 在子句中充當受詞,why 和 when 不符句意,故正確答案選 (A) who。

PART 01 | Chapter 10:連接詞 Conjunction

★從屬連接詞可以引導名詞子句和副詞子句,引導名詞子句的從屬連接詞主要是 that,引導副詞子句的從屬連接詞有很多,如 before、after、because、since、though、if、unless、as soon as 等。

- **Many stop taking medicine as soon as they feel a little better.**
  許多人一旦覺得好點就停止服藥。➡ as soon as 引導副詞子句

| 多益模擬小測驗 |

1. _____ you failed the match this time, don't lose heart, you still have another chance.

(A) Since　　　(B) Although　　　(C) Unless　　　(D) Once

2. Would you like to open a current account _____ a fixed account?

(A) and　　　(B) or　　　(C) but　　　(D) so

3. _____ you don't have any experience, your starting salary is $2,000.

(A) As soon as　　(B) Because of　　(C) Since　　　(D) As well

｜中譯與解答｜

1. ＿＿＿＿＿這次比賽你落選了，但是不要氣餒，你還有另一次機會。
   (A) 因為　　　　　(B) 雖然　　　　(C) 除非　　　　(D) 一旦
   答 (B)
   解 根據句意分析，句意為雖然比賽落選了，但是不要氣餒，表轉折，(B) 最正確；since 表時間或原因，once 和 unless 表條件。故正確答案選 (B) Although。

2. 您想開活期儲蓄帳戶＿＿＿＿＿定期儲蓄帳戶？
   (A) 和　　　　　　(B) 或者　　　　(C) 但是　　　　(D) 所以
   答 (B)
   解 空格處應為連接詞，連接兩個並列的單詞、片語或句子，可排除 (C) 和 (D)，and 一般用在肯定句中，or 可用在問句或否定句中，根據句意，正確答案選 (B) or。

3. ＿＿＿＿＿你沒有任何經驗，你的初始工資是兩千美元。
   (A) 一……就……　(B) 因為　　　　(C) 因為　　　　(D) 也
   答 (C)
   解 As soon as 用在句子開頭或句中，引導時間副詞子句；because of 後不能接句子，須接名詞或 V-ing；as 和 well 連用時，不表示「因為」，而表示「也」，通常用在句末。since 可用在句首，表示「因為」。故正確答案選 (C) since。

PART 01 | # Chapter 11：不定詞與動名詞
Infinitive and Gerund

★不定詞用來表達結果、目的、原因等將要發生的動作，主要構成是「to + 原形動詞」，有時也省略 to。

- **The repairman arrived ten minutes earlier to have a proper understanding of the client's request.**
  為了正確理解客人的要求，修理人員提早十分鐘抵達。

★可以用在「動詞 + 受詞 + 補語 + 不定詞」結構中的動詞如：

英文	中譯	英文	中譯
allow	允許	drive	驅使
advise	建議	appoint	指定
find	發現	declare	宣佈

| think | 認為 | command | 要求 |
| require | 要求 | encourage | 鼓勵 |

- **The curators think it necessary to hold a press conference in the auditorium.**
  策展人認為有必要在禮堂舉辦一場記者會。

★ 常考的後面須接動名詞的動詞：

英文	中譯	英文	中譯
mind	介意	finish	完成
enjoy	享受	appreciate	感激；欣賞
practice	訓練	avoid	避免
deny	否認	admit	承認
consider	考慮	keep	保持

- **The city council is considering banning vehicles from entering the city center in rush hours to relieve congestion.**
  市議會正在考慮禁止車輛在尖峰時間進入市中心，以舒緩交通壅塞。

| 多益模擬小測驗 |

1. I remember _____ you the papers. You must forget.
   (A) giving   (B) gave   (C) gives   (D) to give

2. _____ more about the computer structure, Jack decided to dismantle a computer.
   (A) Learn   (B) To learn   (C) Learning   (D) Learned

| 中譯與解答 |

1. 我記得把文件_____你了，你一定忘記了。
   (A) 給   (B) 給   (C) 給   (D) 給
   答 (A)
   解 此題考 remember 的用法，remember to V 表記得去做某事；remember V-ing 表記得做過某事，此題明顯是做過了，對方忘記了，故正確答案選 (A) giving。

2. 為了更＿＿＿＿＿電腦構造，傑克決定拆一部電腦。

(A) 了解   (B) 了解   (C) 了解   (D) 了解

答 (B)

解 該句意思為：為了更了解電腦構造，傑克決定拆一部電腦。To learn 表目的，故正確答案選 (B) To learn。

PART 01 | Chapter 12 ：分詞 Participle

★ 現在分詞「動詞 + -ing」表主動，過去分詞「動詞 + ed」表被動。

- **The much coveted baking machine is out of stock.**
  搶手的烘焙機器缺貨了。

★ 現在分詞和過去分詞還可以作副詞或補語。

- **The latest smartphone has absorbed the best features of its kind in the market, making it the bestseller.**
  最新的智慧型手機吸收了市場上同類型產品的最佳功能，使它成為最暢銷的商品。➡ 現在分詞作副詞

★ 分詞當形容詞用，可當形容詞或主詞補語。

- **The provisions regulating the use of drugs are being explained by the pharmacist.**
  藥師正在解釋規範了藥物使用的規定。➡ 現在分詞作形容詞

| 多益模擬小測驗 |

1. The goods ＿＿＿＿＿ are of excellent quality.
   (A) ship   (B) ships   (C) shipped   (D) shipment

2. We'd like to know your ＿＿＿＿＿ salary and social welfare.
   (A) expect   (B) expecting   (C) expected   (D) expectation

│ 中譯與解答 │

1. _____貨物的品質極好。

(A) 船   (B) 船運   (C) 裝船的   (D) 裝貨

答 (C)

解 shipped 是動詞 ship 的過去分詞，作後置形容詞用，修飾名詞 goods，表示「裝船的貨物」。故正確答案選 (C) shipped。

2. 我們想知道你_____薪水和社會福利。

(A) 期盼   (B) 期望   (C) 預期的   (D) 期待

答 (C)

解 空格處修飾名詞 salary 和 social welfare，應為形容詞。expect 的過去分詞可用作形容詞，表示「預期的」，故正確答案選 (C) expected，表「預期的薪水和社會福利」。

PART 01 | Chapter 13：數詞 Numeral

★ 數詞分為基數詞（one、two、three……）、序數詞（first、second、third……），以及其他數詞（倍數、小數、百分數、分數、數學運算等）。

★ 「增加了……倍」的用法。

- **The turnover is estimated to increase four-hold by the end of next year.**
  明年底前，營業額估計會增加四倍。

- **After introducing the advanced manufacturing equipment, the overall production has increased by 15%.**
  引進先進的製造設備後，總體生產量已經增加了百分之十五。

PART 02 | Chapter 1：時態 Tense

★ for 跟 since 的差別：for 常和一段時間連用，而 since 是和時間點連用。

- **The regional symposium has been held annually** since **2003.**
  區域研討會從二○○三年以來每年舉辦一次。

★完成式（have / has + 動詞的過去分詞）跟完成進行式（have / has + been + 動詞的現在分詞）的差別：完成式表已經完成的動作或已經有過的經驗。完成進行式表示的是動作從一個時間開始一直持續到現在，可能剛停止，也可能繼續下去。

- **The player** has been learning **chess for more than a decade.**
  這名選手已經學棋超過十年了。

| 多益模擬小測驗 |

1. I have been _____ from insomnia recently.
   (A) suffering (B) bearing (C) standing (D) holding

2. It is the first time I _____ Australia.
   (A) have coming to (B) have come to
   (C) had come to (D) have come

3. I'm glad to hear that you have _____ the interview.
   (A) failed (B) passed (C) succeed (D) left

4. The machine is _____ very well now, and you don't have to worry.
   (A) run (B) running (C) ran (D) being run

| 中譯與解答 |

1. 我最近一直_____失眠。
   (A) 承受 (B) 忍受 (C) 站立 (D) 召開
   答 (A)
   解 題幹為現在完成進行式，結構為「have / has been + V-ing」，空格處應填 V-ing 形式。suffer from 是固定搭配，表示「忍受，遭受」，多與表示疾病的詞彙連用。其它他三個選項不與介系詞 from 連用，故正確答案選 (A) suffering。

2. 這是我第一次_____澳洲。

(A) 來　　　　　(B) 來　　　　　(C) 來　　　　　(D) 來

答 (B)

解 此題考固定搭配，it is the first time somebody + have / has done something。第二種是 it was the first time somebody + had done something，而去澳洲要用 to，因此選 (B) have come to。

3. 很高興聽到你已經_____面試。

(A) 失敗　　　　(B) 通過　　　　(C) 成功　　　　(D) 離開

答 (B)

解 題幹為現在完成式，結構為「have / has + 過去分詞」，空格處應填過去分詞形式。根據 glad 可知，failed 和 left 不符合題意，可排除；succeed 非過去分詞，且為不及物動詞，其後不能直接接受詞，可排除；故正確答案選 (B) passed，表示「已經通過面試」。

4. 這台部機器現在_____非常好，你不必擔心。

(A) 運轉　　　　(B) 運轉　　　　(C) 運轉　　　　(D) 被運轉

答 (B)

解 根據空格前的 be 動詞 is 可知，空格處應為動詞的現在分詞形式，形成現在進行式「be 動詞 + V-ing」，故正確答案選 (B) running，表示「運轉良好」。

Chapter 3：直述句、轉述句 Direct Speech and Reported Speech

★ 直述句是否定祈使句，轉述句要在不定詞前加 not。

- **The manager said, "Don't proceed without my consent."**
  經理說：「未經我的同意，不要繼續。」

  ➡ **The manager asked me not to proceed without her consent.**
  經理要求我不要未經她的同意繼續。

★ 直述句變成轉述句，時態的轉變：

直述句	轉述句	直述句	轉述句
現在簡單式	過去簡單式	過去進行式	過去完成進行式
過去簡單式	過去完成式	現在完成式	過去完成式
未來簡單式	過去未來式	過去完成式	過去完成式
現在進行式	過去進行式	現在完成進行式	過去完成進行式

★ 情態動詞的時態轉變：

直述句	轉述句	直述句	轉述句
can	could	shall	should
may	might	must	must / had to

| **多益模擬小測驗** |

1. The employee was told that the training _____ soon.
   (A) starts   (B) would start   (C) will start   (D) has started

| **中譯與解答** |

1. 員工被告知訓練很快_____。
   (A) 開始   (B) 將開始   (C) 將開始   (D) 已經開始
   答 (B)
   解 此題考轉述句。直述句為「The training will start soon.」，由第三者轉述之後，
   will 變成過去式 would，故正確答案選 (B) would start。

PART 03 | Chapter 2：否定句 Negative Sentence

★ 否定句的特徵是直接在動詞後加 not。

- **Those weird insects are not one of Mary's favorites.**
  瑪莉並不愛那些奇怪的昆蟲。

★ 雙重否定句指在一個句子中使用兩個否定詞的句子，則該句子表示
肯定。

- **The farmer won't take a rest until the sun sets.**
  在太陽下山之前，農夫都不會休息。

- **It is not uncommon to see the graduate students spend their weekends in the laboratory.**
  看到研究生週末待在研究室裡很尋常。

1. We won't allow any discount _____ you have a large order.
   (A) until　　　(B) while　　　(C) unless　　　(D) or

2. When the traffic police arrived, he found _____ the wounded lying on the ground.
   (A) none but　　　　　　　(B) nothing other than
   (C) nothing but　　　　　(D) no other than

｜中譯與解答｜

1. 我們不會給任何折扣，_____ 你們有一筆大訂單。
   (A) 直到　　　(B) 當……時候　　　(C) 除非　　　(D) 否則
   答 (C)
   解 雖然 until 和 unless 都可與 not 連用，表雙重否定。until 強調時間，引導時間副詞子句，而 unless 強調條件，引導條件副詞子句，依據句意，空格處應引導條件副詞子句，故正確答案選 (C) unless。

2. 交通警察趕到時，發現_____傷者躺在地上。
   (A) 只有（人）　　　　　　(B) 除……（事物）外沒有
   (C) 只有（事物）　　　　(D) 正是
   答 (A)
   解 由題意可知，交警沒發現其他人。(A) 表「只有（人）」，(B) 表「除……（事物）外沒有」，(C) 表「只有（事物）」，而 (D) 表「正是」，與題意不符。故正確答案選 (A) none but。

PART 03 ｜ Chapter 3：疑問句 Interrogative Sentence

⭐直接問句分成 be 動詞、助動詞、wh 疑問詞等引導的問句，由英文上下引號包括。

⭐間接問句即在直述句中為疑問句，變成轉述句後，就叫間接問句。

- **The quality manager asked, "Is this batch of goods in line with the requirements?"**
  品質經理問：「這批貨物符合要求嗎？」

➡ **The quality manager asked** whether **the batch of goods was in line with the requirements.**
品質經理問這批貨物是否符合要求。

｜多益模擬小測驗｜

1. _____ is the interest rate on mortgage loans?
   (A) What　　　　(B) How　　　(C) How many　　(D) How much

2. How much are you going to _____ him for these office pins?
   (A) charge　　　(B) request　(C) require　　　(D) need

｜中譯與解答｜

1. 房屋抵押貸款的利率是_____？
   (A) 什麼　　　　(B) 怎麼　　　(C) 多少　　　(D) 多少
   答 (A)
   解 詢問貸款的利率是多少時，用 what 而不用 how 或者 how much；how many 詢問可數名詞的數量，與題意不符；how 詢問的是方式。故正確答案選 (A) What。

2. 這些辦公室大頭針你打算以多少錢_____給他？
   (A) 向……收費　(B) 要求　　　(C) 需要　　　(D) 需要
   答 (A)
   解 charge 可表示「向……索取費用」，根據題意可知，應為「向他收取多少費用」，故正確答案選 (A) charge。

PART 03 ｜ Chapter 4：子句 Clause

⭐ 某些動詞後接受詞子句時，it 作虛受詞被置於子句前。這類動詞主要有 take、hate、like、dislike……等。

- **The supplier dislikes it that the clients ask for a quicker delivery without offering higher incentives.**
  供應商不喜歡客人要求更快速的貨物交期，卻沒提供更高的獎金。

⭐when、where、why 等相當於「介系詞 + 關係代名詞 which」。

- **The analyst revealed the reason** for which / why **the methodology adopted in the evaluation does not conform to the norms.**
  分析家揭示了評估中採用的方法不符合規範的原因。

⭐情態副詞子句（just）as... so 有時可以和「... is to... what... is to...」互換。

- **As humans** can't live without dignity, so **animals can't live without food.**
  = **Dignity** is to us what **food is to animals.**
  尊嚴之於我們，猶如食物之於動物。

⭐獨立分詞構句由如 when、if、because、after、before 等引導的副詞子句轉變而來，獨立分詞構句的主詞與主句的主詞不同。獨立分詞構句和主句之間沒有連接詞，只是用逗號隔開。

- **The equipment to be examined, the workers wiped it thoroughly.**
  由於設備要被檢查，工人們徹底地擦拭過了。

⭐獨立分詞構句中有 being。

- **There** being **no one to ask for help, the young boy jumped into the water and saved the drowned puppy.**
  沒有人可以幫忙，這個年幼的男孩跳進水裡，拯救了那隻小狗。

⭐分詞片語和不定詞片語是慣用法，不能算分詞構句。

分詞片語英文	中譯	分詞片語英文	中譯
generally speaking	一般而言	frankly speaking	坦白說
judging by	根據……判斷	strictly speaking	嚴格來說
judging from	從……判斷	generally considering	一般認為
不定詞片語英文	中譯	不定詞片語英文	中譯
to be short	簡言之	to be honest	老實說
to put it mildly	委婉來說	to cut a long story short	長話短說
to sum up	總之	to make matters worse	更糟的是

- **To sum up, the sales representative cannot offer discounts unless we have an order of large quantity.**
  總而言之，除非我們有大數量的訂單，否則銷售代表無法給予折扣。

| 多益模擬小測驗 |

1. All factors _____, we decided not to sign on the contract.
   (A) considering
   (B) to be considered
   (C) considered
   (D) having considered

| 中譯與解答 |

1. _____了所有因素，我們決定不在合約上簽字。
   (A) 考慮   (B) 將被考慮   (C) 被考慮   (D) 考慮過
   答 (C)
   解 該句中的 All factors _____ 是一個獨立分詞構句，是由 After all factors were considered 省略了連接詞以及 be 動詞變化而來。空格處之於 factors 是被動關係，故正確答案應該選 (C) considered。

PART 03 | Chapter 5：被動語態 Passive Voice

★「be 動詞 + being + 過去分詞」表被動進行式。

- **The application form is being reviewed by the research institute.**
  申請表格正在被研究機構審查。

★ 主動語態受詞子句內容不變，被動語態中用先行詞 it 當被動語態的虛主詞。

- **People believe that robots would perform most of the dangerous jobs currently done by human beings.**
  ➡ **It is believed that robots would perform most of the dangerous jobs currently done by human beings.**
  人們相信機器人將執行目前人類所做的大部分危險工作。

★雙重被動結構：在「動詞＋（sb）＋不定詞」結構中（即「動詞＋（sb）＋ to ＋ 及物動詞 ＋ 受詞」的結構）。在改為被動語態時，一般將這個受詞放在句首充當主詞，原句中的動詞和後面的不定詞都要用被動結構，形成所謂的雙重被動結構。

- **People need to support the council.**
  人們須要支持議會。

  ➡ **The council is needed to be supported.**
  議會須要被支持。

｜多益模擬小測驗｜

1. Although he had very rich working experience, he was _____ finally.
   (A) hired   (B) hiring   (C) eliminated   (D) eliminating

2. Your account will be temporarily _____ as you request for loss reporting.
   (A) frozen   (B) freeze   (C) froze   (D) freezing

3. The airport _____ for the bad weather condition.
   (A) closing   (B) closes
   (C) has been closed   (D) closed

｜中譯與解答｜

1. 儘管他有豐富的工作經驗，但他最終還是被_____。
   (A) 僱用   (B) 僱用   (C) 淘汰   (D) 淘汰
   答 (C)
   解 句子前半以 Although 開頭，表「儘管他有豐富的工作經驗」，為讓步副詞子句，表示轉折，因此可推測主句應表「他被淘汰」而非「他被僱用」。主句中 he 和動詞之間是被動關係，結構為「be 動詞 ＋ 過去分詞」，故正確答案選 (C) eliminated。

2. 由於您請求掛失，您的帳戶將暫時被_____。
   (A) 凍結   (B) 凍結   (C) 凍結   (D) 凍結
   答 (A)
   解 根據句意可知 account 與動詞之間是被動關係，結構為「be 動詞 ＋ 過去分詞」，空格處應填入動詞的過去分詞形式，故正確答案選 (C) frozen。

3. 因為惡劣的天氣狀況，機場_____。

(A) 關閉　　　　(B) 關閉　　　　(C) 已經被關閉　　　　(D) 關閉

答 (C)

解 airport 是接受動作的事物，與動詞之間應為被動關係，只有選項 (C) 表示現在完成式的被動語態，故正確答案選 (C) has been closed。

PART 03 | Chapter 6：強調句、倒裝句、省略句
Emphatic Sentence, Inverted Sentence and Elliptical Sentence

★ 「It is / was + 被強調部分 + that + 其他要素」，在這個句型中，被強調的句子部分是主詞、受詞和副詞。

- It is **a contract of insurance** that is made between Mr. Lin and Mrs. Smith.
  林先生和史密斯太太之間簽訂的是保險合約。

★ 倒裝句中的「so + 主詞 + be 動詞 / 助動詞 / 情態動詞」，意為「的確如此、就是這樣」。

- The two companies reached a tentative agreement to participate in the construction of new shopping mall. So they did.
  兩家公司達成了建設新購物商場的初步協議。的確如此。

★ 當 there 放在句首，動詞是 come、happen to be、seem、seem to be、stand、lie、live、occur、used to be 等，也要用完全倒裝。注意動詞須跟著主詞的單複數變化。

- There seem to be **pedestrians' gathering.**
  那裡似乎有行人聚集。

★ 省略句中，及物動詞後面接受詞子句，連接詞 that 可以省去。如果及物動詞後面接 that 引導的兩個或兩個以上並列的受詞子句，只能省略第一個 that。

- The human resources head declared (that) the new employee could start working in August, and that he would prefer living in the company dormitory.

人力資源主管宣佈新進員工八月可以開始上班，而且他比較希望住進公司宿舍。

★在名詞子句中，如果 recommend、advise、suggest、request、order、ask、demand、require、propose、insist、urge、instruct、maintain、reject 等動詞充當動詞，要用假設語氣「should + 原形動詞」，should 可以省略。

- **The scholars suggested that the school (should) cooperate with the businesses on the project.**
  學者建議學校應該跟企業合作這個專案。

| 多益模擬小測驗 |

1. The manager recommends that the plan _____ after all the materials are purchased.
   (A) is started   (B) will be started
   (C) be started   (D) has been started

2. It was Steven _____ locked the documents in the cabinet.
   (A) whom   (B) that   (C) whose   (D) he

| 中譯與解答 |

1. 經理建議所有的材料買齊後_____實施計畫。
   (A) 被開始   (B) 將被開始   (C) 被開始   (D) 已經被開始
   答 (C)
   解 recommend 後面所接的名詞子句作受詞，可以用假設語氣，其結構為「should + 原形動詞」，should 可以省略。類似用法的還有 advise、ask、demand、desire、command 等表示建議、要求、命令的單詞。故正確答案選 (C) be started。

2. 是史蒂芬_____把文件所鎖在櫃子裡的。
   (A) 誰   (B) 那   (C) 誰的   (D) 他
   答 (B)
   解 該句是一個強調句，強調句的結構是「it + is / was + 強調部分 + that + 其他要素」。故正確答案選 (B) that。

PART 04 | Chapter 1：祈使語氣 Imperative Mood

⭐肯定祈使語氣包括第一人稱及第三人稱祈使語氣「Let + 受格 + 原形動詞」以及第二人稱祈使語氣，這類動詞往往會省略主詞 you，多半用原形動詞開頭。

- **Take good care of your belongings.**
  好好看管你們的隨身物品。

⭐「Do + 祈使語氣」表強調。

- **Do offer help whenever you can.**
  有能力的時候務必要提供幫助。

⭐否定祈使語氣包括「Let's not + 原形動詞」、「No + 名詞」和「No + V-ing」。

- **Let's not listen to what the fraudulent man said.**
  我們不要聽那位騙子說的話。

- **No trespassing.**
  禁止擅闖。

｜多益模擬小測驗｜

1. _____ sure you join the queue inside the hospital.
   (A) Making　　(B) Make　　(C) Makes　　(D) Having made

｜中譯與解答｜

1._____在醫院裡一定要排隊。
   (A) 確保　　　(B) 確保　　　(C) 確保　　　(D) 已經確保

   答 (B)

   解 此題考祈使句，祈使句一般用於表達命令、請求、勸告、警告、禁止等的句子，祈使句對象（即主詞）是第二人稱，通常省略。祈使句的動詞為原形動詞，故正確答案選 (B) Make。

⭐可能實現的假設通常是與將來事實相反的假設，實現的可能性非常小。用 if 引導，子句用一般過去式，主句用「should / would / might / could + 原形動詞」。而 wish 引導的可能實現的假設的結構則是「I wish + 主詞 + 動詞的過去式」。

- **If the favorable article was published on the newspaper, the newly-launched products would become even more popular.**
  如果有利的文章在報紙上發佈，新推出的產品會更受歡迎。

⭐與過去事實相反的假設：「if + 主詞 + 過去完成式 , 主詞 + should / would / might / could + have + 過去分詞」。

- **If the government had warned the citizens, they should have been more prepared about the inflation.**
  如果政府有警告市民，他們應該能對通貨膨脹更有準備。

⭐形容詞子句中的假設語氣：「It is / was + (high) time + that 子句」。

- **It was high time that the overseas banks should interfere in the trade.**
  該是海外銀行干預交易的時候了。

⭐had rather、would rather、would sooner 等接的受詞子句使用假設語氣，表與客觀事實相反的願望。主句與子句的主詞不同時，表與現在或將來事實相反的假設，子句的動詞用一般過去式；表與過去事實相反的假設，子句的動詞用過去完成式。

- **The project coordinator would rather the supplier had informed him about the late shipment in advance.**
  專案統籌人寧願供應商提早跟他說貨物會遲交。

｜多益模擬小測驗｜

1. _____ I had been hired by that company.

  (A) If   (B) Only   (C) Only if   (D) If only

2. If we didn't book a room, we _____ nowhere to stay now.
   (A) had   (B) had had
   (C) would not have   (D) would have

3. I'd rather he _____ made any comments on the details of the contract.
   (A) doesn't   (B) hasn't   (C) hadn't   (D) shouldn't

4. It's important that all the stones and bricks _____ for the house.
   (A) be prepared   (B) must be prepared
   (C) was prepared   (D) can be prepared

| 中譯與解答 |

1. _____我被那家公司錄取了。
   (A) 如果   (B) 只   (C) 除非   (D) 但願；要是……多好
   答 (D)
   解 該句子使用了假設語氣，表示與過去事實相反的情況，if only 常用在句首，與假設語氣連用。故正確答案選 (D) If only。

2. 如果我們沒有訂到房間，我們現在_____沒有地方可以住了。
   (A) 有   (B) 有   (C) 沒有   (D) 有
   答 (D)
   解 此題考假設語氣，從「now」可知，是對現在的假設，因此主句用「would + 原形動詞」，子句用過去式。故正確答案選 (D) would have 。

3. 我寧願他_____評論合約的細節。
   (A) 沒有   (B) 沒有   (C) 沒有   (D) 不應該
   答 (C)
   解 would rather 後面可以接假設語氣，與過去事實相反時，子句動詞應該用過去完成式。與現在或者將來事實相反時，子句動詞應該用一般過去式。因此排除掉 (A)、(B)、(D) 之後，只能選 (C) hadn't。

4. 建造房子所需要的石頭和磚要_____，這很重要。
   (A) 被準備   (B) 必須被準備   (C) 被準備   (D) 能夠被準備
   答 (A)
   解 It's important that 句型後面的子句要用假設語氣，子句的動詞要「(should) + 原形動詞」，should 可省略，故正確答案選 (A) be prepared。

2011 不求人文化

2009 懶鬼子英日語

www.17buy.com.tw

2005 意識文化

2005 易富文化

2003 我識地球村

2001 我識出版社

2011 不求人文化

2009 懶鬼子英日語

I'm 我識出版集團
I'm Publishing Group
www.17buy.com.tw

2005 意識文化

2005 易富文化

2003 我識地球村

2001 我識出版社